12, avenue d'Italie — Paris XIIIe

Sur l'auteur

Caroline Roe est née à Windsor, au Canada, et a vécu à Washington, Ottawa et Detroit avant de s'installer à Toronto. Elle est titulaire d'un diplôme de langue moderne de l'université de Toronto et d'un doctorat en études médiévales. Professeur, traductrice, écrivain, elle fait ses débuts en littérature en 1986 sous le pseudonyme de Medora Sale. Elle reçoit alors l'Arthur Ellis Award du meilleur premier roman policier en 1986 pour *Murder on the Run,* premier volet de la série Harriet Jeffries. Découvrant par hasard l'existence de l'évêque Berenguer de Gérone et celle de son médecin juif Isaac dans l'Espagne médiévale, elle s'en inspire pour débuter en 1998 la série des *Chroniques d'Isaac de Gérone* sous son nom. *Le Glaive de l'archange* fut pressenti à la fois pour l'Anthony Award aux États-Unis et pour l'Arthur Ellis Award au Canada. En 1999, Caroline Roe obtient le Barry Award du meilleur livre policier pour *Antidote à l'avarice.*

LE GLAIVE
DE L'ARCHANGE

PAR

CAROLINE ROE

Traduit de l'anglais
par Jacques GUIOD

1018

INÉDIT

« Grands Détectives »
dirigé par Jean-Claude Zylberstein

Du même auteur
aux Éditions 10/18

▶ LE GLAIVE DE L'ARCHANGE, n° 3330
REMÈDE POUR UN CHARLATAN, n° 3331
ANTIDOTE À L'AVARICE, n° 3351, *à paraître
en novembre 2001.*

Titre original :
Remedy for Treason

© Medora Sale, 1998.
© Éditions 10/18, Département d'Univers Poche,
2001, pour la traduction française.
ISBN 2-264-03110-7

Ce livre est dédié à la mémoire du
PROFESSEUR ULRICH LEO
dont il n'est qu'un petit fruit du vaste savoir

Ce livre n'aurait pu être écrit sans la compétence et les connaissances de ma collaboratrice, Deborah Schlow, ni sans l'aide d'innombrables amis vivant dans le monde de l'étude du Moyen Âge. Parmi eux, je tiens à remercier tout particulièrement les professeurs Jocelyn N. Hillgarth, Joseph Goering et Giulio Silano. Je suis très reconnaissante à l'équipe de la bibliothèque de l'Institut pontifical d'études médiévales et à tous ceux qui ont lu mon manuscrit et m'ont offert critiques, réconfort et compétence : plus particulièrement Eric Miltenburg, Anne Roe, Dina Fayerman, Jacqueline Shaver et, comme toujours, Harry Roe, dont le savoir et le soutien s'appliquent à chaque aspect du projet.

En revanche, les erreurs et les imprécisions n'incombent qu'à moi seule.

La ville de Gérone en 1353

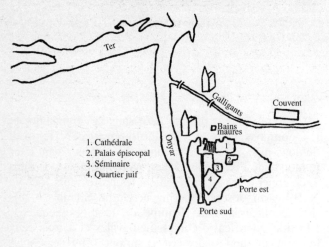

1. Cathédrale
2. Palais épiscopal
3. Séminaire
4. Quartier juif

TOMAS DE BELLMUNT

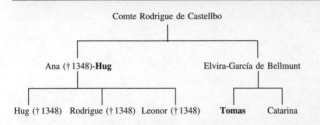

Comte Rodrigue de Castellbo

- Ana († 1348)-**Hug**
  - Hug († 1348)
  - Rodrigue († 1348)
  - Leonor († 1348)
- Elvira-García de Bellmunt
  - **Tomas**
  - Catarina

ISABEL D'EMPURIES

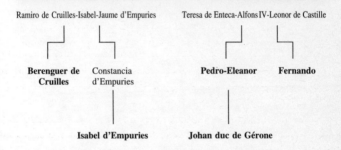

Ramiro de Cruilles-Isabel-Jaume d'Empuries

- **Berenguer de Cruilles**
- Constancia d'Empuries
  - **Isabel d'Empuries**

Teresa de Enteca-Alfons IV-Leonor de Castille

- **Pedro**-Eleanor
  - **Johan duc de Gérone**
- **Fernando**

(Les personnages dont le nom est imprimé en gras sont physiquement présents dans cette chronique.)

PROLOGUE

La Mort alla visiter Gérone pendant l'été 1348. On a dit — en exagérant à peine — que, pendant ces mois de canicule, un homme qui se levait à l'aube plein de force et de vigueur pouvait facilement se retrouver dans sa tombe au soleil couchant. Avant l'arrivée de la peste, il y avait cent cinquante feux — quelque sept cent cinquante âmes — dans le Call, le prospère quartier juif de la cité de Gérone. Quand l'épidémie battit enfin en retraite, on ne comptait plus que cent trente survivants.

La peste — la Mort noire — était partout : chaque fois que des vaisseaux accostaient et que des marins mettaient pied à terre, chaque fois que des voyageurs se rendaient d'une ville à l'autre. Elle bondissait et courait tout autour de la Méditerranée, se frayant un chemin dans les terres à travers l'Italie et la France ou s'abattant sur le rivage oriental de la péninsule Ibérique. Malgré les prières et les incantations, les herbes que l'on brûle ou l'encens, malgré les démonstrations des pénitents, elle s'enfonça dans le royaume espagnol d'Aragon, dévastant la province de Catalogne, attaquant Barcelone, puis se jetant sur Gérone comme un lion sur une gazelle. La cité empestait la mort, et son air s'emplissait des gémissements des familles en pleurs. La Mort ne respectait ni le rang ni la vertu. Pour elle, tous étaient égaux : le journalier qui s'écroule dans son champ, le mendiant qui meurt dans la rue, le riche qui frissonne dans ses draps de soie.

Pedro, roi d'Aragon, pleurait sa jeune épouse, morte de la peste avant d'avoir pu donner à son seigneur un successeur au trône tant désiré.

Le comte Hug de Castellbo, dont la femme, les deux fils et une fille étaient morts la semaine précédente, marcha deux ou trois lieues jusqu'à l'abbaye cistercienne, les pieds nus et vêtu de jute grossier, emportant avec lui un coffre empli de pièces d'argent avant de partir à cheval pour Valence se mettre au service du roi. Car s'il n'expiait ses péchés, qui pouvait savoir quel hideux châtiment l'attendait encore ?

Âgée de douze ans, dame Isabel d'Empuries déposa une fleur des prés sur la tombe toute fraîche de sa mère et rejoignit le couvent de Sant Daniel où les sœurs bénédictines veillaient sur d'autres orphelines affolées.

Dans la maison d'Isaac le médecin, un jeune homme se tordait, grelottait et suait abondamment, implorant Isaac et le Seigneur, puis, finalement, dans l'ironie de son délire, sa mère défunte auprès de qui il avait attrapé la maladie.

— Vous ne pouvez donc rien pour lui, papa ?

La jeune fille qui se tenait sur le pas de la porte entra dans la pièce.

Le bras robuste de sa mère se referma sur sa taille et la tira sans ménagement dans la cour.

— Reste hors de cette chambre, Rebecca, lui dit-elle.

— Mais, maman, c'est *Benjamin* qui souffre.

Sa voix se changea en un cri et elle éclata en sanglots.

— Laissez-moi lui baigner le front pour apaiser la fièvre, murmura-t-elle. Je me moque bien de mourir avec lui.

— Rebecca, tu es imprudente, dit Isaac dont le sang-froid habituel cédait la place à l'exaspération. La seule chose que nous puissions faire est d'éviter la contagion. Je le sauverais si je le pouvais, je te le jure.

Rebecca fut prise d'une nouvelle crise de larmes.

— C'est vrai, ma chère Judith, je ne sais pas ce que je ferai sans lui.

— Vous trouverez un autre apprenti, mon mari, dit la femme du médecin de sa voix la plus douce sans pour autant lâcher sa fille.

— Où cela?

La question plana sans réponse pendant un long moment.

— La Mort a donc pris tant de monde?

— Oui. Et je ne sais pourquoi notre maison a été épargnée, à l'exception de votre insensé de neveu.

Tout en parlant, il posa la main sur la poitrine du jeune homme. Il écouta attentivement pendant quelques instants, puis posa l'oreille là où se trouvait sa main. Après un moment, il releva la tête.

— Envoyez quérir Naomi, Judith. Il est mort.

Sa fille de quinze ans retint son souffle et se tourna vers sa mère :

— Vous n'avez pas voulu que j'entre le réconforter, et maintenant il est mort. Mon Benjamin est mort.

Elle se dégagea de l'emprise de sa mère et traversa la cour vers l'escalier qui conduisait au reste de la maison.

— *Ton* Benjamin, Rebecca? s'étonna Judith, interloquée, en la suivant. Raquel? appela-t-elle.

Elle attendit qu'apparaisse sa fille cadette.

— Judith? appela Isaac à travers la porte. Où êtes-vous?

— Je suis ici, Isaac, dit sa femme en revenant sur ses pas. J'ai demandé à Raquel d'aller chercher Naomi et de réconforter sa sœur. Mais c'est bien vrai? ajouta-t-elle d'une voix toute faible. Benjamin est...

— Mort, oui, soupira Isaac d'un air las. Comme tous les autres.

Il se tourna vers la cour pleine de lumière.

— Son corps doit être déshabillé et lavé sans attendre.

Il se baissa machinalement pour faire passer sa haute stature sous la porte et marcha jusqu'à la fontaine.

— Mettez ses habits et ses draps au feu. Dites à Naomi d'allumer des bouquets d'herbes purificatrices et condamnez la pièce jusqu'à la fin de la contagion. Judith, si vous voulez bien m'apporter ma tunique de futaine, je me laverai et me changerai ici.

— Est-ce bien nécessaire ? demanda Judith, pâle de peur.

— Jusqu'à présent, ma chère, notre demeure a été épargnée par la peste. J'espère que nous pourrons continuer à la tenir à l'écart.

Isaac se débarrassa de tous ses vêtements et les jeta dans un baquet plein d'eau près de la fontaine. Puis il ramassa une large louche et s'arrosa abondamment d'eau froide.

— Mais vous nous avez tous tenus à l'écart de la pièce où il gisait. Sûrement...

— Certains prétendent que la contagion peut s'attacher à la chose la plus infime — une bague, une pièce de tissu — qui s'est trouvée en contact avec une personne infectée. S'il en est ainsi, ma tunique peut porter la maladie de moi vers vous, Judith, de notre maison vers une autre demeure. C'est pourquoi je dépose des potions pour les affligés, mais ne pénètre jamais chez eux.

— Voulez-vous dire que la contagion peut être lavée comme la poussière ? fit-elle d'un ton sceptique. Je n'y crois pas.

— Nul ne le sait. Je l'espère, en tout cas.

— Dans ce cas, comment Benjamin a-t-il été contaminé ? Il a toujours été très propre.

— Il est allé rendre visite à Hannah alors qu'elle gisait sur son lit de mort. Il me l'a avoué, dit Isaac, alors que la fièvre le dévorait.

— Ma pauvre sœur, fit sobrement Judith. Il est cruel de voir un fils puni pour avoir honoré sa mère.

— C'est vrai, dit Isaac d'un air sombre.

Il continua de verser de l'eau froide pour rincer le savon.

— Mais la peste a ses propres lois. Sa piété filiale l'a tué avant d'apporter la maladie dans notre maison. Nous devons faire tout notre possible pour la repousser.

— Je vais vous chercher un habit propre.

Le corps de son apprenti fut déposé sur une claie pour y être lavé et enveloppé de lin blanc. Déjà brûlait le feu purificateur, et la chambre où il était mort était emplie d'une fumée épaisse. Naomi referma la porte et tendit la clef à son maître.

— Isaac, dit sa femme, qui se tenait derrière lui, voici votre tunique. Habillez-vous. Votre nudité dérange Naomi.

— Naomi m'a vu nu avant ce jour, dit Isaac.

— C'était quand vous étiez un enfant, et non fort bel homme à l'apogée de sa virilité... dit sa femme en réprimant un gloussement. De telles pensées... alors que Benjamin gît à quelques pas de là, ajouta-t-elle en rougissant. Tenez... Voici votre tunique. Je fermerai la porte.

Isaac se tenait près de la fontaine et refermait les nombreux boutons de son ample tunique, portée très long comme le voulait son statut de médecin de quelques-unes des plus riches et plus puissantes familles de Gérone. À nouveau, il regarda autour de lui d'une manière hésitante.

— Judith ? appela-t-il timidement. Où êtes-vous ?

— Je suis ici, Isaac. Près des escaliers. Qu'y a-t-il donc ?

Inquiète, elle s'approcha vivement de lui.

— Restez un instant avec moi dans la cour. Ma très chère, ma belle Judith, restez ici, la lumière sur votre visage. Je veux vous regarder.

— Mes yeux s'affaiblissent, mais ce n'est pas seulement cela, dit Isaac après qu'ils se furent installés sur un banc, sous la charmille. Vous étiez au courant. Chaque matin apporte une nouvelle détérioration. Depuis plusieurs jours, je vis dans un monde d'ombres, et je crains de bientôt ne plus pouvoir faire la distinction entre lumière et obscurité. Jusqu'à ce qu'il tombe malade, Benjamin était capable de me décrire tout ce que je ne voyais pas précisément, et sa main se faisait ferme sur la lame quand il le fallait, mais voici qu'il est mort.

Il prit la main de sa femme dans la sienne et la tint pendant un long moment.

— Peu importe s'il a apporté la contagion dans cette maison. Nous fermerons notre porte à ceux qui ne sont pas affligés, prierons et nous réconforterons mutuellement jusqu'à la fin.

Judith était assise en silence sous la charmille, à côté de son époux. Elle prit son ouvrage et le reposa.

— Quand le saurons-nous ?

— Bientôt. C'est mercredi. Avant la fin du sabbat, nous le saurons. Pendant ce temps, nous nous tiendrons à l'écart. Mais si, par quelque miracle, nous en réchappons, que vais-je faire ?

Judith attendit que sa voix se fût calmée.

— Vous trouverez un autre apprenti.

— Et comment le puis-je au milieu de la mort et de la désolation ? Il doit être adroit de ses mains et prompt à apprendre. Je ne puis me permettre de passer deux ou trois années à former une cervelle creuse à ouvrir la porte à un patient ou à porter un panier de simples sans le renverser. Pensez à toutes les familles du Call. Il n'y a personne. Ceux qui ne sont pas morts font le travail de deux ou trois.

— Alors je serai votre apprentie. J'irai avec vous dans les bois pour y cueillir les simples. J'ai fait cela jadis. Vous me direz ce dont vous avez besoin, et je le trouverai. Vous pouvez toujours sentir et goûter pour approuver mon choix.

— Ah, Judith, mon amour. Aussi forte qu'un lion, et aussi brave. Mais vous ne pouvez venir avec moi rendre visite à mes patients. Cela ne serait pas convenable.

— Dans ce cas, j'enverrai Rebecca vous accompagner. Elle est vive et habile de ses mains. Vous devrez vous contenter de vos filles jusqu'à ce que Nathan soit assez âgé pour étudier à la droite de son père.

Un chaton tigré aux yeux dorés sauta sur le giron de Judith. Elle le repoussa d'un geste impatient.

— Avec tous les ennuis que nous avons, Isaac, qu'est-ce qui vous a incité à amener ces créatures dans la maison ?

— Naomi s'est plainte de souris dans la cuisine, et elle a cru voir un rat dans l'office. Vous admettrez que les chats ont chassé rats et souris. En outre, dit-il de sa voix taquine, le vieux Mordecai prétend que les chats aux yeux dorés portent chance. Les maisons qui en possèdent un ont moins souffert des effets de la peste que celles de leurs voisins. Mais pas un mot de cela à qui que ce soit, ou on vous volera notre chat.

Judith se leva et porta sur son mari un regard d'affection et d'exaspération.

— Ne plaisantez pas, mon mari, alors que Benjamin repose non loin de nous. Et qu'une sentence de mort plane sur nous tous.

Isaac la prit par la main.

— Je ne plaisante pas, mon amour. Et peut-être est-ce vrai, aussi vrai que tout ce que les hommes croient à propos de cette terrible affliction.

— Je vous enverrai Rebecca. Si elle doit être votre apprentie, c'est maintenant qu'il lui faut commencer. Elle besoin de se rendre utile, dit la mère avec une certaine vivacité.

Et la peste fit rage de Grenade à Gérone cet été-là, jusqu'à ce que les froids vents du nord purifient la ville de toute infection. À la fin de son règne de terreur, elle avait emporté une âme sur trois, privant de ses représentants les plus doués chaque commerce, chaque métier et chaque charge de la ville, du cordonnier au scribe en passant par le médecin.

Mais elle ne frappa plus jamais la maison d'Isaac le médecin.

CHAPITRE PREMIER

Gérone
Dimanche 22 juin 1353

La cathédrale était fraîche et sombre, en dépit de l'éblouissant soleil estival qui pénétrait par ses hautes fenêtres et des brillantes couleurs qui en ornaient l'intérieur. Les cloches appelaient à la messe, et les fidèles se pressaient en riant ou en discutant. De jeunes femmes se pavanaient dans leurs habits de soie chatoyante ou de modeste drap sombre. Leurs cheveux brillants retombaient en boucles sur leurs épaules, à moins que des voiles ne révèlent des tresses élaborées. Car l'amour flottait dans l'air. Demain, ce serait la veille de la Sant Johan, le jour où les jeunes femmes quêtent le visage de leurs soupirants dans les flaques d'eau claire, les prairies lointaines et tout autre lieu secret. Bon nombre de prétendants se trouvaient dans la cathédrale en cet instant, détournés du souci de leur âme par la séduction des corps tout proches. Un regard audacieux, un gloussement, un sifflement réprobateur, et l'assemblée retrouva le calme.

Dans le coin le plus éloigné de l'autel, deux étrangers, un homme et une femme, étaient en grande conversation. L'homme, d'une beauté arrogante, était vêtu avec ostentation de chausses moulantes ainsi que d'une tunique dont les manches ballon s'ornaient de crevés de couleur.

— Tout est-il arrangé ? demanda-t-il.

Il se pencha vers elle d'un air si pressant, si exigeant, qu'elle eut un mouvement de recul. Le voile de la femme glissa, révélant d'épaisses tresses de cheveux roux enroulées au-dessus des oreilles, à la mode compliquée de la cour de France.

— Rien n'a changé, répondit-elle en évitant le regard de son compagnon. Je ne l'ai pas encore convaincue, mais je pense qu'elle est lasse du couvent et que cette aventure l'intrigue. On la prétend intrépide.

— Dans ce cas, elle ne fera pas une bonne épouse, dit son compagnon, mais c'est son affaire à lui, pas la nôtre. Qu'elle le veuille ou non, il faut qu'elle soit partie entre matines et laudes.

Il s'arrêta de parler comme s'il s'intéressait au service religieux.

— Donnez-lui ceci si nécessaire, fit-il en tendant un petit paquet à la femme. Une goutte ou deux dans du vin, pas plus, et elle dormira profondément. Une personne de confiance sera postée près de la petite porte pour vous décharger d'elle, mais vous devez l'emmener jusque-là.

— Et si l'on me voit ?

— Cela ne se produira pas. Il y aura un tel tumulte en ville que personne n'aura le loisir de vous remarquer.

— Un tumulte ? Comment le savez-vous ? dit-elle en posant sur lui un regard d'étonnement. Dois-je toujours l'amener aux bains maures ?

— Oui. Connaissez-vous un autre lieu si proche et si privé ? Nous partirons de là. Et ce n'est pas un jeu, madame, ajouta-t-il. Si vous ne l'y amenez pas, nous sommes tous perdus.

Lundi 23 juin

La veille de la Sant Johan, patron officieux des fêtes du solstice d'été, les cloches du couvent de Sant Daniel sonnaient pour appeler à complies, et les sœurs emplissaient leur chapelle nouvellement bâtie pour le dernier service de la journée. Malgré l'heure, l'obscurité ne semblait pas vouloir descendre. Les lueurs du soleil couchant disputaient à la lune montante le droit d'éclairer le couvent et la ville. Comme les voix des sœurs s'élevaient en un chant à la beauté mélancolique, confiant l'âme et le corps au Seigneur jusqu'au jour nouveau, la musique qui devait inciter la ville à la célébration entamait son rythme insistant.

Dans la taverne de Rodrigue, tout près de la rivière Onyar, la foule était impatiente et revêche, comme si la tombée de la nuit avait augmenté sa soif de plaisirs sans pour autant l'apaiser. La salle était d'une chaleur oppressante, tout emplie de la fumée des lampes vacillantes. La conversation était décousue, les buveurs maussades et irritables. Puis des pas rapides se firent entendre dans l'escalier, et l'étranger qui assistait à la messe dans la cathédrale entra, apportant avec lui l'air froid et humide des berges. Le silence se fit dans la salle.

L'étranger avait changé d'apparence depuis la veille. L'habit qu'il portait n'était pas si bien coupé, de même que ses chausses ne le serraient pas d'aussi près. Son sourire était plus franc, son regard moins arrogant. Un ou deux hommes le reconnurent et hochèrent prudemment la tête. Il lança un sourire radieux à l'assistance.

— Josep, dit-il en adressant un signe de tête à un individu carré, à l'air puissant et prospère. Pere, Sanch.

Il les reconnut tour à tour, mais personne ne parla.

— Tavernier, dit-il, un pichet de vin pour que mes amis boivent à la fête du saint. Non, cela ne suffira pas. Trois pichets pour commencer. Le bon Johan m'a porté chance et je me dois de lui rendre hommage.

— Merci, messire, dit un homme installé près de la fenêtre. Mais à qui dois-je adresser mes remerciements en dehors du bon saint ?

— Romeu, dit-il. Romeu, fils de Ferran, né à Vic, soldat, voyageur, vagabond, et revenu seulement la semaine dernière sur sa terre natale.

Les pichets furent déposés sur les longues tables. Romeu emplit chopes et gobelets, demanda un autre pichet et remplit son propre gobelet. Il le leva.

— À la plus belle ville du monde, dit-il. Puisse-t-elle prospérer.

Et il but. Tous burent ; il emplit à nouveau chopes et gobelets ; ils burent encore, à la bonne fortune cette fois-ci. Il poussa le pichet sur la table voisine et, aussi brusquement qu'elle avait cessé, la conversation reprit. Romeu se dirigea vers l'autre longue table et poussa un pichet en direction d'un colosse qui écoutait avec respect, sinon compréhension, un petit homme agile au visage boudeur et aux yeux maussades.

— Permettez-moi de vous offrir à boire, dit Romeu aux deux hommes en versant du vin dans la chope du colosse et en tendant la main vers le gobelet du petit homme.

— Je ne bois pas, fit ce dernier en écartant le pichet. Pas quand je ne puis rendre l'invitation.

— Il me racontait ses soucis, intervint le colosse avant de retomber dans le silence.

— Le gros Johan sait patiemment écouter les ennuis d'autrui, dit son ami.

— C'est une chose rare que de savoir écouter, fit observer Romeu tout en remplissant machinalement le gobelet du petit homme. Moi aussi, j'ai connu des moments difficiles.

Il baissa d'un ton pour parler sur le mode de la confidence.

— À cause de la vilenie de personnages dont le nom vous surprendrait, j'ai perdu ma fonction, ma réputation

24

et ma modeste fortune. J'ai passé trois années sans le sou et en exil. Mais, comme vous pouvez le voir, la roue a tourné. Ceux qui conspirèrent contre moi furent démasqués. On m'a rendu mon poste et mon nom.

Sur ce, il remplit à nouveau le gobelet du petit homme.

— Je suis relieur, dit celui-ci. Et je m'appelle Martin.

— C'est un excellent commerce, approuva Romeu. N'y a-t-il donc plus de livres à Gérone, que vous ne puissiez trinquer au bon saint?

— Ah, les livres ne manquent pas. Il n'y a pas si longtemps, j'effectuais toutes les reliures pour la cathédrale et les cours ecclésiastiques ainsi que pour certains gentilshommes de la ville. C'était d'un excellent rapport. Je ne suis pas plus âgé que vous, messire, pourtant j'occupais en permanence un artisan et deux apprentis. Et puis quelque vicaire malveillant... je sais de qui je parle, dit Martin en se servant lui-même à boire. Il s'est plaint d'un certain manque de soin. C'était l'apprenti — on ne trouve plus d'apprentis de nos jours. Pas depuis que la peste en a tant tué. Aujourd'hui, n'importe quel bon à rien estime devoir se faire payer en or pour avoir dormi toute la journée sur son établi.

Il secoua la tête.

— Donc, j'étais occupé, et le vicaire — voilà un homme qui n'est pas tendre — a donné une partie du travail à un autre, un juif, et paraît-il qu'il a mieux travaillé, et à meilleur prix.

— On a donné votre ouvrage à un...

— Oui, messire. On a fait cela. Un juif. Qui travaille pour l'évêque.

Il parla plus bas.

— On dit qu'il a des esclaves. Il les tient enfermés dans l'atelier, les nourrit sur place et dépense le minimum. Ce n'est pas juste. L'évêque devrait faire exécuter son travail par des chrétiens, pas par des juifs ou leurs esclaves maures.

— Vous entendez ça, Josep ? demanda Romeu. Qu'adviendra-t-il quand la fabrication du papier sera reprise par les juifs ?

— Nous n'en arriverons pas là, dit l'homme à l'air prospère. Je sais comment protéger mes intérêts.

— Il est temps que nous fassions quelque chose, intervint une deuxième voix, de l'autre côté de la table.

— Nous y veillons déjà, Marc, ajouta une troisième voix. Joignez-vous à nous.

— Silence, bande de sots ! murmura quelqu'un d'autre. On pourrait nous entendre.

— Le Glaive de Vengeance de l'archange Michel abattra les chefs couverts de sang, les prêtres corrompus et les sorciers juifs, dit une voix qui sortait de l'ombre. De même qu'à l'époque de nos grands-pères il nous a sauvés des envahisseurs français.

Mais quand ils se retournèrent pour voir qui avait parlé, ils ne virent personne.

Romeu sourit, les yeux brillants, son premier gobelet de vin à peine entamé dans sa main. Il le reposa, échangea un mot ou deux avec le maître des lieux, offrit encore un peu de vin et se glissa dans la nuit tiède. Son œuvre ne faisait que commencer.

Au milieu de la nuit, la lune s'était cachée derrière les collines, et la chaleur recouvrait toujours comme une couverture les ténèbres veloutées de Gérone. L'odeur de boue et de poisson mort montait de la rivière pour se mêler de façon peu plaisante aux parfums plus domestiques de la cité : anciennes odeurs de cuisine, choux en putréfaction, lieux d'aisances, fumée des cheminées.

La ville s'apaisait. Seuls quelques fêtards incorrigibles n'avaient pas encore cherché un lit pour la nuit — prairie odorante, bras accueillants ou même paillasse solitaire. À la porte nord de la ville, Isaac le médecin dit adieu à son escorte, adressa un mot et donna une pièce au gardien, puis partit d'un bon pas vers le quartier juif. Le doux contact de ses bottes de cuir fin sur les pavés familiers résonnait dans l'air paisible de juin. Il s'arrêta. Son écho se fit entendre un moment avant de cesser ; quelqu'un guettait dans la nuit. Isaac saisit une bouffée de peur et de désir qui dérivait dans l'air, puis ce fut l'odeur âcre du mal. Il referma la main sur son bâton et marcha plus vivement.

Les pas disparurent dans le lointain, et le médecin repensa à l'enfant malade qu'il venait de quitter. Cette semaine avait vu une nette amélioration de son état ; il avait bon appétit et désirait à nouveau jouer dans les écuries ou près de la rivière. Sans autre médicament que le bon air et une nourriture saine, il devrait être aussi robuste que tout enfant de son âge vers la fin de l'été. Son père serait satisfait.

La porte du Call était depuis longtemps fermée à clef et barricadée. Isaac frappa les lourdes planches de son bâton ; rien ne se passa. Il frappa plus fort.

— Jacob, appela-t-il d'une voix grave et pénétrante, espèce de bon à rien ! Réveille-toi ! Tu veux donc que je dorme à la belle étoile ?

— J'arrive, maître Isaac, grommela Jacob. J'arrive. Il fallait peut-être que je garde la porte ouverte toute la nuit en vous attendant ?

Mais sa voix n'était plus qu'un murmure dont on pouvait ne pas tenir compte. Isaac posa son panier à terre et attendit. Une douce brise se leva, porteuse de l'entêtant parfum des roses du jardin de l'évêque ; elle souleva les cheveux d'Isaac avant de mourir. Quelque part un chien aboya. Dans le Call, le gémissement d'un bébé transperça l'air nocturne. À en juger par l'intonation maladive de ce cri, c'était certainement le premier-né de Reb Samuel, qui n'avait même pas trois mois. Isaac secoua la tête. Son cœur s'affligea pour le rabbin et son épouse. À tout instant, leur servante serait chez lui pour l'implorer de passer sa tunique et de venir voir l'enfant.

La lourde barre fut délogée, une clef tourna dans la serrure et la petite porte s'ouvrit dans un grincement.

— Il est vraiment tard pour laisser entrer quelqu'un, maître, dit Jacob. Même lorsqu'il est aussi honorable que vous-même. De plus, c'est une nuit bien préoccupante, pleine d'ivrognes aux intentions mauvaises. C'est quand même la seconde fois que je suis tiré du lit, ajouta-t-il d'un ton qui en disait long. Et celui que j'ai laissé entrer vous cherchait.

— Ah, Jacob, si le reste du monde connaissait des nuits tranquilles, toi et moi pourrions consacrer nos heures nocturnes à un sommeil paisible, non ?

Il déposa une pièce dans la main du portier.

— Mais comment gagnerions-nous notre pain ? ajouta-t-il avec un soupçon de malice avant de prendre la direction de sa demeure.

Il fut accueilli à la porte par une voix qu'il ne reconnut pas. Elle paraissait appartenir à un homme jeune et robuste, et l'accent était celui des Catalans de l'arrière-pays.

— Maître Isaac, dit l'étranger, c'est le couvent de Sant Daniel qui m'envoie. Une de nos dames est gravement malade. Elle crie de douleur.

Il parlait comme si ses mots avaient été appris à grand-peine.

— On m'a demandé de venir vous chercher, vous et vos médecines.

— Au couvent ? Cette nuit ? Je viens d'arriver.

— On m'a dit de venir vous chercher, répéta l'étranger qui haussait le ton, pris de panique.

— Silence, mon garçon, dit doucement Isaac. Je vais venir, mais il me faut d'abord prendre ce dont j'ai besoin. Ne réveillons pas la maisonnée.

Il tourna la clef de la porte et entra.

— Attendez-moi dans la cour, dit-il en tendant la main. J'ai à faire dans la maison.

Le fils du jardinier du couvent observa Isaac avec une curiosité qui confinait à l'étonnement. Ce que l'on disait en ville était vrai. Maître Isaac pouvait fouler sans un bruit une volée de marches de pierre. On chuchotait aussi que l'on ne savait qu'à l'air déplacé qu'Isaac venait de vous frôler dans le noir. Le garçon écarquilla les yeux pour voir si maître Isaac grimpait seul ou si des démons familiers le portaient jusqu'à l'étage supérieur.

Quelque chose de doux, d'informe et de menaçant se pressa contre sa jambe, mettant un terme à ses spéculations. Il sauta en l'air et réprima héroïquement un hurlement de terreur pure. À son cri étranglé répondit un miaulement interrogateur. Un chat. Penaud, il se pencha pour lui gratter les oreilles et attendit.

Quand Isaac arriva en haut de l'escalier, il écouta brièvement à la porte de sa femme, puis se rendit auprès de la chambre située de l'autre côté du couloir. Il frappa doucement.

— Raquel, murmura-t-il. Es-tu éveillée ? J'ai besoin de toi.

La douce voix de sa fille de seize ans lui répondit. Il s'adossa au mur pour attendre.

— Isaac !

Son nom résonna dans la nuit comme la trompette de Josué, et il s'endurcit pour empêcher ses propres murailles de crouler. Quand il s'y attendait le moins, l'inquiétude de Judith pouvait s'abattre sur lui comme un drap oppressant, saper sa force et sa vigueur.

— Qu'y a-t-il ?

Il l'entendit descendre du lit et traverser la chambre à vive allure. La porte s'ouvrit en crissant, laissant l'air frais des collines s'engouffrer dans le couloir.

— Rien, mon amour, dit Isaac. Tout va bien. Le couvent m'envoie chercher, et Raquel doit m'assister.

— Où êtes-vous allé ? demanda Judith. Vous êtes sorti toute la nuit, seul, sans même un domestique pour vous accompagner. Ce n'est pas raisonnable.

Il tendit la main pour toucher son visage et apaiser ses inquiétudes.

— Le fils du rabbin est sur le point de mourir, mon

aimée. Sa femme est éperdue. Après avoir attendu un fils pendant plus de trois ans, l'épreuve est plutôt terrible. S'ils m'envoient chercher, dites que nous partirons directement depuis le couvent.

Judith demeura silencieuse, prisonnière de son code de comportement rigide et élaboré. On ne rechignait pas à assister le rabbin. Mais Judith elle-même avait perdu deux fils en bas âge avant la naissance des jumeaux, et elle pensait secrètement que le rabbin et son épouse n'avaient pas le monopole du chagrin. En vérité, son débat intérieur sur ce qu'elle devait faire à présent l'avait distraite au point de ne pas remarquer qu'Isaac n'avait pas répondu à sa question.

— Je ne comprends pas pourquoi toute la maisonnée devrait veiller parce qu'une religieuse est malade, dit-elle. Qu'est-ce que les religieuses ont fait pour vous, mon mari ?

— Chut ! L'évêque s'est montré un bon ami...

Heureusement, Raquel sortit de sa chambre avant que Judith pût exprimer son opinion sur l'évêque. Elle étreignit rapidement sa mère et, malgré la chaleur, s'enveloppa dans une cape.

— Attendez un instant, dit Judith.

— Pourquoi ? fit Isaac avec une certaine impatience. C'est là une affaire urgente.

— Je vous accompagnerai jusqu'à la maison du rabbin, dit-elle. Allez, je vous retrouverai dans la cour.

Raquel suivit son père dans l'escalier. Il ouvrit la porte donnant sur une vaste pièce basse de plafond qui lui servait à la fois d'herboristerie, de cabinet de consultation et, les nuits où il s'attendait à être appelé, de chambre à coucher.

Isaac ramassa un panier qu'il entreprit de remplir de flacons ainsi que de paquets de racines et d'herbes enveloppés dans de l'étoffe.

— Mon garçon, appela-t-il doucement par la porte ouverte, que sais-tu de la maladie de cette dame ?

— Rien, maître. Je prends les messages et vais chercher le nécessaire en ville. Sinon je travaille dans le jardin. On ne me dit rien.

Il prit le temps de la réflexion.

— Je l'ai entendue crier, ajouta-t-il, tout content de lui. Quand l'abbesse m'a donné le message. L'abbesse en personne m'a dit de venir vous trouver.

— Comment est son cri ? Est-il très fort ?

Il réfléchit un instant.

— C'est un cri très fort, maître. Comme un cochon qu'on égorge ou... comme une femme qui enfante. Elle sanglote aussi. Puis elle s'arrête.

— Brave garçon. Viens, Raquel, j'entends ta mère.

Fait extraordinaire, l'abbesse Elicsenda attendait en personne près du lourd portail, accompagnée de la sœur économe, Sor Agnete, et de la sœur tourière, Sor Marta.

— Maître Isaac, dit-elle, merci.

D'une voix chargée d'angoisse, elle se hâta de présenter les deux religieuses, puis elle renonça aux banalités.

— Je serai brève. Dame Isabel est pupille du couvent. La maladie s'est abattue sur elle très rapidement. Elle n'est consciente que de brefs instants de ce qui l'entoure ; le reste du temps, elle délire sous l'influence de visions. Je crains qu'elle ne passe pas la nuit. Si vous ne pouvez rien d'autre, je souhaite que vous allégiez au moins ses souffrances. J'ai également envoyé quérir l'évêque. Sor Marta vous conduira auprès d'elle.

Sor Marta ne donna pas à Isaac le temps de se demander pourquoi son ami l'évêque, plutôt que le confesseur habituel du couvent, devait être tiré de son lit pour assister une jeune fille qui allait mourir. Elle l'entraîna dans un étroit escalier de pierre puis dans de longs couloirs, et ses souples souliers de cuir foulaient le sol avec douceur. Les pas ralentirent. Isaac entendit un cri terrible, un sanglot puis une série de haut-le-cœur. Sor Marta frappa une seule fois à une lourde porte avant de s'écarter, murmurant que Sor Benvenguda, la sœur infirmière, allait se joindre à eux.

La porte s'ouvrit et se referma. Un bruissement d'étoffe et la proximité d'un corps chaud annoncèrent l'arrivée de la sœur infirmière.

— Maître Isaac, nous apprécions votre assistance, déclara-t-elle bien que sa voix trahît colère et ressentiment. L'évêque en personne a recommandé que nous vous fassions venir. Vous voudrez savoir ce qui la fait souffrir.

La porte s'ouvrit pour laisser quelqu'un d'autre sortir de l'infirmerie. L'odeur de fièvre et de déshydratation, mais aussi un vague relent de chair corrompue accompagnèrent la nouvelle venue.

— Je puis vous dire ce qui la trouble, dit vivement Isaac. Elle souffre de plaies pustuleuses qui lui causent douleurs et fièvre.

Une des sœurs présentes dans le couloir s'étonna bruyamment.

— Avant de pouvoir en dire plus, ajouta-t-il, je dois l'examiner pour déterminer la cause et dire si mes pauvres capacités sont susceptibles de l'aider.

Sor Benvenguda ne fut pas surprise, mais tout simplement choquée.

— Cela n'est pas possible. Sa pudeur...

— ... ne sera pas offensée par le regard d'un aveugle.

La sœur infirmière ne sut que dire.

— Je l'ignorais, maître Isaac, répondit-elle finalement. Je suis nouvelle en ce couvent, je viens de notre maison de Tarragone.

Elle prit son souffle et revint à l'attaque.

— Malgré tout, il n'est pas convenable que même un aveugle soit autorisé à découvrir...

— Seule ma fille la touchera. Elle me décrira ce qu'elle voit.

— Nous ne pouvons autoriser cela. Pas même nos sœurs ne peuvent le faire.

— L'affaire est différente, dit Isaac d'un ton péremptoire. Vos sœurs doivent prendre un soin particulier afin de ne pas offenser leur propre modestie. Ma fille est discrète et vertueuse, mais elle n'a pas prononcé de vœux qu'il lui faudrait rompre en aidant cette malheureuse.

— Impossible.

Deux séries de pas retentirent dans le couloir et s'arrêtèrent tout près d'eux.

— Qu'est-ce qui est impossible, ma sœur ?

— Que je permette à cet homme et à sa fille d'examiner dame Isabel, ma mère.

— Dame Isabel est la nièce de notre évêque, dit l'abbesse avec dureté. Il l'a confiée à notre bon soin ; nous sommes responsables de sa santé et de son bonheur. Je vous demande de vous rappeler, ma sœur, ajouta-t-elle, que Son Excellence a condescendu à nous faire savoir qu'il souhaite que maître Isaac examine sa nièce et qu'il fasse tout ce qui lui semble bon pour la soigner. Je pense que nous ne pouvons ignorer son souhait.

Sa voix était tranchante comme l'acier.

— Oui, madame, murmura Sor Benvenguda.

— Apportez de la lumière et tout ce dont ils pourraient avoir besoin.

— De la lumière ? Mais il ne peut...

— C'est vrai, ma sœur, mais pour elle, oui.

Des pas s'éloignèrent rapidement dans le couloir.

— Comment te nommes-tu, ma fille ?

— Raquel, madame.

Isaac entendit sa robe de futaine caresser le sol de pierre quand elle fit la révérence.

— Vous et votre père, vous avez notre gratitude et nos prières pour vos efforts, quelle que soit l'issue. Il vous sera peut-être utile de savoir que dame Isabel a dix-sept ans et que, depuis cinq ans qu'elle vit au couvent, le ciel l'a gratifiée d'une excellente santé — jusqu'à cette maladie. Si quelque chose vous manque, demandez-le-moi. Sor Agnete restera auprès de vous pour s'assurer que je reçois promptement vos messages.

Raquel pénétra dans l'infirmerie avec son père et le conduisit vers le lit étroit, au milieu de la pièce, où gisait la malade. Sur le mur de droite, une grande cheminée s'ornait de crochets et de plaques. En dépit de la chaleur de la nuit, un feu brûlait dans l'âtre ; dans un brasero, des braises luisaient non loin de là. Une très vieille religieuse était assise sur un tabouret, entre le feu et le brasero, et tournait dans un pot de cuivre une substance rappelant la bouillie. De temps à autre, elle plongeait la main dans un panier posé à terre à côté d'elle, arrachait une poignée d'herbes et les jetait dans le brasero. Leur douceur cherchait à masquer l'odeur d'infection qui régnait dans la pièce. Une sœur converse aux bras forts et à l'expression pugnace attendait entre les deux fenêtres étroites de cette pièce : elle semblait un peu déplacée, comme si on lui avait demandé de venir laver le corps et qu'elle fût arrivée bien trop tôt. La large pièce était chichement éclairée par une bougie et par le feu dansant dans la cheminée. Deux jeunes religieuses, pâles de fatigue et trempées de sueur, se tenaient près de la lumière en compagnie de la sœur infirmière tandis que Sor Agnete, avec son air redoutable, les observait depuis la porte.

— Voici le lit, papa, dit Raquel, et la table se trouve à votre gauche. Il y a une autre table au pied du lit, assez grande pour notre panier. L'y déposerai-je ?

Sans attendre sa réponse, elle posa le panier au pied du lit.

— Dis-moi quelque chose de ma patiente, mon enfant.

Isaac s'était adressé si doucement à elle que les sœurs se rendirent à peine compte qu'il parlait.

Raquel prit la bougie et l'approcha de la jeune fille. Elle retint son souffle de surprise quand la lueur tomba sur ses traits délicats.

— Elle a l'air... commença Raquel avant de remarquer que les religieuses l'observaient. Elle a l'air malade, papa. Ses yeux sont enfoncés, ses lèvres sèches et craquelées, sa peau pâle... et...

La porte s'ouvrit, un air plus frais s'engouffra et avec lui deux sœurs portant d'autres bougies. Elles les disposèrent sur des tables près du lit et les allumèrent.

— Elles ont apporté d'autres bougies. À la lumière, je vois que sa peau est grise, sans aucune trace de jaune. Elle a des taches de fièvre sur les joues. Elle secoue la tête, papa, comme si elle souffrait beaucoup, mais elle repose sur le dos, toute raide dans son lit.

— Demande-lui, doucement et calmement, où réside la douleur.

Raquel s'agenouilla auprès du lit afin d'approcher son visage de celui de la patiente.

— Madame, murmura-t-elle, est-ce que vous m'entendez ?

La tête remua, pareille à un crâne de mort.

— Dites-moi... où vous avez mal.

— Demande-lui de montrer où cela se trouve, si elle le peut. Et place-toi entre elle et les sœurs.

Dame Isabel entendit et tendit la main. Elle fit signe à Raquel de s'approcher et, d'une voix rauque, lui murmura à l'oreille.

Raquel se mit sur la pointe des pieds et chuchota à l'oreille de son père :

— Elle dit que la grosseur se trouve sur sa cuisse, papa.

Isaac se tourna, hochant plusieurs fois la tête jusqu'à ce qu'il crût avoir localisé la sœur infirmière.

— Il y a trop de monde dans cette pièce, ma sœur, dit-il avec autorité. Elles souillent l'air et perturbent la sérénité. Renvoyez-les.

Sor Benvenguda interrogea du regard Sor Agnete, laquelle hocha la tête d'un air sombre.

— Comme vous le voudrez, maître, dit la sœur infirmière. Mais certainement pas Sor Tecla ? Elle a longtemps été notre sœur infirmière et pourra nous être d'un grand secours.

Sa voix se changea en murmure.

— Elle a travaillé seule ici après que toutes ses assistantes furent prises par la Mort. Elle sera au désespoir d'être renvoyée.

À nouveau, elle éleva la voix.

— Sor Tecla prépare un emplâtre d'avoine et de son au cas où cela serait nécessaire.

— J'ai, moi aussi, perdu un assistant de valeur à cause de la peste, dit Isaac. Mais le Seigneur dans Sa sagesse m'a donné une fille intelligente aux doigts habiles afin de prendre sa place. Sor Tecla pourra rester, assurément. Elle ne nous gênera pas.

— Je resterai aussi, dit Sor Agnete. Personne d'autre n'est nécessaire. Je me tiendrai près de la porte et porterai tous les messages qui devront l'être. Ma sœur, vous pouvez attendre dehors tant que l'on n'a pas besoin de vous.

Sor Benvenguda lui lança un regard haineux et se dirigea vers la porte.

— Merci, ma sœur, dit Isaac.

Il attendit que les pas s'éloignent et que la porte se referme avant de se consacrer à nouveau à sa patiente.

Avec beaucoup de délicatesse, Raquel souleva les draps, puis la fine robe de lin, avant d'exposer une grosseur rouge et brillante, très haut sur la cuisse de dame Isabel, tout près de l'aine. La douce voix de Raquel décrivait avec précision ce qu'elle faisait et voyait.

— Quelle sorte de grosseur ? interrogea Isaac.

— C'est pustuleux, j'en suis certaine, mais ce n'est pas un bubon de peste, dit Raquel.

Elle se pencha.

— Depuis combien de temps est-elle là ? demanda-t-elle.

Dame Isabel cligna des yeux, car elle avait du mal à fixer son regard.

— Vendredi, chuchota-t-elle.

Elle referma les yeux, lança la tête de côté et murmura des paroles incompréhensibles.

— S'est-elle étendue ? demanda Isaac.

— Pas encore, papa. Du moins je ne le crois pas.

— Je dois la toucher, ma brave dame Isabel, afin de savoir quoi faire. Mais je suis aveugle et ne puis vous voir. Mes doigts verront pour moi.

La jeune femme gémit, ouvrit tout grand les yeux et s'empara de la main de Raquel. Elle voulut la porter à son visage.

— Maman, fit-elle doucement.

— Essayez de ne pas crier, dit Isaac, ou ces braves sœurs vont croire que je vous assassine.

— Elle ne peut vous comprendre, papa.

— Peut-être, mais peut-être que si. Apaisons d'abord la douleur.

Raquel tira une flasque de vin du panier, remplit la moitié d'un gobelet et y ajouta de l'eau ainsi que le contenu sombre d'un flacon. Elle releva la tête de dame Isabel et porta le gobelet à ses lèvres.

— Vous devez boire, dame Isabel, dit Isaac avec fermeté.

Perdue dans son délire, elle l'entendit et avala la moitié de la mixture. Isaac attendit, puis se pencha au-dessus du lit ; Raquel lui posa les doigts au bord de la grosseur. Il la palpa et hocha la tête.

Les mains bien assurées de Raquel crevèrent l'abcès, puis essuyèrent l'écoulement des matières infectées. Elle lava la blessure avec du vin, ajouta quelques feuilles et herbes séchées à l'emplâtre de la vieille religieuse et mit le tout en place.

— Comment vous sentez-vous à présent, madame ? demanda Isaac.

Ivre d'épuisement ainsi que d'une combinaison de vin fort et de puissants opiats, dame Isabel ne répondit pas. Pour la première fois depuis plusieurs jours, elle dormait profondément.

Isaac ramassa son bâton et traversa la chambre de la

malade. Avant qu'il atteignît cette porte qu'il ne connaissait pas, Sor Agnete la lui ouvrit et lui souhaita amicalement bonne nuit. Dans le couloir, une main forte se referma sur la sienne, et une voix familière l'interpella :

— Maître Isaac, mon vieil ami ! Je vous suis reconnaissant de l'attention que vous avez bien voulu porter à ma nièce. Comment va-t-elle ?

— Elle dort, monseigneur Berenguer. Raquel va rester prendre soin d'elle. Je ne tenterai pas le Ciel en disant qu'elle est hors de danger, mais je ne pense pas que le Seigneur soit prêt à la prendre. Je reviendrai au matin pour voir quels progrès elle a faits. Raquel m'enverra chercher si l'on a besoin de moi avant cela.

— Allons, dit l'évêque de Gérone, voilà de bonnes nouvelles. Marchons un peu.

Comme ils descendaient l'escalier, une voix de soprano retentit et résonna dans les couloirs déserts. Elle fut bientôt rejointe par deux ou trois autres, dont les sonorités plus graves soutenaient le chant plaintif. Isaac s'arrêta.

— Ce sont les sœurs, dit Berenguer, tirées de leurs lits pour chanter laudes. Une pénitence que subissent certaines, murmura-t-il en esquissant un rire, pour posséder une meilleure voix que la multitude.

— Un petit prix pour une telle beauté. Dame Isabel est votre nièce, Votre Excellence ? Je ne vous ai jamais entendu parler d'elle, me semble-t-il.

— Il y a des raisons à cela, mon ami. Et pour que les choses soient bien claires, elle est effectivement ma nièce, la fille de ma sœur, pas une erreur de jeunesse, dit l'évêque alors qu'ils attendaient que Sor Marta leur ouvre la porte du couvent. Née en une époque fortunée, il y a dix-sept ans de cela. Une fille modeste quoique courageuse, dotée d'un esprit vif et d'une langue acérée. Je l'aime beaucoup.

Il s'arrêta un instant de marcher pour qu'ils puissent descendre ensemble les marches.

— Depuis la mort de sa mère, je suis son tuteur. Je l'ai placée en un endroit où je peux surveiller son éducation.

Une silhouette passa près d'Isaac, laissant derrière elle une senteur lourde de musc et de jasmin mêlée de peur animale. Des pas féminins, nerveux, précipités, se perdirent dans le tohu-bohu de la cour où attendait l'escorte de l'évêque. Les chevaux piétinaient et piaffaient d'impatience. La senteur du parfum de la femme fut engloutie par les odeurs de la nuit : chevaux, torches qui brûlent, sueur des hommes. Une remarque amusée vint aux lèvres d'Isaac, mais n'alla pas plus loin : cela ne le regardait en rien si une religieuse donnait nuitamment ses rendez-vous.

— La nuit est sombre ? demanda-t-il à l'évêque.

— Comme les abysses infernaux, répondit Berenguer qui, d'excellente humeur, abattit sa main sur l'épaule de son ami. La lune est basse et les étoiles semblent avoir disparu avec elle. C'est vous qui devrez me conduire par les rues.

L'évêque fit signe à ses gardes de le suivre à distance, et les deux hommes partirent à pied sur la route qui longeait la rivière Galligants et les conduirait jusqu'à la porte nord de la ville.

La religieuse apeurée échappa à la foule devant la porte principale du couvent. Elle ajusta son voile pour dissimuler son visage blême et sa guimpe de lin blanc, puis elle se plaqua au mur derrière elle. Du bout de ses doigts tremblants, elle palpa la muraille, scrutant la nuit, jusqu'à ce qu'elle arrive dans un endroit découvert, entre prairie et rivière. La distance du couvent au pont censé la conduire aux bains lui paraissait infinie ; elle se sentait aussi visible qu'un chat noir sur un champ de neige. En titubant, elle parvint à la porte et tomba dans les bras de Romeu. Il plaqua la main sur sa bouche pour étouffer son cri et l'attira à l'intérieur de la bâtisse.

— Où est-elle ? murmura-t-il d'un air déterminé.

— Je n'ai pu m'approcher d'elle. Elle est malade...
mourante. On dit qu'il n'y a plus d'espoir. Je ne pouvais
quand même pas...

Elle éclata en sanglots.

— Votre amie et vous-même auriez pu la porter.

— Elle repose à l'infirmerie, avec le médecin et toute
une cohorte de nonnes. Vous avez l'enfant ?

— Sa nourrice nous l'amène. À la porte est.

— Comment avez-vous réussi à la convaincre de
faire une chose pareille ? demanda-t-elle, surprise.

— On lui a dit que c'était un ordre de Sa Majesté.
Nous avons besoin d'elle. Nous ne voulons pas nous
encombrer d'un bébé braillard, n'est-ce pas ?

— Je vous en prie, oubliez ce projet, dit-elle d'une
voix tendue. C'est trop dangereux. Nous ne réussirons
pas.

— Trop tard. La nourrice sera à la porte au soleil
levant. Et trois autres personnes sont impliquées. Ce
serait trop dangereux si l'on faisait volte-face.

Il balaya le problème du revers de la main.

— Vous ne saviez pas que dame Isabel se mourait
avant cela ? ajouta-t-il avec véhémence.

Il y eut un silence. Un long silence. Il la secoua, et elle
parla à nouveau :

— J'emmènerai l'enfant et je me rendrai auprès de Sa
Majesté la reine pour lui dire que j'ai entendu des
rumeurs de complot, que je craignais pour la vie du
prince et que, pour cela, je l'ai ramené auprès d'elle. Elle
me pardonnera. Elle s'emporte facilement, mais par-
donne tout aussi vite.

— Non seulement vous êtes incompétente, mais vous
êtes aussi stupide, dit-il. Et quand on vous demandera
qui vous a aidée, que répondrez-vous ?

— Je ne vous trahirai jamais. Jamais.

— Heureusement pour moi, dit-il avec froideur, vous
n'en aurez pas l'occasion.

— Comment osez-vous me parler de la sorte ? dit la
femme en se drapant dans son rang et sa dignité.

— Je l'ose parce que je le dois si tous deux nous voulons survivre. Soyez raisonnable, madame. Attendez-moi ici. J'ai des choses à faire. Si je ne suis pas revenu aux premières lueurs, venez nous retrouver devant la porte est. J'ai apporté vos habits. Changez-vous avant mon retour.

— Quelle cause pouvez-vous donner à la maladie de ma nièce ? demanda simplement l'évêque Berenguer alors qu'ils marchaient lentement dans la nuit.

Derrière eux, les torches vacillantes projetaient assez de lumière pour que Berenguer trouve son chemin. Et la rue était trop familière à Isaac pour qu'il ait besoin d'un guide.

— Il y a bien des causes possibles, Votre Excellence, répondit Isaac avec beaucoup de circonspection. Ce pourrait être la morsure d'un insecte dont le venin a ranci. Si dame Isabel avait été un soldat ou un bagarreur, j'aurais parlé d'une petite blessure infectée par négligence.

— Ne peut-on y voir l'œuvre d'une main criminelle ?

Isaac s'arrêta de marcher.

— Je ne le pense pas. Il serait assez difficile...

Il réfléchit tout de même à cette possibilité.

— Raquel découvrira les circonstances quand dame Isabel s'éveillera. Avez-vous quelque raison de craindre la malveillance ?

— Non... et oui. Elle est la fille unique de ma sœur — de ma demi-sœur, pour être précis. Doña Constancia d'Empuries. Mais, Isaac, mon ami, si vous pouviez voir, vous sauriez que quiconque la contemple la reconnaît. Sa paternité est inscrite sur son visage.

L'évêque s'arrêta pour regarder alentour. Un vent glacé s'éleva soudainement et il s'enroula dans sa cape.

— Son père est donc bien connu ?

— Si vous admettez que Pedro d'Aragon est bien connu, dit-il sur un ton quelque peu ironique. Elle a dans les yeux une nuance qui rappelle ma défunte sœur, mais tous ses autres traits sont ceux de son père. Si les enfants de sa femme lui ressemblent ne serait-ce que dix fois moins qu'Isabel, la dame sera satisfaite.

Il s'arrêta et posa la main sur la manche d'Isaac pour qu'il fît de même.

— Entendez-vous quelque chose, mon ami ?

— Du tapage, dit Isaac. Ici ou là en ville.

— Des ivrognes, qui fêtent la Sant Johan avec une outre de vin chacun. Dans le temps, ils se seraient écroulés avec une femme dans le coin d'un champ, mais ils préfèrent aujourd'hui troubler le repos des honnêtes gens.

Berenguer rit et revint à ce qui le préoccupait.

— En vérité, je soupçonne Isabel d'être une épine dans la chair de notre jeune reine. Elle a déjà assez d'ennuis. Le premier d'entre eux étant sa crainte de voir mourir l'infant Johan, notre nouveau duc de Gérone.

— Elle aura certainement d'autres fils.

— On dit qu'elle redoute de devenir stérile ou, comme son prédécesseur, de ne plus porter que des filles. Un riche mariage pour la fille de Doña Constancia pourrait lui rappeler à quel point Dame Fortune sait être volage.

— Cela se pourrait donc, Votre Excellence ? dit Isaac. Ce mariage ?

— Oui. Don Pedro est enchanté par sa beauté et son savoir. Il a pour elle un important mariage en tête.

Il fit halte et rit.

— Ainsi exposées, mes craintes semblent bien ridicules. Et Sa Majesté la reine est la moins assoiffée de sang parmi nos dames, ajouta-t-il. Mais certaines de ses suivantes feraient n'importe quoi pour lui procurer un peu de répit.

— Lui apprendre que dame Isabel vient de périr... d'une piqûre d'insecte ? demanda Isaac.

— Les sœurs sont loyales et attentionnées. Et je sais

42

que vous veillerez sur ma nièce comme sur votre propre enfant. Si Isabel survit à ceci, je vous en serai très reconnaissant.

L'évêque fit une pause.

— Bien, maintenant que nous sommes loin des oreilles indiscrètes, comment va Johan, notre jeune prince ? Est-il du genre à confirmer les craintes de sa mère ?

— Pas ce soir, ni dans l'immédiat. Il n'a pas sur lui l'odeur de la mort. Quand je l'ai quitté, sa fièvre bénigne était partie, il avait bien mangé et dormait paisiblement comme tout autre enfant de trois ans. Bien sûr, ajouta Isaac, la mort vient tous nous prendre, un jour ou l'autre.

Le vent forcit et s'engouffra dans les plis de leurs robes. L'évêque serra davantage sa cape.

— Le Seigneur soit loué pour ce vent ! Nous en aurons besoin cet été pour écarter la peste. Mais revenons à notre jeune prince, c'en sera déjà assez pour Sa Majesté et Doña Eleanor si la mort peut attendre qu'il soit couronné roi d'Aragon et ait engendré des fils.

— Un jour ou deux de repos et il sera sur pied, dit Isaac. Sa constitution devient meilleure, je pense, et là où il se trouve, l'air est doux et bon. Sa Majesté la reine peut dormir en paix.

L'évêque s'arrêta.

— Je crains, en jouissant égoïstement de votre conversation, de vous avoir écarté de votre chemin. Nous sommes pratiquement au palais. Je vous laisserai donc ici, mon ami.

Un murmure distant de voix humaines avait éveillé leurs sens alors qu'ils franchissaient les marches menant à la cathédrale et au palais. Puis cela éclata brusquement en un tumulte de cris et de jurons. Derrière eux, de l'autre côté de la place, Isaac entendit le bruit sec d'une pierre qui heurte le pavé, ou peut-être un mur, suivi du coup sourd d'un poing d'homme ou d'un bâton qui s'abat sur de la chair humaine. Il fit la grimace.

— C'est plus qu'une querelle d'ivrognes, Votre Excellence. Ce sont des émeutiers.

— Effectivement, dit l'évêque sur le ton de la colère. La nuit de la Sant Johan, les rues attirent les fous avinés. Et certains de ces fous, si je ne m'abuse, vivent bien trop près du palais. Ces douces voix que j'entends sont celles de mes étudiants, me semble-t-il.

Il regarda derrière lui.

— Holà, officier ! appela-t-il.

Le plus proche membre de l'escorte de l'évêque éperonna son cheval.

— Votre Excellence !

L'évêque posa la main sur le garrot du cheval.

— Restez sur votre monture, mon ami. Allez chercher le capitaine de la garde et dites-lui de faire en sorte que la racaille soit tenue à l'écart du palais. Puis demandez au chanoine responsable ce qui se passe dans les dortoirs des séminaristes.

Il regarda autour de lui.

— Maître Isaac, je n'aime pas trop cette situation, mais les étudiants auront bientôt quitté les lieux et regagné leurs lits. Si vous traversez la place et allez tout droit, vous éviterez les rues où la populace semble s'être donné rendez-vous. Je vais vous faire escorter.

— Où en est la nuit ? demanda Isaac.

— Les premières lueurs de l'aube affleurent les toits.

— Le vent frais et la lumière du jour vont leur faire retrouver leurs sens, dit Isaac. Ne vous dérangez pas pour moi, je vous en prie. Je connais bien la ville et, dans le noir, j'y vois autant que quiconque pourrait m'accompagner.

— Vous avez sans aucun doute raison, maître Isaac. Le soleil levant les renverra chez eux dans une heure ou deux, mais j'aurais le cœur plus léger si je vous adressais un ou deux hommes.

— Votre Excellence, il est temps que nous nous couchions, et je crains de devoir visiter un autre patient avant de trouver le sommeil, dit Isaac. Que vos hommes aillent aussi se coucher, ils l'ont bien mérité. Le Seigneur et mes autres sens guideront mes pas. Je me sentirai en sécurité dans les ruelles étroites.

Isaac traversa la place d'un pas confiant et se dirigea vers les escaliers menant au Call, son bâton devant lui, ses pieds sur les pavés lui indiquant exactement où il se trouvait. Il s'arrêta au milieu de la place. Le bruit se faisait plus fort. Ses oreilles, plus fines que celles de l'évêque, avaient localisé les deux sources de bruit — les séminaristes ivres devant la cathédrale et les citadins rassemblés près de la rivière — bien avant que son ami eût remarqué quoi que ce soit. Il percevait à présent des pas dans les escaliers de pierre čonduisant à la cathédrale. Il entendit des portes et des volets s'ouvrir, d'autres bruits de pas, des appels furieux au silence auxquels répondaient des jurons bruyants. La situation avait radicalement changé en quelques minutes. S'il continuait de suivre le même chemin, ce serait pour se retrouver en face d'une horde d'ivrognes aux intentions plutôt douteuses. Il changea donc de direction et prit en diagonale vers le coin le plus calme de la place. Il venait à peine d'emprunter cette nouvelle ruelle qu'une pierre s'abattit tout près de lui, rebondit et vint le frapper durement au bras. Machinalement, il s'écarta de son chemin. Une deuxième pierre le frappa à l'autre bras.

— C'est un juif ! cria une voix éméchée, et une troisième pierre siffla à son oreille. Tuez-le !

Une volée de pierres fusa dans sa direction. Certaines lui tombèrent sur le dos, une autre sur le bras. Un projectile lui frôla la tempe. Quand il leva la main pour se protéger le visage, elle était chaude et poisseuse de sang. Il baissa la tête et pressa le pas.

Il se retrouva soudain au milieu d'une foule composée d'hommes armés de bâtons. Il leva le sien, mais une main se referma sur sa cape. Il tourna sur lui-même et se dégagea. Quelqu'un — son agresseur ? — tomba à terre. Une voix cria près de lui :

— Marc, espèce de cochon aviné, enlève tes sales pattes !

Il entendit le bruit d'une étoffe qu'on déchire quand un couteau se planta dans sa cape et il balança son bâton en tout sens. Celui-ci s'abattit sur quelque chose de mou. Il y eut un cri de douleur.

— Je l'ai eu ! s'écria une voix triomphante et pâteuse.

— Mais non, imbécile ! dit une autre. C'était moi. Et tu m'as cassé le bras.

Une échauffourée éclata tout près.

— Par ici ! cria une voix.

Quelqu'un tomba sur le pavé avec un bruit sourd. Une main empoigna le bras d'Isaac. Une fois encore, il tourna sur lui-même et frappa à nouveau. Brusquement des mains s'emparèrent de lui. Pariant que ses agresseurs étaient plus petits que lui, Isaac abattit son bâton, qui rencontra sa cible. Il se débattit et frappa à nouveau. De l'autre côté de la place provenaient des cris et des bruits de sabots. La foule se mit en mouvement, l'entraînant inexorablement avec elle. Isaac tenta de lever son bâton pour se frayer un chemin, mais les corps paniqués qui se pressaient contre lui interdisaient tout mouvement.

Il tituba, recouvra son équilibre et sentit que les pierres sous ses pieds ne lui étaient plus familières. Autour de lui, la foule se dispersa momentanément. Il tendit la main et toucha un mur qui n'était pas celui qui ceignait la place. Il s'arrêta, pris de doute. La foule se pressait à nouveau contre lui. C'est alors qu'une petite main ferme le saisit par la manche et le tira.

— Par ici, seigneur, dit une voix tout près de son oreille. Vite, avant qu'ils ne vous mettent en charpie.

CHAPITRE II

La pression insistante de la petite main entraînait Isaac, qui titubait, se heurtait aux gens et aux choses, dévalait des escaliers, palpait des murs étrangers à ses doigts, tournait sans avoir la moindre idée du lieu où il pouvait se trouver, priant pour que la main qui le conduisait fût là pour le sauver et non pas porteuse de quelque mauvaise intention.

— Restez ici, seigneur, dit la voix, et on le poussa vers une porte.

Au bout d'un instant, il se rendit compte qu'il était seul, en dehors du propriétaire de cette main.

— À qui dois-je ma pauvre vie ? demanda-t-il.

— Mon nom est Yusuf, seigneur.

— Tu portes un noble nom, Yusuf, mais tu le pro- nonces, me semble-t-il, à la mauresque. Serais-tu un Maure ?

— De Valence, seigneur.

— Et que fait un jeune Maure nommé Yusuf au beau milieu d'une émeute, à aider un juif à la veille d'une fête chrétienne ? C'est aussi dangereux pour toi que pour moi d'être ici.

— Je vais mon chemin, seigneur.

— D'où à où, Yusuf ? Où se trouve ton maître ?

— Je suis mon propre maître, seigneur.

— Et c'est pour cela que tu voyages de nuit, n'est-ce

pas ? Il vaut mieux que tu passes le reste de la nuit en sécurité derrière mes portes.

— Oh non, seigneur, je ne puis faire ça, dit-il d'une voix aiguë où perçait la panique.

— Ridicule. Puisque tu m'as écarté de mon chemin, il est de ton devoir de le retrouver. C'est pécher que de faire perdre sa route à un aveugle.

— Je ne savais pas que vous étiez aveugle, seigneur, dit Yusuf d'une voix tremblante. Je jure que je vous remettrai sur la route.

— Ne t'inquiète pas. Tu me conduiras jusqu'à ma porte et tu seras ensuite libre de t'envoler quand bon te semblera.

Il tendit la main, sur laquelle la petite paume se referma une fois encore.

— Vous êtes vraiment aveugle, seigneur ? dit Yusuf dès qu'ils eurent retrouvé une ruelle paisible. Je pensais que vous étiez vous aussi étranger à cette ville, et il m'a semblé cruel que la foule vous traite ainsi.

Il s'arrêta et lâcha la main d'Isaac.

— Où allons-nous ?

Isaac, qui ne lui faisait pas encore entièrement confiance, tâtonna et trouva une épaule nue. Elle était d'une maigreur extrême et toute tremblante de peur.

— Peux-tu trouver la porte du quartier juif ? De là, c'est moi qui te mènerai, puis nous nous restaurerons ensemble de pain, de fruits et de fromage doux. Tu te reposeras. Ensuite tu pourras reprendre ton périple.

— Oui, seigneur, je vais vous emmener par des rues où personne ne nous verra et ne s'intéressera à nous.

Yusuf avait été fidèle à sa parole et il se trouvait à présent en sécurité derrière des portes bien fermées, dans la cour de la maison d'Isaac. Au mur faisant face au sud s'adossait une charmille chargée de vignes ; dessous, une table à peine visible aux premières lueurs de l'aube. Une fontaine jaillissait doucement, ravivant la soif de Yusuf.

— Il fait jour, n'est-ce pas ? demanda Isaac.

— C'est encore la nuit, seigneur, répondit le garçon. Mais l'aube point déjà à l'orient. Dans une heure le soleil va se lever. Ici, c'est encore la nuit.

— As-tu peur d'attendre ici seul ?

— Non, seigneur, je suis en sécurité ici.

— Bien. Attends sous la charmille. Je serai bientôt de retour.

Isaac emprunta prestement l'escalier alors même que la cuisinière quittait d'un pas traînant sa chambre sous les toits.

— Naomi ! appela-t-il doucement.

Elle poussa un petit cri.

— Seigneur, c'est le maître ! fit-elle. Blessé, de surcroît. La maîtresse va être...

— La maîtresse s'occupe de la femme du rabbin. Je pense qu'elle ne va pas tarder. Peux-tu panser ma blessure avant d'apporter du pain, des fruits et du fromage à deux affamés ? Et un vêtement chaud pour une petite personne — de cette taille à peu près — ne serait pas superflu.

— Certainement, maître, dit la cuisinière, rassurée. Je...

Un éclat de rire, sauvage et indiscipliné, l'empêcha de poursuivre sa phrase. Isaac s'approcha de la fenêtre, ouvrit les volets et se pencha. Il y eut un craquement puis un bruit de tuiles brisées qui tombent dans une cour pavée. Naomi vint vers lui et le poussa presque pour regarder dehors.

— Des pierres ? demanda Isaac.

— Non. Des tuiles cassées. Quelques pierres aussi, tout de même.

Elle rentra la tête.

— Ils essayent de nous tuer, maître, ajouta-t-elle sobrement.

Tout autour d'eux retentirent des bruits de tuiles brisées. D'autres rires éclatèrent.

— Il nous en faudra plus que cela, dit Isaac, quoique je n'aimerais pas me trouver dehors.

Il rentra la tête à son tour.

Cette averse surprenante venait des environs de la cathédrale. Il était peu probable que l'évêque ou ses chanoines s'amusent à bombarder le Call de pierres ou de tuiles. Il ne restait donc que les séminaristes, encore plus avinés qu'auparavant. Il referma les volets.

— Viens. Occupe-toi de mes blessures. Mon petit ami et moi sommes prêts à déjeuner.

Assis sous la colonnade qui décrivait un demi-cercle dans la cour, Yusuf écoutait l'attaque du Call. Le toit solide lui paraissait devoir résister à des armes aussi pitoyables, et quand les agresseurs abandonnèrent, il put revenir sous la charmille. Il regarda les grappes de raisin, petites et vertes, qui pendaient et réveillaient sa faim, puis il se frotta les bras. Sa tunique sombre avait été taillée dans un drap chaud pour l'enfant qu'il était cinq ans plus tôt. Mais, aujourd'hui, le tissu déchiré recouvrait à peine ses bras maigres et plus du tout ses jambes. Il était fatigué et il avait faim. Surtout, il avait très froid.

Il se demandait comment il avait pu se montrer aussi insensé. Seul un imbécile se serait laissé entraîner par un aveugle dans une maison fermée à clef. Il avait vu les deux hommes s'avancer vers la place de la cathédrale tandis que leur escorte se tenait à bonne distance. Leurs habits et leurs manières ainsi que les gardes armés qui les protégeaient trahissaient leur richesse et leur importance. Quand l'attaque était survenue, il avait pris la main du grand homme au visage aimable parce qu'il espérait une ou deux pièces de récompense. Il avait l'intention de s'enfuir avant de se faire prendre au piège, et sa vigilance s'était endormie un instant. Il se demandait si l'aveugle ferait de lui son esclave, le vendrait ou le livrerait aux autorités. Il savait depuis longtemps que, visage aimable ou pas, les gens ne l'aidaient que pour leur plaisir ou leur bien-être. Il ramena ses pieds et ses jambes nus sous les derniers haillons de sa tunique et les enserra de ses bras pour leur procurer un peu de chaleur. Il entendit un bruit sourd sur le banc à côté de lui et tourna la tête. Un petit chat tigré aux grands yeux dorés le regardait avec solennité. Puis le chat se frotta contre sa jambe avant de poser sa tête et ses pattes chaudes sur les pieds glacés de Yusuf.

L'aveugle s'en revint, accompagné d'un serviteur qui tenait un plateau chargé de pain tendre, de trois sortes de fromage, de dattes et de raisins secs ainsi que d'autres petits fruits. Derrière lui, Naomi tenait un pot fumant plein d'une tisane aux odeurs de menthe. Isaac avait au bras un vêtement de couleur brune.

— Yusuf ?

— Je suis ici, seigneur, dit le garçon, qui se déplia et se leva.

Il perçut le regard avide du serviteur et se mit à trembler.

— Je crois que nous ne risquons pas d'autre attaque venue du ciel, ou plutôt du faîte de la colline, dit Isaac. Si nous nous asseyions sous la charmille pour manger ? J'ai été debout presque toute la nuit et j'ai un appétit d'ogre.

Il secoua l'étoffe posée sur son bras et révéla un ample manteau.

— Cela te sera-t-il utile ? J'ai eu l'impression que ton habit était trop petit, pour ne pas dire plus.

Il le lui tendit.

— Passe-le. L'aube est fraîche. Et mange.

Don Tomas de Bellmunt, secrétaire à vingt-trois ans de Sa Majesté, Eleanor de Sicile, reine d'Aragon et comtesse de Barcelone, chevaucha jusqu'à un gros chêne dressé au milieu des prairies qui s'étendent au sud de Gérone, puis mit pied à terre, l'air soucieux. Il se sentait très irritable. Il avait chevauché l'estomac vide pendant plus de deux lieues et demie ce matin-là, prêt à tout instant à affronter la mort ou le malheur, et qu'avait-il trouvé ? Rien. Il n'y avait personne au rendez-vous fixé devant la porte sud de la ville. Il contempla le ciel. Des lueurs apparaissaient à l'orient, et les premiers rayons du soleil levant caressaient les collines, derrière la ville. Gérone semblait encore endormie.

Derrière lui un bruit de sabots le fit sursauter, et il se retourna, la main sur son épée à demi tirée. Son serviteur glissa rapidement à bas de sa selle.

— Señor. Mes excuses. J'ai été retardé.

— Où est Doña Sanxia ?

— C'est la raison de mon retard. Elle n'était pas à notre rendez-vous et je n'ai pu la trouver nulle part. Puis j'ai pensé qu'elle pouvait être venue rejoindre directement Votre Seigneurie.

— Où devais-tu la retrouver ?

— Devant les murailles de la ville. Dans une masure abandonnée.

Il tendit vaguement la main en direction du nord-est.

— Je l'ai attendue là depuis les premières lueurs. Elle a peut-être rencontré des difficultés — il y a eu des émeutes en ville la nuit dernière. Dois-je y retourner, Señor, et la chercher ?

— Mais non, imbécile ! lui lança Tomas. Elle n'est pas censée se trouver près de Gérone ce matin.

Romeu s'inclina et garda le silence.

— Pendant plus d'une heure après le lever du soleil, nous attendrons, ferons reposer nos chevaux et essaierons de ne pas attirer l'attention. Puis nous rentrerons à Barcelone.

— Sans elle ? fit Romeu, choqué.

— Sans elle, dit Bellmunt, mâchoires crispées.

— Sa Majesté la reine se demandera certainement...

Bellmunt observa les forêts qui s'étendaient au-delà de la ville, comme s'il espérait que la solution de son dilemme allait surgir des bois sombres. La reine se demanderait pourquoi il avait laissé Doña Sanxia à Gérone et était revenu sans même tenter de la retrouver. Ou serait-elle encore plus furieuse s'il venait à compromettre le secret de leur entreprise en essayant de trouver la disparue ? Il se tourna pour regarder le soleil levant. Romeu avait probablement raison. Comme toujours.

— Va en ville si cela te chante, dit Bellmunt, et cherche bien, mais pour l'amour de Dieu, sois discret. Et prompt. Je resterai ici avec les chevaux.

La lumière du soleil qui lui tombait droit dans les yeux obligea le gros Johan à reprendre vaguement conscience. Une fois conscient, il eut une sensation, et cette sensation fut celle d'une grande détresse. La tête de Johan palpitait comme si elle était sur le point d'exploser, et sa bouche était aussi sèche que les déserts de l'Arabie.

Des fragments de souvenirs échappèrent à la confusion générale. La nuit dernière, quand il était sorti, sa bourse était lourde de pièces. La nuit dernière, il avait bu de prodigieuses quantités de vin bon marché. La terreur au cœur, il palpa sa bourse, accrochée à l'intérieur de son ample tunique.

Elle s'y trouvait toujours. Pleine. C'était étrange. Il se rappela, mal à l'aise, un gentilhomme qui lui offrait du vin, mais le tenancier ne s'était certainement pas montré généreux toute la nuit durant. Il avait des souvenirs épars d'une bande de fêtards faisant du scandale en ville et l'attirant parmi eux. Son dernier souvenir : il s'allongeait dans un coin paisible des bains. Comment était-il arrivé dans son propre lit ? Avec le soleil dans les yeux ?

— Sainte Vierge ! s'écria-t-il. Les bains.

Les bains maures occupaient la vie du gros Johan depuis le jour où il y avait mis les pieds pour la pre-

mière fois, il y avait vingt ans de cela — l'année de la
grande famine. Ses parents étaient morts ou l'avaient
jeté à la rue, et le vieux Pedro, le surveillant de l'établissement de bains, l'avait trouvé pleurant de faim le
jour de la Sant Johan. Il l'avait pris avec lui, l'avait
nommé Johan, bien entendu, lui avait donné du pain et
du fromage ainsi qu'une grosse botte de paille pour y
dormir, puis l'avait fait travailler avec lui aux bains. Il
était alors si petit et si maigre qu'il lui fallait monter sur
un tabouret pour voir par-dessus le rebord des bains. Les
clients s'en étaient amusés, l'avaient surnommé le gros
Johan et lui avaient donné des pièces pour qu'il les
dépense ou les mette de côté, à son gré. Pour la première fois de sa vie, il avait des habits décents sur le dos
et assez à manger pour se remplir le ventre. Dix ans plus
tard, le gros Johan méritait pleinement son surnom et
dépassait largement son maître. À la mort du vieux
Pedro, le médecin respecté qui jouissait du privilège et
de la responsabilité de diriger l'établissement de bains
accorda la charge de surveillant au jeune Johan. Depuis
dix ans, il se trouvait à son poste avant même que les
cloches sonnent prime au couvent. Il ouvrait le bâtiment, balayait le sol et nettoyait les bains, puis il sur-
veillait les lieux jusqu'aux vêpres — parfois même plus
tard, en raison d'arrangements très particuliers —, après
quoi il fermait le bâtiment pour la nuit. C'était une fonction pleine d'importance et de responsabilité. Dieu la lui
avait accordée vingt ans plus tôt alors qu'il était dans le
besoin ; aujourd'hui, Johan l'avait rejetée comme une
vieille feuille de chou. Il gémit.

Il quitta péniblement son lit. Le désespoir lui étrei-
gnait l'âme, la douteur le ventre. Il sortit et vomit les
derniers excès de la nuit. Son ventre se sentit considé-
rablement mieux, et le désespoir perdit un peu de terrain. S'il se hâtait, peut-être que personne ne remarque-
rait son retard. Après tout, la majeure partie de la ville
avait veillé tard, noyée dans le vin.

Il s'avança péniblement sur le chemin, titubant entre les arbres et les buissons, trébuchant sur les racines, la bouche et l'estomac toujours barbouillés. Il voulut se saisir de la clef qui, depuis dix ans, pendait à l'anneau accroché à sa ceinture.

L'anneau était vide.

Il s'assit près de la porte et contempla l'anneau. Il demeurait vide. Peut-être avait-il laissé tomber la clef la nuit dernière. Il se mit à genoux pour la chercher. Elle ne se trouvait nulle part. Peut-être était-elle à l'intérieur. Il ouvrit la porte et commença à fouiller. Il fallut un certain temps à Johan, dans l'état pitoyable où il était, pour qu'il se rende compte que, sans la clef, il n'aurait pas dû se trouver à l'intérieur des bains.

Johan se releva et s'assit lourdement sur un banc de bois, au pied des escaliers. Affolé, il regarda autour de lui. Une douce lumière verte filtrait par les ouvertures du plafond voûté, se reflétait sur les carreaux bleu et blanc et faisait étinceler les piliers blancs qui encerclaient le bain principal. Ainsi qu'elle l'avait fait vingt ans plus tôt, le jour où il l'avait découverte pour la première fois, cette lumière apaisait les troubles de son âme. Ici, entouré de tant de beauté, il se sentait en sécurité. Machinalement, il se leva et prit son balai. Il se rendit tout au bout de la salle et balaya consciencieusement en direction de la porte. En arrivant près du bain, au centre de la salle, il s'agrippa à un pilier et monta sur le rebord. La sensation de la pierre sous sa main et la vue de l'eau claire sur les carreaux étincelants étaient pour lui bien plus belles que les hautes voûtes, les riches tapisseries et les vitraux chatoyants de la cathédrale.

Puis il écarquilla les yeux et les cligna à deux reprises. L'eau claire et fraîche du bain n'était plus transparente, mais sombre.

Et là, flottant à demi, à demi reposant sur le fond, une sœur bénédictine gisait sur le ventre, ses voiles noirs écartés autour d'elle comme une nuée d'orage.

CHAPITRE III

Le gros Johan plongea dans l'eau ses bras musculeux, saisit la religieuse et la tira. Comme il ramenait son fardeau dégoulinant, il laissa échapper un cri de pure joie. Sans la moindre cérémonie, il déposa la créature sur le rebord, plongea à nouveau la main et s'empara d'une clef posée au fond. Le cauchemar était terminé. La clef de l'établissement de bains lui était rendue.

Cependant, l'eau avait une sinistre couleur rosée. Il fit un pas en arrière et regarda la religieuse affalée au bord du bain. Certains signes au niveau de la tête et des épaules indiquaient que la rigidité commençait son œuvre. C'était bel et bien un cadavre dont l'âme s'était envolée il y avait quelque temps déjà. Il la souleva et la coucha sur le dos. Sa guimpe, horriblement souillée, était déchirée et écartée, révélant une blessure béante au cou. Le gros Johan secoua la tête. Il remit sur sa gorge le tissu humide, arrangea ses bras et son costume de manière convenable et, après avoir réfléchi un certain temps, sortit demander à l'évêque ce qu'il convenait de faire.

Isaac passa les dernières heures de cette longue nuit dans la maison de Reb Samuel. Dès qu'il y arriva, il renvoya sa femme épuisée et, aidé de la nourrice, fit ce qu'il put pour le bébé.

Cela ne suffit pas. L'enfant faisait de moins en moins d'efforts pour respirer. Désemparée, la mère s'accrochait au bras d'Isaac, le suppliant d'imposer les mains à son petit et de prier afin de le ramener à la vie et à la santé.

— Oh, maîtresse, dit Isaac dans sa profonde détresse, je ne connais aucune prière qui puisse sauver une âme de la mort.

— Nous vous paierons, insista-t-elle, désespérée. De l'or. Tout ce que nous possédons. Tout.

— Si j'avais un tel pouvoir, j'en ferais volontiers usage et n'accepterais même pas un plat de lentilles en échange, mais ce n'est pas le cas.

— Ce n'est pas vrai, murmura-t-elle. Chacun sait que vous êtes le successeur et l'incarnation du grand maître Isaac de la Kabbale et que vous avez ses pouvoirs. C'est pourquoi la vue vous a été ôtée. C'est un signe. Essayez, je vous en prie.

Isaac frissonna d'inquiétude. Ces on-dit lui étaient déjà arrivés aux oreilles : ils émanaient de personnes crédules, mais c'était une autre affaire que de les entendre dans la bouche de la femme du rabbin.

— Ne prononcez pas ces paroles insensées, femme ! Elles sont dangereuses. Je ne suis qu'un homme, et je fais de mon mieux, je vous l'assure. Ne proférez pas de tels blasphèmes devant votre mari.

— C'est lui qui me l'a dit, répondit la femme. Mais je n'ai pas le pouvoir de vous contraindre. Je ne peux que demander et prier, ajouta-t-elle avec amertume.

Isaac reposa l'enfant mort dans son berceau.

— Il n'y a rien de plus que quiconque puisse faire, dit-il. Il est mort, maîtresse. Un jour, bientôt, vous aurez la joie de porter un autre fils, je vous le promets.

Les cris de la femme attirèrent dans la pièce toutes sortes de consolateurs. Isaac profita du tumulte pour passer sa cape et, un peu honteux de cette trahison, s'en alla.

Judith devait avoir regagné son lit et Yusuf, rassasié et réchauffé, dormir dans la petite chambre attenante à son cabinet. Avec un peu de chance, Isaac pourrait voler une heure ou deux de repos avant de retourner au couvent. Tout doucement, il déverrouilla le portail.

La cour semblait désertée par les êtres humains. Dans leur cage suspendue, les oiseaux chanteurs concouraient avec leurs cousins de la nature pour emplir l'espace de sons. Les fleurs s'ouvraient au soleil et emplissaient l'air de leurs senteurs. Feliz, le chat, sauta de quelque part et atterrit sur le sol en poussant un miaulement de bienvenue. Du haut de la maison parvinrent les cris aigus des jumeaux qui se querellaient et de Leah, leur nourrice, qui tentait en vain de les raisonner. Judith, aussi résistante que jamais, apparemment remise des rigueurs de la nuit, travaillait en discutant avec Naomi. Pour l'heure, chacun menait une vie heureuse et prospère derrière l'illusion de sécurité que leur apportait la protection des puissants. Les juifs de Barcelone et les Maures de Valence avaient vécu de même, et maintenant... Isaac repensa aux événements de la nuit et secoua la tête, l'air sombre. Puis il marcha en silence sous les arbres fruitiers et regagna son sanctuaire. Il s'enroula dans sa cape, car la matinée était encore fraîche, s'allongea sur sa couche étroite et s'endormit aussitôt.

— Votre Excellence, disait la voix. Votre Excellence, insistait-elle.

L'évêque Berenguer de Cruilles ouvrit un œil et réprima la réponse irritée qui lui venait aux lèvres. Ce n'était pas la première fois qu'il souhaitait que ses chanoines pussent régler les affaires mineures sans quêter aussitôt son approbation.

— Oui, Francesc, mon fils, qu'y a-t-il encore ?

Francesc Monterranes réprima son propre accès d'irritation. Lui aussi avait été éveillé la majeure partie de la nuit, occupé par une bande d'irresponsables de quinze ans, des séminaristes qui n'étaient rien d'autre que des ivrognes. Mais, en tant que vicaire, il n'était pas censé se laisser affecter par une gêne aussi passagère que la perte de quelques heures de sommeil.

— Je m'excuse de vous déranger, Votre Excellence, mais il y a dehors une personne qui souhaite vous parler de toute urgence.

— Une personne? Quel genre de personne?

— On l'appelle le gros Johan, et c'est le...

— Je sais qui il est, Francesc. Qu'est-ce qui l'amène ici?

Un frère convers était entré dans la chambre de l'évêque et s'affairait, ouvrant les volets et déplaçant les objets. Francesc Monterranes jeta un rapide coup d'œil dans sa direction avant de se pencher pour chuchoter les sinistres nouvelles apportées par le gros Johan.

Berenguer leur accorda quelques secondes de considération.

— Qui d'autre sait cela? demanda-t-il dans un murmure, en tendant la main vers la patère de bois à laquelle une sobre robe noire était accrochée.

— Personne, Votre Excellence, dit doucement le vicaire.

Il prit la robe de l'évêque et l'aida à la passer.

— Le surveillant des bains est un homme prudent et silencieux.

— C'est aussi un homme dont la tête est pleine de vin ce matin, certes, dit Berenguer dont les doigts boutonnaient automatiquement la longue rangée de boutons qui fermait le vêtement du menton aux genoux. Je me souviens distinctement d'avoir vu sa silhouette délicate tituber sur la place et chanter des chansons grivoises alors même que nous étions tirés de notre lit pour régler le problème des séminaristes.

— Vous pensez qu'il...

— Non. Je pense qu'il était trop ivre pour manifester l'intention de pisser, encore moins pour assassiner une religieuse dans les bains.

Berenguer de Cruilles et Francesc Monterranes étaient amis de longue date. L'évêque s'intéressa à la cruche d'eau et à la serviette préparées pour son usage.

— Un peu d'eau me réveillera, ensuite nous recevrons le surveillant avant de déjeuner.

Le cabinet privé de Berenguer était nu et semblable à une forteresse. Seul un crucifix grossier — sculpté pour lui par un jardinier de sa famille alors qu'il était enfant — ornait les murs couverts de plâtre. La pièce contenait un petit bureau, trois chaises et une étagère pour sa collection privée de livres. À l'une des extrémités se trouvait un recueil de sermons et d'*exempla*, ces contes moraux sans lesquels tout sermon eût paru sinistre ou simpliste, et à l'autre un volume des œuvres du Docteur angélique, Thomas d'Aquin. Nichés entre eux se dissimulaient d'autres témoins de l'esprit et du cœur de l'évêque : des contes chevaleresques, des poèmes amoureux, des traités scientifiques et philosophiques, écrits en catalan et en castillan, en provençal, en latin et en grec. Sur le bureau, un crâne blanchi, hérité d'Arnau Montrodo, son prédécesseur, servait de presse-papiers. « Il tenait à ce que son successeur se rappelle qu'il était avant tout mortel, puis prêtre, enfin évêque », disait-il avec ironie aux rares personnes conviées dans cette pièce.

Les murs étaient solides ; les portes de chêne fermaient hermétiquement. L'une d'elles conduisait au couloir principal ; l'autre, fermée à clef et barrée, jamais ouverte, menait à une chambre inusitée. Les conversations qui se tenaient dans cette pièce ne risquaient pas d'être entendues.

Berenguer de Cruilles s'assit près de la fenêtre ; Francesc Monterranes ferma la porte à clef, ôta cette dernière et la tendit à l'évêque. Il fit signe au gros Johan de s'asseoir puis prit place lui-même sur la chaise restante. Le gros Johan se tordit les mains ; l'évêque bâilla ; le vicaire se pencha et l'encouragea :

— Raconte à Son Excellence ce qui s'est passé. Ce que tu m'as dit.

Johan se lança dans son récit avec une hâte désespérée.

— J'étais en retard pour ouvrir les bains ce matin. La première fois en vingt ans, Excellence, ajouta-t-il en risquant un regard timide vers ceux qui l'interrogeaient.

— Certes, fit Berenguer.

— J'arrive tard, donc, bien après prime, et j'ouvre la porte comme d'habitude, poursuivit-il.

La sueur perlait sur son front et lui coulait dans le dos à l'idée de mentir à ces deux grands personnages.

— Je me mets à balayer et quand je m'approche du bain central, j'y remarque quelque chose de sombre. Je m'approche un peu plus et c'est là que je vois cette pauvre âme. Je la repêche et je la dépose sur le sol aussi proprement que je peux. Et je viens ici vous le signaler. Parce que c'est une nonne.

— Plutôt que de te rendre au couvent ? demanda le vicaire.

Le surveillant de l'établissement de bains eut l'air paniqué.

— Pour le dire à dame Elicsenda ? fit-il. Oh non, je ne voudrais pas déranger dame Elicsenda.

— Pleutre, dit l'évêque d'un ton léger. Tu as reconnu cette sœur ?

— Je ne l'avais jamais vue avant aujourd'hui, s'empressa de répondre Johan.

— Nous devrions commencer par savoir qui elle est — ou plutôt était, dit l'évêque. Viens, allons jeter un coup d'œil à cette malheureuse.

— Vous la connaissez ? demanda Berenguer.

Le vicaire secoua la tête.

— Moi non plus, dit l'évêque. C'est étrange. Elles ne sont que douze actuellement. J'aurais cru qu'à nous deux nous avions vu toutes les sœurs à un moment ou à un autre. Dites aux hommes d'entrer. Nous allons faire porter sa dépouille au couvent.

La fraîcheur matinale diminuait. Le soleil de juin se levait dans un ciel sans nuage. La campagne vibrait des chants d'oiseaux et des senteurs de la lavande en fleur. Toujours devant les murs de Gérone, Tomas de Bellmunt était assis sous un arbre et s'efforçait de ne penser à rien. Les chevaux — le sien et celui de Romeu — mangeaient de l'herbe et somnolaient. Quelque part des cloches sonnaient tierce.

Il se trouvait dans la pire situation possible. C'était un homme téméraire et courageux, mais quelle monumentale stupidité l'avait-elle amené à Gérone au péril de sa vie et de son honneur ? La réponse était simple et avait pour nom Doña Sanxia de Baltier. Ses lourdes tresses rousses et son apparence angélique l'avaient piégé comme un lapin. Elle avait confié à Tomas le plan imaginé par Sa Majesté la reine pour emmener le prince dans un endroit plus sûr et l'avait supplié de lui prêter Romeu afin qu'il l'aide. Puis elle lui avait demandé d'abandonner son poste sans permission et de venir à Gérone. Il devait être fou. Et maintenant, il était assis là, inutile, sous un arbre, à surveiller des chevaux, craignant de s'approcher de la ville au cas où l'on viendrait à le reconnaître.

Où se trouvait Romeu ? Tomas changeait de position, mal à l'aise, et luttait en vain contre les mouches agressives que les chevaux avaient attirées. À quel point connaissait-il son valet ? Quand Bellmunt était entré au service de la reine, son oncle lui avait recommandé cet homme, expliquant qu'il était vif, rapide et digne de confiance, et qu'il lui éviterait les pièges des intrigues de la cour. Mais qu'adviendrait-il si quelqu'un proposait à Romeu une bourse bien remplie et un meilleur poste pour trahir son maître ainsi que la folle entreprise dans laquelle il s'était embarqué ? La morosité s'abattit sur Tomas.

Puis il remarqua une silhouette vêtue de chausses azur et d'une tunique noir et azur portée près du corps et maintenue par une ceinture basse. Elle s'avançait d'un bon pas sur la route partant de la porte sud.

— Tu as été diablement long, Romeu ! cria-t-il. Tu dois connaître en détail la vie de tous les habitants de Gérone.

— J'ai eu du mal à recueillir des faits, señor, dit Romeu, assez essoufflé. Les émeutes ont endormi les langues des bavards, mais on raconte tout de même certaines choses dans les rues.

— Ah oui ? Et quelles sont-elles ?

— Chacun est convaincu que notre jeune prince, le duc de Gérone, se trouve ici, en ville, mais qu'il est très malade, à l'article de la mort.

— Tu ne m'apprends rien, fit Bellmunt avec impatience. Tout le monde sait qu'on l'a amené à Gérone à cause de sa santé. Qu'il soit sur le point de mourir, c'est une rumeur malsaine propagée par le frère de Don Pedro, le prince Fernando. D'ailleurs, cela n'aiderait en rien Fernando à approcher du trône si le prince mourait. Doña Eleanor portera de nombreux fils.

Romeu écouta cette déclaration avec un air d'ennui suprême.

— Vous voulez connaître l'autre nouvelle ? Elle a été plus difficile à dénicher.

— Bien entendu.

— Le corps d'une bénédictine a été découvert dans les bains maures. L'opinion générale est qu'elle a attenté à sa vie.

— Sainte Mère de Dieu ! s'écria Tomas, la mort dans l'âme. Est-ce Doña Sanxia ?

Romeu haussa les épaules.

— La personne qui me l'a dit ne savait pas de qui il s'agissait.

— C'est Doña Sanxia, affirma Tomas. Rien d'autre n'aurait pu lui faire manquer notre rendez-vous.

— Dois-je retourner à Gérone, señor, et voir ce que l'on peut y découvrir?

— Mais non, imbécile! Nous devons rentrer immédiatement à Barcelone et mettre Sa Majesté la reine au courant, dit Bellmunt. Attends... j'ai une meilleure idée. Je vais aller à Barcelone. Tu resteras à Gérone pour essayer d'en apprendre plus. Je m'en reviendrai après-demain. Attends-moi sous cet arbre, disons au coucher du soleil.

— Plus tôt vaudrait mieux, señor. Après le crépuscule, nos mouvements dans et hors de la ville risquent d'être davantage remarqués.

— La route est longue, dit Tomas en caressant son puissant étalon.

— Pas pour Arcont, señor. Sur une telle distance, il n'y a pas de monture plus rapide dans toute la Catalogne. Si vous quittez Barcelone au levant, il vous conduira ici bien avant vêpres. Je vous attendrai jusqu'au coucher du soleil.

— Sinon, retourne le plus vite possible au palais.

— Oui, señor, fit Romeu.

— Que veux-tu dire par «l'enfant n'est pas ici»? Où est-il?

L'épouse du châtelain posa un regard de panique sur la femme qui se tenait devant elle.

— Il est temps d'envoyer la charrette au médecin.

— Je ne sais pas, madame. Nous croyions qu'il était sorti avec la nourrice et le valet d'écurie. Jaume passe beaucoup de temps avec l'enfant, dit la servante en serrant nerveusement son tablier.

— Sorti? Mais où donc?

— Je n'en sais rien. Je suis allée aux écuries, mais je n'ai vu ni Jaume ni Maria. Ils n'étaient pas non plus près de la rivière.

— Il est peut-être avec le frère?

— Oh non, madame, le frère est toujours dans son lit.

Je crois qu'il s'est couché tard hier soir à célébrer le saint. Avec les autres prêtres, certainement, ajouta-t-elle un peu vicieusement.

— Eh bien, tire-le du lit, idiote !

Elle réfléchit un instant.

— Il doit être avec Maria. Quand est-elle sortie ?

— Je ne sais pas, répéta la servante.

Des larmes coulèrent sur ses joues.

— Je suis allée dans leurs chambres, madame, pour balayer et faire la poussière, mais ils étaient partis.

La maîtresse du petit château la saisit par le bras et la secoua.

— Depuis combien de temps sais-tu qu'il a disparu ?

Dans un gémissement, la servante répondit :

— Depuis le déjeuner, madame.

— Le déjeuner !

— Il aime prendre son déjeuner dehors. Ils vont s'asseoir près de la rivière — lui et Maria — et ils donnent à manger aux oiseaux et aux poissons.

— Va chercher ton maître ainsi que le valet d'écurie ! Le frère aussi ! Hâte-toi, stupide créature !

Les petits bruits de la vie familière s'insinuèrent dans les rêves d'Isaac et l'arrachèrent aux ténèbres veloutées de l'inconscience, zébrées de souvenirs de couleurs, pour le plonger dans celles du quotidien. À en juger par la chaleur qu'il faisait dans son cabinet, le soleil était déjà haut. Il se leva péniblement, douloureusement conscient de son dos et de ses bras, et entreprit de simples préparatifs pour ses prières du matin. Le murmure de sa voix prononçant les paroles séculaires le réconforta et imposa provisoirement un certain sens de l'ordre au chaos qui menaçait de toute part. Puis, quand il voulut prendre une serviette, sa main effleura un gobelet mal placé. Il le sentit vaciller. En essayant de le rattraper, il l'envoya à terre. L'illusion était achevée. Un juron, réprimé à la hâte, lui vint aux lèvres.

65

Le bruit provoqua un cri de panique dans la chambre voisine.

— Yusuf? appela-t-il.

Il y eut un son étouffé en guise de réponse.

— Tu trouveras de l'eau pour te laver, dit-il avec son calme habituel. Je serai dans la cour.

Sur ce, il sortit.

La voix de Judith jaillit de l'obscurité.

— Pourquoi votre tête est-elle bandée, mon mari?

— J'ai une petite entaille. Ce n'est rien.

— Je vous ai entendu parler à quelqu'un.

Elle attendit sa réponse.

— C'est donc vrai, poursuivit-elle.

— La matinée semble agréable, mon amour, dit Isaac en se dirigeant vers le banc sous la charmille. Voulez-vous m'apporter un peu d'eau?

Il s'arrêta suffisamment longtemps pour que sa requête la distraie un peu.

— Et qu'est-ce qui est vrai? demanda-t-il innocemment.

Ses souliers de cuir souple claquèrent sur les pierres du pavement et ses jupes tournoyèrent furieusement autour d'elle quand elle tira de l'eau à la fontaine et la lui apporta.

— Que vous avez ramené un mendiant à la maison, un mendiant maure, qui va voler tout ce que nous avons et nous trucider dans notre lit. Et que vous lui avez donné un très bon manteau, et de la nourriture ainsi que le vieux lit d'Ibrahim. Et comment nous allons nous permettre cela, je n'en sais rien, avec les taxes qui redoublent et...

— Ibrahim passait chaque nuit à déambuler entre sa chambre et mon cabinet pour s'assurer que j'étais rentré à la maison et bien vivant. S'il avait continué à dormir là, c'est moi qui l'aurais trucidé, et j'aurais apporté le malheur sur cette maison, dit-il calmement. L'enfant, Yusuf, est très paisible.

— Paisible, oui. Voleur et sournois. Il attend que nous ne le surveillions pas, et...

— Nous lui devions le gîte et le couvert pour le remercier de m'avoir sauvé la vie. En rentrant, je suis tombé sur une foule déchaînée sur la place de la cathédrale...

— Le Seigneur nous protège! s'écria Judith. Une foule déchaînée? Ici, à Gérone? Ils vont nous tuer et brûler nos maisons, comme à Barcelone. Oh, mon mari, nous devons prendre les jumeaux et emporter tout ce que nous pouvons... Mais que s'est-il passé?

— Calmez-vous. Ce n'était qu'un esclandre d'ivrognes. Même s'il y avait parmi eux quelques lanceurs de pierres. Ce garçon, Yusuf, m'a pris par la main et m'a conduit dans un endroit sûr. Il vous a donné raison, ma femme. Vous avez toujours voulu que j'aie avec moi un guide digne de confiance quand je sors du Call.

— Pourquoi ne m'avoir pas réveillée? Vous avez été blessé? Est-ce qu'une pierre vous a touché au front?

— Vous étiez loin d'ici, en compagnie de la femme du rabbin. Plusieurs pierres m'ont touché, mais elles étaient jetées par de piètres lanceurs, embrouillés par la boisson.

Il sourit et caressa doucement la joue de Judith.

— Yusuf n'avait pas le désir de m'accompagner jusqu'ici, mais il m'a fait prendre tant de ruelles que je me suis perdu, et c'est moi qui l'ai forcé, à coups d'arguments moraux, à me ramener au Call. J'ai perçu à quel point il avait froid et faim, à quel point il était jeune et fatigué, et je l'ai fait entrer ici, contre son gré.

— C'est un esclave fugitif, assurément. Nous allons être traînés devant l'Albedín et nous perdrons tout ce que nous...

— Du calme, mon amour. Je crois que c'est plutôt un orphelin à qui la peste a ravi ses parents. Elle a frappé très durement Valence. Aussi fort que notre ville. À mon avis, il vit seul depuis ce jour. Il m'a paru avoir bras et jambes nus, ne porter que des haillons, et bien que je ne le lui aie pas demandé, avoir aussi les fesses à l'air. Son vêtement a sûrement été taillé pour un enfant bien plus jeune. Un maître lui aurait fourni des habits décents tout au moins.

— C'est un Maure, dit Judith avec obstination.

— C'est vrai, mais il se peut que ce ne soit ni un voleur ni un meurtrier.

La porte s'ouvrit, et Yusuf apparut. Judith vit en face d'elle un garçon de dix ou douze ans, d'une maigreur atroce, aux cheveux longs et emmêlés et au visage tout récemment lavé. Il avait de grands yeux apeurés, mais se tenait raide et la tête haute. Malgré sa chevelure hirsute, ses membres sales et ce manteau trop grand pour lui, c'était un bel enfant.

— Qui es-tu? demanda Judith. Et d'où viens-tu?

— Je m'appelle Yusuf, répondit le garçon, et je viens de Valence.

— D'aussi loin? Seul? Je n'y crois pas.

— Oui. Seul.

— Qui est ton maître?

— Je suis mon propre maître.

— Comment es-tu resté libre, si tu l'es effectivement? demanda Judith d'une voix de procureur.

— Je suis libre, dit Yusuf. À trois reprises j'ai été enlevé par des voleurs et des trafiquants d'esclaves, et chaque fois je me suis échappé. La première fois fut facile: l'homme était saoul, mais ensuite ce fut plus difficile. J'ai honte de m'être fait prendre finalement par un aveugle sous prétexte qu'il a un bon visage.

— Tais-toi, enfant, dit vivement Judith. Tu es libre d'aller où tu le veux. Tu n'as pas besoin de rester ici à chercher ce que tu peux voler.

Les yeux de Yusuf se posèrent sur les restes d'une miche et sur quelques dattes posés sur la table.

— Je ne vole pas, dit-il, offensé. Sauf quelques miettes pour apaiser ma faim.

— J'en doute. Souviens-toi, je n'abrite pas de voleur dans cette maison.

Les deux combattants se toisaient du regard, Yusuf le menton relevé et Judith un peu penchée vers lui.

Isaac intervint pendant cet instant de calme.

— Si tu souhaites faire étape pendant un jour ou deux, dit-il, et travailler pour te payer les vêtements que tu portes, j'ai besoin d'un messager vif et prudent qui puisse me conduire en ville et m'éviter tout problème.

Il se tourna vers sa femme.

— N'est-ce pas exact ?

— Quelqu'un, oui, dit Judith. Mais...

— Jusqu'à ce que tu sois prêt à reprendre ton voyage, poursuivit Isaac. Dans cette maison, un enfant comme toi est correctement vêtu et nourri. À la fin de l'année, il perçoit des habits neufs ainsi qu'une pièce d'argent.

— Isaac !

— Mais tu ne désires pas rester jusqu'à la fin de l'année. Tu te contenteras donc du vivre et des habits.

Judith s'adressa à son mari tout en continuant de regarder fixement Yusuf :

— S'il doit rester une nuit de plus, Ibrahim le conduira aux bains. Il n'est pas en état d'accompagner mon mari.

— En premier lieu, dit Isaac, propre ou pas, je souhaite qu'il m'accompagne au couvent ce matin même. Nous nous arrêterons aux bains sur le retour.

La porte se referma sur Isaac et le garçon.

— Je connais le chemin le plus court pour vous rendre au couvent, seigneur, dit Yusuf en prenant le médecin par la main.

— Patience, Yusuf, le couvent n'est pas notre seule destination. Nous avons d'autres commissions ce matin. D'abord le marché, puis je rendrai visite à un scribe.

— Je connais un scribe à l'*alcaicería*, seigneur. Je peux vous y emmener ?

— Je parle d'un scribe très particulier, Yusuf, dont la fonction le retient au palais épiscopal ainsi qu'au tribunal. Pour le trouver en sa maison, nous devons nous rendre à Sant Feliu. Si tu veux être mon fidèle guide, ajouta-t-il, tu dois aussi, par nécessité, être parfois le gardien de mes secrets. Seras-tu mon guide ? demanda-t-il. Retarderas-tu ton voyage pendant un certain temps ?

Yusuf hésita :

— Combien de temps ? Car j'ai une promesse solennelle à tenir, seigneur.

— Assez longtemps pour que tu te reposes, manges et prennes un peu de poids. Dirons-nous jusqu'à la troisième pleine lune après celle qui brillera dans quatre jours ?

— Ensuite vous me relâcherez ?

— Je ne te retiens pas, Yusuf. Mais alors je te forcerai à partir si c'est cela que tu souhaites. Je t'en fais la promesse. Eh bien... veux-tu être mon guide fidèle et le gardien de mes secrets ?

Yusuf regarda le sourire un peu ironique de l'aveugle et secoua la tête.

— Je ne sais pas, seigneur, fit-il, plutôt troublé. Habituellement les hommes ne me confient pas leurs secrets. Pas depuis...

Il hésita.

— Serez-vous conduit devant le juge, comme un voleur ou un esclave, si je dis où vous allez et ce que vous faites ?

— Non, fit Isaac en riant. Seulement devant le plus terrible des juges, ma femme.

— Je saurai garder un secret devant elle, seigneur, dit Yusuf. Il est facile de tenir sa langue devant un ennemi.

— Elle est ta maîtresse pour le temps présent, Yusuf, pas ton ennemi. Elle ne tardera pas à t'apprécier. Elle n'est pas prompte à accorder sa confiance.

70

Ils quittèrent le Call par le sud et se retrouvèrent au cœur de la cité avec sa foule bruyante d'acheteurs et de vendeurs, de juifs et de chrétiens, qui riaient, bavardaient et discutaient à s'en égosiller le prix de marchandises importées ou de beaux spécimens de l'artisanat local. Les senteurs entêtantes de la laine teinte et du cuir finement travaillé flottaient à côté d'Isaac et, pareils à une carte, lui indiquaient auprès de quelle échoppe ils passaient. Sa main reposait très légèrement sur l'épaule de Yusuf alors qu'ils se frayaient un chemin parmi les étals. Quand ils furent arrivés devant le marchand d'épices, Isaac s'arrêta pour acheter du gingembre frais et de la cannelle destinés à renforcer l'appétit de dame Isabel, puis ils se hâtèrent en direction de la porte nord.

— Sur le chemin du couvent, dit Isaac, nous allons nous arrêter dans la maison du scribe, Nicholau. Prends la rue de la cordonnerie. C'est là que vit ma fille Rebecca.

Ils continuèrent en silence pendant quelque temps.

— C'est mon secret, enfant, dit alors Isaac. Ma fille a épousé un chrétien et est devenue une *conversa*. Tu comprends ce que cela veut dire ?

— Oui, seigneur. Nous en avons aussi parmi nous.

— Son fils aussi est chrétien. Ma femme ne l'a jamais vu. Ta maîtresse est très religieuse, très vertueuse, Yusuf. Infiniment plus que moi. Elle aura peut-être des paroles très dures à ton égard, mais elle ne te maltraitera pas parce que tu es un enfant et, du moins provisoirement, à son service. Il est donc de son devoir de te traiter avec bienveillance. Mais elle est aussi dure que la pierre quand elle pense être dans son bon droit. Moi-même, ajouta-t-il d'un air pensif, qui ai beaucoup étudié et, quand je voyais encore, lisais les écrits des grands philosophes et me plongeais dans les secrets des grands mystiques, je ne suis jamais parvenu à autant de certitude en ce qui concerne la vérité et la justice. Nous tournons ici.

Isaac fit encore quelques pas et s'arrêta. De la maison qui se dressait devant eux fusaient les bruits d'une querelle qui atteignait son apogée.

— Fiche donc le camp, espèce de soiffard! hurlait une femme.

Un bébé pleurait. Un jeune homme pâle et échevelé sortit dans la rue en titubant. Sans un regard autour de lui, il prit la direction de la porte nord et de la cathédrale.

— Il vaut mieux que tu attendes dehors, dit Isaac en s'avançant vers la porte, qui s'ouvrit.

— Papa, c'est vous! dit une jolie femme sur le seuil.

Elle éclata en sanglots et la porte se referma.

Yusuf s'installa sur la marche et attendit.

L'abbesse Elicsenda secouait la tête d'un air consterné.

— Elle appartient effectivement à notre ordre. Regardez son habit. Mais je ne l'ai jamais vue.

— Aurait-elle pu venir de Tarragone? Ne vous a-t-on prévenue de rien?

— Elle aurait voyagé seule? Rappelez-vous que nos sœurs ne foulent pas les routes et les chemins comme les frères mendiants, Votre Excellence.

Elle s'écarta pour laisser la lumière tomber sur le visage de la morte.

— Elle a un air familier, mais je ne la reconnais pas. Je connais nombre de nos sœurs de Tarragone, et ce n'est pas l'une d'elles.

— Je préférerais croire qu'elle n'est pas religieuse, dit Berenguer de Cruilles, qu'oser imaginer que vous ne reconnaissez pas l'une des brebis de votre troupeau.

L'abbesse lui lança un regard scrutateur.

— Religieuse ou pas, dit-elle calmement, comment est-elle entrée dans les bains? Ils sont fermés la nuit, n'est-ce pas?

— Je crains que leur honnête chien de garde n'ait

fêté un peu trop son saint patron, le bon Johan, et qu'il n'ait été trahi par le fruit de la treille. Lui comme tant d'autres. Mais *comment* est-elle entrée dans les bains ? demanda-t-il brusquement en se tournant vers le gros Johan, misérablement pelotonné contre la porte. Combien y a-t-il de clefs ?

— Il n'y a que la mienne, Votre Excellence, dit Johan, la gorge serrée. Et celle de mon maître, mais il est parti pour la campagne.

— Nous le savons. Tu as bien fermé les bains la nuit dernière ?

— Oui, Votre Excellence.

— Et tu n'as donné cette clef à personne ?

— Si. Ou plutôt non, Votre Excellence. Aucun homme ne me l'a demandée.

— Et aucune femme ? Comment pourrais-tu le savoir, Johan ? Quand je t'ai aperçu cette nuit, tu ne savais même plus ton propre nom, et encore moins où se trouvait ta clef. Comment peux-tu être sûr que personne ne te l'a volée et rendue pendant que tu cuvais ?

— Je n'en sais rien, Votre Excellence, dit-il, le front trempé de sueur.

L'abbesse s'empressa d'intervenir :

— Merci, Johan, de ton aide et de ton honnête témoignage. Sor Marta va veiller à t'offrir un rafraîchissement. Tu peux t'en aller.

Elle attendit que la porte se fût refermée sur le surveillant pour s'adresser à l'évêque.

— Je ne puis imaginer une désespérée dérobant la clef à cet homme afin d'aller se donner la mort dans les bains.

— Vous supposez donc qu'elle s'est tranché la gorge, dame Elicsenda ? demanda Berenguer.

— Avant de se jeter dans le bain ? Je ne le crois pas. Mais il est difficile d'émettre une autre hypothèse.

— Était-ce vraiment une religieuse ?

— Nous allons le savoir bientôt.

D'un doigt, Elicsenda écarta la guimpe déchirée et tachée de sang, repoussa le voile et tira une longue mèche de cheveux roux.

— Non, dit-elle froidement en présentant la mèche à l'inspection de l'évêque. Pas avec de tels cheveux. Ou peut-être devrais-je dire que c'est improbable.

— Dans ce cas, pourquoi s'est-elle vêtue en religieuse pour aller à la rencontre de la mort ?

— Je ne saurais le dire. À moins que ce costume ne lui permît de circuler dans la rue sans se faire remarquer.

Mais l'évêque se concentrait sur le visage livide de la défunte et écoutait à peine la réponse de l'abbesse.

— Il y a en elle quelque chose de familier, dit Berenguer. Pouvez-vous lui ôter sa guimpe et son voile ?

— Je m'en occupe, dame Elicsenda, intervint Sor Agnete.

Celle-ci souleva suffisamment le corps raide pour défaire les cordons et ôter les épingles de la coiffe, puis, avec beaucoup de précaution, elle retira la guimpe et le voile. Elle arrangea du mieux possible l'épaisse chevelure et remit de l'ordre dans l'habit.

L'évêque respira profondément et fit un pas en arrière comme pour mieux voir le corps allongé sur la table.

— J'eusse préféré que ce corps fût trouvé en un autre endroit, dit-il enfin.

— Qui est-ce, Votre Excellence ? demanda Sor Agnete.

— Voilà qui nous met dans une situation des plus délicates, murmura l'abbesse.

— On ne pourrait imaginer pire, dit Berenguer. Même si la mort l'a quelque peu déformé, il n'y a qu'une seule femme dans ce pays qui possède un tel visage. Et de tels cheveux. J'ai été aveuglé par son déguisement.

— Nul doute que telle était son intention, ajouta l'abbesse.

— Mais pourquoi la dame d'honneur de Doña Elea-nor viendrait-elle à Gérone grimée en religieuse ?

— Pour se cacher dans mon couvent, répondit Elic-senda.

La colère dessinait des taches rouges sur ses joues.

— Quand les intrigues sanglantes de la cour parviennent jusqu'au cloître et affectent mes filles, alors il convient de prendre des mesures.

Berenguer de Cruilles regarda les deux femmes :

— Elles seront prises, le moment venu. Il serait peu sage, me semble-t-il, de mentionner son nom ou de faire état de sa mort à qui que ce soit tant que nous n'en saurons pas plus. Depuis combien de temps est-elle décédée ?

— Le corps est raide, dit Sor Agnete. Mais le médecin est ici pour voir dame Isabel. Peut-être pourra-t-il en dire plus.

— Il est discret, intervint l'abbesse. Qu'on l'appelle. Quand il aura examiné le corps, qu'il soit préparé et conduit à la chapelle. Nous prierons pour son âme avec la même ferveur et les mêmes rites que nous le ferions pour l'une de nos sœurs en Jésus-Christ.

— Voilà qui est très louable, dit Berenguer. Et aussi très prudent.

Encore une fois, il regarda la morte.

— J'aimerais parler au médecin. Puis je l'amènerai examiner le corps.

Isaac palpa la tête et la mâchoire de la défunte et recula. Il porta ses doigts à son nez et huma.

— Je puis vous dire qu'elle a été tuée entre laudes et prime, puisque c'est ainsi que vous nommez les heures.

— Vous êtes très précis, maître Isaac. Pouvez-vous en être sûr ? demanda l'abbesse.

— Absolument. Les sœurs chantaient laudes alors que nous quittions le couvent. Presque au même instant, cette dame est passée en courant à côté de nous. Elle était en vie alors. Johan dit l'avoir découverte peu après prime. Elle était morte.

— Je ne l'ai pas remarquée, dit Berenguer.

— Je suis certain que telle était son intention. Soit elle connaissait ma cécité, soit elle voyait en vous le témoin le plus dangereux. Quand Sor Marta nous a ouvert la porte du couvent, cette dame est sortie précipitamment en abandonnant derrière elle un fort parfum de musc, de jasmin et de peur. Il ne reste plus à présent que le musc et le jasmin de ses cheveux. La peur est morte avec elle.

— Elle se trouvait donc bien à l'intérieur du couvent, dit l'abbesse. Vêtue comme l'une de nos sœurs.

— L'une de nous l'aurait certainement vue, dit Sor Agnete.

— Pas si elle avait un ou une amie qui l'abritait, reprit l'abbesse. Il y a dans la nouvelle section des pièces où travaillent les maçons. Nul ne peut y pénétrer sans l'architecte lorsqu'il vient inspecter l'avancement des travaux. Elle aurait pu s'y dissimuler.

— Mais à quelles fins? demanda Sor Agnete. Pourquoi se cacher dans un couvent? Une dame cherchant un sanctuaire y serait demeurée.

— À des fins mauvaises, assurément, Agnete, dit l'abbesse avec une certaine impatience. Mais qui va découvrir la raison de son acte? Mes filles ne peuvent aller en ville et interroger pour savoir qui voudrait profiter de notre refuge.

— C'est parfaitement exact, dit Berenguer. Je vais envoyer mes officiers...

— Pardonnez-moi d'intervenir dans vos réflexions, dit Isaac, mais les officiers de l'évêque sont aussi connus que vous, vous-même, madame, ou Son Excellence. S'ils interrogent à propos de religieuses ou d'étrangères, la ville ne parlera plus que de cela. Moi-même, je pénètre partout et peux demander n'importe quoi. Je vais me mettre en devoir de découvrir ce que je peux et je vous le rapporterai.

— C'est fort aimable à vous, maître Isaac, dit l'abbesse d'un air dubitatif.

— Puis-je vous dire un mot en privé, madame ?

Berenguer sortit dans le couloir, suivi de l'abbesse.

— La proposition du médecin est très intéressante. Vous seriez bien avisée de la prendre en considération.

— Mais, Votre Excellence, voyez qui il est. Une affaire touchant à la réputation de l'Église devrait assurément être menée par l'un des nôtres.

— Pas si nous sommes incapables de la mener à bien, dame Elicsenda.

— Fort bien, seigneur Berenguer, dit-elle avant de revenir dans la pièce. Maître Isaac, comment pourrez-vous étudier un problème aussi lié à notre couvent ? Je crains que vous n'ayez pas l'occasion de poser des questions.

— Toutes sortes de gens sont mes patients, et rares sont ceux qui ont la sagesse de se méfier de la sagacité d'un aveugle. Et puis, vous le savez, mon ouïe est très fine.

— Vous irez seul ? insista-t-elle. Sans le don de la vue pour vous aider ?

— Raquel est mes yeux, madame, et pendant qu'elle s'occupe de dame Isabel, j'ai un petit assistant aux yeux vifs et aux pieds légers. À nous deux, il n'y a aucun endroit où nous ne puissions aller, rien que nous ne puissions observer — sauf à l'intérieur de vos murs. Quand j'apprendrai pourquoi cette grande dame s'est comportée de manière aussi étrange et auprès de qui elle a trouvé la mort, je vous le ferai savoir.

— Dans ce cas, c'est avec grand plaisir que nous acceptons votre proposition, maître Isaac, déclara Elicsenda avec grâce.

— Je crains que votre enquête ne vous mène en terrain périlleux, ami Isaac, dit l'évêque. Si vous avez besoin de mes officiers, envoyez votre assistant aux pieds légers quérir leur aide. Donnez-leur ceci, ajouta-t-il en tendant une bague à Isaac.

77

Le médecin effleura du doigt le blason gravé.

— Êtes-vous certain de vouloir m'accorder une telle confiance ?

— Je vous ai déjà confié beaucoup plus qu'un simple symbole de fortune familiale, mon ami. Je vous ai confié ma vie et celle de ma nièce bien-aimée. À côté, cette bague n'est qu'un jouet.

CHAPITRE IV

Sur les terres appartenant au petit château, un groupe d'hommes et de chiens était disséminé le long de la rivière pour fouiller parmi les herbes et les fourrés. Don Aymeric, le châtelain, se tenait en retrait, sur une butte, et contemplait les nuages.

— Par le bon saint Antoine, faites quelque chose ! Ne restez pas là à bayer aux corneilles ! lui dit d'un air désespéré son épouse, Urraca.

L'avenir lui paraissait fort sombre, et la panique lui donnait des accents de mégère.

— Ce n'est pas en regardant le ciel que vous trouverez le prince.

— Non, mais il trouvera des oiseaux, Doña Urraca.

La femme de Don Aymeric sursauta avant de se retourner et de s'incliner hâtivement devant un homme de haute stature qui portait l'habit des franciscains et semblait apparu par magie.

— Des oiseaux, monseigneur ?

— Certainement, madame. Il faut toujours chercher les oiseaux pendant une chasse. Car l'on trouve sa proie là où ils s'envolent. N'est-ce pas vrai, Don Aymeric ?

— Certes, monseigneur. Et si nous écoutions attentivement, ajouta-t-il avec impatience, nous pourrions entendre l'enfant. Ou Petronella. Elle aboiera si elle perçoit son odeur.

— Le prince ne pleure pas facilement, dit la femme en secouant la tête.

— Celui dont je suis provisoirement responsable est courageux, dit avec respect le franciscain avant de se tourner vers le châtelain. Je pense que nous devrions peut-être coordonner nos efforts, murmura-t-il. C'est ma faute, pas la vôtre. J'ai entendu des gens dans la nuit et ai fait le guet devant sa tour, mais quand tout m'a paru paisible, je le confesse, j'ai moi aussi cherché mon lit. Ce fut une erreur.

Il porta les yeux sur son habit de moine.

— Ce costume est mal indiqué pour la chasse, à l'homme ou au gibier, mais je pense conserver encore quelque temps ce déguisement.

— Certainement, monseigneur.

— Avez-vous retrouvé sa nourrice?

— Cette souillon a disparu, dit Doña Urraca. Ainsi que Jaume, le valet d'écurie. Je ne lui fais pas confiance. Chaque fois que l'on tourne la tête, il est là à vous épier.

— Miquel est parti le chercher en ville, murmura Don Aymeric.

— Miquel ne sait même pas trouver son dîner dans son assiette, lâcha Doña Urraca.

— Dans ce cas, je lui viendrai en aide dès que mon cheval sera sellé.

Sur ce, le comte Hug de Castellbo partit en direction de ses écuries. Malgré son habit, il n'avait en rien l'air d'un moine.

— Nous poursuivrons notre quête à partir d'ici.

Don Aymeric se tourna à nouveau vers le ciel, mais ses yeux étaient aussi vides, aussi désespérés que ceux de sa femme, pourtant tournés vers la terre.

— Comment va dame Isabel? demanda Isaac en refermant la porte de la chambre de la malade avant de s'approcher du lit.

— Elle dort, lui répondit sa fille. Elle s'est réveillée

une fois et a bu l'infusion d'herbes et d'écorce fébrifuges. Puis elle est retombée dans un profond sommeil.

Elle parlait doucement, mais sa voix était chargée d'inquiétude.

Isaac s'arrêta au bord du lit, tendit l'oreille et secoua la tête.

— Une fois la douleur et la fièvre tombées, il est normal qu'elle dorme à poings fermés.

La voix de Raquel n'était plus qu'un murmure :

— Papa, quand je la vois ici, c'est vraiment une copie de notre seigneur le roi. Comme si elle avait une tête d'homme sur un corps de femme. La vieille religieuse dit que c'est le démon qui travaille en elle pour lui voler son âme avant sa mort.

Raquel serra très fort la main de son père.

— Vous croyez que cela peut être vrai ?

— Et depuis quand le démon parcourt-il la terre sous la forme de notre bon roi ? dit Isaac d'une voix troublée. Don Pedro est notre seigneur terrestre et notre protecteur. Nous lui devons beaucoup. Il nous a déjà sauvés à maintes reprises de la populace ignorante, et je crains que nous n'ayons encore besoin de son aide.

Il s'arrêta et sourit à sa fille.

— Dame Isabel a de bien meilleures raisons que la malignité diabolique pour ressembler à notre roi, mais il n'est pas convenable de parler de cela ici. Examinons plutôt sa blessure.

La chambre sentait toujours les herbes brûlées et le chaudron bouillonnant, mais l'odeur d'infection et de putréfaction avait quasiment disparu. De l'âtre, une voix rauque se mit à bredouiller un mélange de latin et de catalan entremêlé des bribes d'une chanson.

— Depuis combien de temps la vieille religieuse est-elle ainsi ? demanda-t-il vivement.

— Depuis des heures et des heures, papa, fit Raquel.

Il y avait des larmes dans sa voix quand elle lissa le drap de lin.

— Je crois qu'elle a caché une cruche de vin sous ses jupes, murmura-t-elle.

— Nous nous occuperons de cela plus tard. Place ma main sur le front de dame Isabel, dit-il doucement.

Sa main se posa délicatement sur la peau.

— Le front est humide et un peu plus frais. C'est bien. As-tu changé son pansement ?

— À deux reprises, papa. Chaque fois j'ai baigné la blessure de vin avant d'y placer un emplâtre.

— Fais-moi toucher sa peau, dit son père.

Elle guida sa main et le regarda palper délicatement tout autour de la blessure. Il se redressa, apparemment satisfait de ce qu'il avait constaté.

— Êtes-vous réveillée, madame ? demanda-t-il.

— Oui, maître Isaac, fit la jeune fille d'une voix épaissie par le sommeil.

— Vous reconnaissez votre médecin. C'est bon signe. Comment vous êtes-vous fait cette blessure ? poursuivit-il sur un ton tout aussi léger.

Isabel cligna plusieurs fois des yeux.

Raquel se pencha pour approcher un gobelet d'eau des lèvres de dame Isabel.

— Buvez, madame, avant de chercher à parler.

Elle but presque tout et laissa retomber sa tête.

— Merci, Raquel. Vous voyez, je connais aussi votre nom. Quant à ma blessure, comment cela m'est arrivé, c'est vraiment stupide.

— Parlez-m'en, dit Isaac, dont les doigts fouillaient dans le panier.

— Nous étions à nos aiguilles. Je cherchais dans ma corbeille une soie de couleur beige afin de broder un cerf en fuite dans une scène de chasse...

— Oui ?

— Quelqu'un a lâché sa corbeille sur mon cadre et, quand j'ai voulu la ramasser, on m'est tombé dessus et j'ai été piquée par une aiguille.

— Qui était-ce ?

Elle secoua la tête d'un air contrit.

— Dans la confusion, j'ai cru que c'était ma propre aiguille, dit-elle lentement. Mais maintenant je n'en suis plus certaine. Peut-être était-ce celle de cette personne. Je crois cependant que ce n'est qu'un accident.

Elle parlait avec beaucoup de dignité.

— Celle qui m'a blessée a sans aucun doute eu peur d'être châtiée.

— Espérons, avec l'aide du Seigneur, que les conséquences de cet acte innocent seront bientôt oubliées, dit Isaac. Vous vous êtes assez fatiguée. Reposez-vous et faites comme Raquel vous le dit, madame, et tout ira bien. Votre oncle sera satisfait.

Un unique coup frappé à la porte mit un terme à cette conversation. Isaac se retourna.

— Qui est là ?

— C'est Sor Agnete, maître Isaac. Puis-je vous parler ?

— Reste ici avec ta patiente, Raquel, dit le médecin. Je vais voir ce que veut Sor Agnete.

Raquel regarda son père quitter la chambre et refermer la porte derrière lui. Elle s'éloigna un peu du lit pour étirer ses bras et ses épaules endoloris. Elle était épuisée. Depuis qu'on l'avait réveillée en pleine nuit pour se rendre au couvent, elle n'avait pas dormi, sauf quelques minutes par-ci par-là auprès de sa patiente. Peint aux couleurs de l'épuisement, le décor qui l'entourait prenait des allures de cauchemar. La lumière du jour qui pénétrait par les fenêtres étroites parvenait mal à éclairer la pièce. Un unique rayon de soleil tombait sur le feu mourant et les braises pour en aspirer les teintes rouge orangé, ne laissant que de pâles langues de feu qui léchaient le mur de pierre. La chaleur avait une intensité étouffante ; sur toute chose la fumée projetait un voile bleuté. Raquel avait l'impression de vivre dans une représentation de l'enfer telle qu'elle en voyait dans les livres de son père. Dans un coin, près du foyer, la vieille religieuse murmurait et ricanait comme un esprit démoniaque. Puis elle versa dans une coupelle de bois le liquide qu'elle dissimulait entre ses jambes et le but.

— Holà, fille d'Israël ! appela-t-elle. Laisse la bâtarde de l'usurpateur là où elle est et viens boire avec moi. Je sais qui tu es et ce que tu es, je sais aussi qui elle est et ce qu'elle est. On fait un drôle de trio dans le couvent, non ?

Sa voix se transforma en un rire strident, puis sa tête s'abattit sur sa poitrine. Et elle se mit à ronfler.

Raquel frissonna et garda le silence.

Isaac referma la porte derrière lui.

— Oui, ma sœur ? murmura-t-il.

— L'abbesse m'a demandé de vous prévenir immédiatement, maître, dès qu'elle a été mise au courant, débita Sor Agnete, les mots se bousculant dans sa bouche.

— Me prévenir de quoi ?

— Du flacon. Là. Je l'ai dans la main.

— Quel flacon, Sor Agnete ?

— Je l'ai découvert dans les habits de Doña Sanxia. Alors que je préparais le corps. Vous aviez parlé de parfum, alors je l'ai ouvert, mais cela ne sent pas du tout le parfum.

Isaac tendit la main pour prendre le flacon. Il le huma, en effleura le goulot et fit la grimace. Il frotta le liquide entre son pouce et son index, puis y posa très délicatement le bout de sa langue. C'était amer au goût.

— Ce n'est pas exactement une chose que je recommanderais de boire, fit-il sèchement remarquer en sortant un morceau d'étoffe de sa tunique afin de s'en essuyer vigoureusement la main.

— Qu'est-ce que c'est ? demanda Sor Agnete.

— Est-ce qu'il y a une couleur ?

— Pas précisément, dit la religieuse d'un air dubitatif. C'est une liqueur sombre, couleur de boue.

— Ce n'est pas le genre de chose que l'on emporte avec soi quand on vient en visite dans un couvent.

Il s'arrêta un instant.

— Je crois que je devrais en parler avec dame Elicsenda.

Ils empruntèrent l'escalier en colimaçon. Sor Agnete ouvrit la porte donnant sur une pièce fraîche et bien aérée, puis elle pria Isaac d'attendre.

Le médecin arpenta les lieux afin d'en prendre les mesures sans cesser de penser aux problèmes soulevés par la présence de ce flacon. Des pas rapides et un froissement de robes lui apprirent le retour de Sor Agnete en compagnie de l'abbesse.

— Maître Isaac, dit Elicsenda avec fermeté. Je suis à votre disposition.

— Dame Elicsenda, merci de vous être ainsi hâtée. J'ai examiné le flacon que Sor Agnete m'a apporté. Je n'en ai placé que la centième partie d'une goutte sur le bout de ma langue et j'en ai conclu qu'il s'agissait d'un puissant opiat. Deux ou trois gouttes plongent dans le sommeil. Dix ou vingt, et l'on ne se réveille plus jamais. Selon moi, il était destiné à dame Isabel.

Il hésita.

— Même dans ce refuge, je crains pour sa vie.

— Avec la mort de Doña Sanxia, le danger est assurément passé, dit Sor Agnete.

— Sans aucun doute, fit Isaac. Cependant...

— Je suis du même avis que le médecin, intervint l'abbesse. Elle nous a été confiée, Sor Agnete. C'est notre fille spirituelle et il convient de veiller sur elle comme telle.

— Raquel est une garde-malade très dévouée, dit Isaac, mais elle est seule. Elle n'a que seize ans et doit parfois dormir...

— Sor Benvenguda, notre sœur infirmière...

— Je ne pense pas, dame Elicsenda. Vous la connaissez bien ?

L'abbesse hésita.

— Pas vraiment... Elle est très expérimentée. Mais elle ne nous est venue qu'il y a trois mois de Tarragone. La peste nous avait pris toutes nos sœurs infirmières, à l'exception de Tecla, devenue trop vieille et infirme pour poursuivre son travail.

— Quelqu'un en qui vous avez pleine confiance doit assister Raquel à tout instant. Et Sor Tecla doit être exclue. Elle est ivre de vin.

— Ivre? Qui lui a donné du vin? demanda l'abbesse.

— Je l'ignore, répondit Sor Agnete. Mais je le saurai. Elle a un penchant...

— Et son penchant est bien connu?

— Oui, fit l'abbesse avec une certaine impatience. Elle cherche à le repousser depuis des années. Mais si quelqu'un lui a apporté du vin...

Elle s'arrêta.

— Sor Agnete sera relevée de ses fonctions habituelles pour assister votre fille.

— Très bien, madame.

— Que plus personne ne les approche sinon l'un de nous, dit Isaac. Cet étrange flacon découvert dans les habits de cette fausse religieuse me trouble beaucoup.

Yusuf était assis à l'ombre d'un mur, non loin de la porte du couvent, et dessinait dans la poussière tout en se demandant pourquoi il avait accepté de rester auprès du médecin. Pourquoi ne pas se lever et partir sur-le-champ? Le petit portail réservé aux affaires courantes était ouvert; la grosse sœur tourière serait bien incapable de le rattraper. Malgré tout, il continuait à dessiner, en proie à une étrange lassitude qui lui paralysait les membres et lui faisait la tête lourde. Il avait plus bu et mangé au cours de ces douze dernières heures que pendant la semaine écoulée, mais son corps semblait encore réclamer. Il repensa à la table de bois, sous la vigne de maître Isaac, cette table chargée de tant de bonnes choses : des dattes, des figues et des abricots, du fromage doux mêlé à du miel et à des cerneaux de noix. L'image se troubla pour devenir celle de la table d'un festin où les plats abondaient : petits gâteaux d'épice dégoulinants de miel, gelées parfumées de l'arôme entêtant des roses, ris de veau ou d'agneau, montagnes de riz fleurant bon le safran, petits pâtés au gingembre, à la cannelle et à d'autres épices dont il avait oublié le nom...

— Yusuf ! appela une voix au-dessus de lui. Il est temps d'aller aux bains te faire propre ou nous serons en retard pour le repas.

Le garçon sursauta et se remit debout, apeuré. Il lui fallut un moment pour se rappeler où il se trouvait.

— Oui, seigneur, dit-il.

La torpeur de l'après-midi commençait à vider les rues de la ville. Le bruit des roues sur les pavés et les cris des porteurs d'eau s'étaient faits plus discrets. Les négociants recouvraient leurs marchandises et fermaient leurs échoppes. De toute part s'élevait l'odeur de la nourriture qui bout, cuit ou grille sur le feu. Le gros Johan avait cessé de vider et de nettoyer le bain central. Il se préparait à trancher le pain et le fromage qui lui serviraient de dîner quand Isaac et Yusuf arrivèrent.

— Holà, Johan ! cria Isaac du haut des escaliers menant aux bains.

Sa voix résonnait dans le couloir froid et mal éclairé.

— J'ai ici un garçon qui a besoin d'un bon nettoyage.

— Bonjour, maître Isaac, dit Johan en sortant du coin d'ombre qui lui servait de refuge. Le bain principal est fermé...

— L'évêque me l'a dit, trancha Isaac. On ne peut donc le laver nulle part ?

— Il y a le petit bain. Et de l'eau chaude. Est-ce le dénommé Yusuf ?

Yusuf regarda le colosse dressé devant lui.

— Oui, messire, c'est moi Yusuf.

— J'ai ici des vêtements neufs qui t'ont été envoyés par ta maîtresse.

— Bien. Prends soin de lui et lave-le, dit Isaac d'un air enjoué. Et mets-lui des habits propres. Je me reposerai si tu me trouves un banc.

La paisible méditation d'Isaac fut interrompue par un hurlement de protestation.

— Je ne l'enlèverai pas !

Le cri résonna entre le plafond voûté et le sol carrelé, accompagné d'une sorte de grognement.

Isaac suivit le mur à tâtons, aidé de son bâton, et emprunta la direction des voix. Quand il pensa être assez près pour se faire entendre, il appela :

— Yusuf ? Johan ? Que se passe-t-il ? Tu dois enlever tes habits pour te baigner, Yusuf, il n'y a aucune honte à cela.

— Ce n'est pas ça, fit Yusuf, au bord des larmes.

— C'est cette bourse qu'il a autour du cou, maître, expliqua Johan. Elle est en cuir, et elle va se déformer dans l'eau. Il refuse que je la lui garde.

— Et moi, me la donneras-tu pendant que l'on te baigne et te sèche ? demanda doucement Isaac. Je la garderai très précieusement.

Sans lâcher le mur, il s'approcha des deux personnages.

— Est-ce que vous jurez solennellement, par le Seigneur unique que nous adorons tous deux, quoique de différentes façons, et sur la vérité et l'honneur de vos ancêtres, que vous me la rendrez sans l'ouvrir dès que je vous la demanderai ?

— C'est un serment un peu compliqué, mais je te le jure, dit Isaac, qui s'efforçait de dissimuler son amusement. Je te la rendrai sans l'ouvrir dès que tu me la demanderas, par ce même Seigneur. Et par mes ancêtres. Puis-je savoir ce que je garderai de si précieux ?

— Ce n'est précieux que pour moi, seigneur, dit Yusuf d'une toute petite voix. Rien que quelques mots écrits dans ma propre langue et que je ne veux pas perdre.

Dès que le garçon eut saisi la bourse de cuir pendue à son cou par une lanière, le gros Johan constata qu'elle ne contenait aucun bien matériel — pas de pièces d'or, pas de pierres précieuses —, et sa curiosité s'évapora comme rosée au soleil d'été. Isaac se pencha pour permettre à Yusuf de placer la bourse autour de son propre cou ; puis le garçon retourna vers Johan.

— Reste ici pendant que je t'ôte cette boue, dit le surveillant. Ensuite, je t'étrillerai pour te faire tout propre.

Il versa sur Yusuf de l'eau tiède prise dans le bain avant d'aller chercher deux grosses aiguières posées sur le feu. Il les plaça près d'une fontaine d'où sortait le flot régulier d'une eau fraîche et pure. Il releva sa tunique et s'assit sur le rebord du petit bain.

Yusuf descendit dans le bain et se planta, frissonnant, devant le gros Johan. L'odeur et le contact de l'eau déclenchèrent une autre vague de souvenirs estivaux : bruit de l'eau qui éclaboussait et rire des femmes ; le chaud soleil qui caressait sa peau, les hauts palmiers qui s'agitaient au vent et le couvraient de leur ombre. Des larmes lui vinrent aux yeux, et il s'empressa de chasser ses souvenirs.

Johan frotta Yusuf avec une éponge et du savon doux jusqu'à ce que sa peau reluise et que ses cheveux soient couverts de mousse.

— Attends-moi ici, dit-il en allant chercher les aiguières.

Il prit une louche et versa dedans un peu d'eau froide.

L'eau chaude sur sa tête fit à Yusuf l'effet d'un four

qui explose. Crasse et savon s'en allèrent en même temps. Il regarda sa peau nue, débarrassée de tout ce gris, et vit ses membres maigres aux os saillants, couverts de coupures et d'égratignures mais aussi de taches brunes et claires alternées provoquées par l'action du soleil sur ses haillons. Jamais, même au plus sombre de son voyage, il ne s'était senti plus sale, plus humilié.

— Voilà, mon gars, dit Johan. Fais-moi confiance. Propre des pieds à la tête. Je te mettrais bien dans l'eau froide pour te rafraîchir, mais petit comme tu l'es, je crains que ce ne soit trop pour toi. Maintenant, je vais te sécher et voir comment te vont tes habits.

Johan l'enveloppa dans une grande pièce de lin et se pencha pour ramasser un paquet posé à terre.

— Vos habits, mon jeune sieur.

La main de Yusuf effleura son cou nu et le lin retomba.

— Ma... ma bourse! s'écria-t-il d'une voix où perçait la panique. Seigneur, est-ce que vous avez toujours ma bourse de cuir?

Isaac s'avança et tendit la main jusqu'à ce qu'elle touchât les cheveux mouillés du garçon. Gravement, il ôta la bourse de son cou et la passa sur la tête de Yusuf.

— Tu vois, fit-il, je tiens ma promesse. Maintenant, habille-toi avant de prendre froid.

Yusuf prit une chemise de lin et l'enfila. Les chausses étaient un peu trop longues et il noua autour un ruban avant de passer une tunique de belle étoffe brune. Il mit les pieds dans les souliers, tira les cordelettes pour les adapter à sa taille, et secoua la tête. Cette maîtresse était une étrange femme, pour vêtir si bien quelqu'un qu'elle détestait tant.

— C'est un endroit aussi frais qu'agréable, dit Isaac. L'évêque m'a assuré que tu l'entretenais à merveille.

— L'évêque est un homme bon et généreux, répondit Johan, pour dire cela. C'est pour ça que j'ai eu grande honte de trouver une nonne morte dans mon bain.

— Elles ne viennent pas ici, habituellement? Les sœurs?

— Jamais, s'empressa de répondre le gros Johan.

Isaac l'entendait presque transpirer.

— Quand tu l'as sortie de l'eau, c'était juste après prime, n'est-ce pas?

— Un peu plus tard que ça, maître.

— Une heure, peut-être?

— Le soleil était haut et clair.

— Était-elle déjà raide?

Le gros Johan se détendit. Il ne bougea ni ne parla, mais son soulagement était si palpable qu'Isaac le perçut.

— Oui. Au niveau de la tête. C'est par là que ça commence. J'ai aidé à charrier les morts, je sais ce que c'est.

— Donc, une heure environ après prime, la rigidité faisait déjà son œuvre. Elle est morte après laudes, depuis une heure ou deux peut-être.

À ce moment, songea-t-il, le tumulte redoublait en ville. Et l'évêque avait vu le gros Johan trop saoul pour se rappeler son nom.

Des pas légers retentirent sur le sol.

— Mes nouveaux habits sont très jolis, seigneur, dit Yusuf. J'aimerais que vous puissiez les voir.

— Tiens, donne-moi tes hardes, lança le gros Johan. Je vais les mettre au feu.

— Je crois que je vais les conserver, dit Yusuf. J'en aurai peut-être besoin un jour.

Le comte Hug de Castellbo avait fouillé le village — cinq ou six masures adossées aux murs du château —, puis la campagne jusqu'à Gérone, mais ce fut Don Aymeric et ses hommes, aidés de l'odorat perçant de Petronella, qui retrouvèrent la nourrice, Maria. Elle gisait dans un creux, non loin de la route, dissimulée par de hautes herbes. Elle avait la gorge tranchée. À côté d'elle reposait un baluchon. Le châtelain, Don Aymeric, le ramassa et l'ouvrit : il contenait des vêtements d'enfant, du pain et des fruits.

Le veneur du châtelain montra les vêtements.

— On dirait qu'elle a envisagé de s'enfuir et d'emmener l'enfant avec elle.

— En compagnie de Jaume ? fit Don Aymeric. Je ne puis y croire.

Le veneur secoua la tête d'un air dubitatif.

— Si Jaume a fait cela, on trouvera sur lui des marques d'ongles et de dents, dit-il sobrement. Maria n'était pas douce. Quelques-uns des hommes ici présents l'ont appris à leurs dépens le jour où ils ont mis la main sous ses jupes.

— Aucun signe de l'enfant ? demanda le châtelain, dont le visage n'exprimait rien.

Plus les recherches se poursuivaient, des berges aux bois en passant par les autres parties de son domaine, plus son apparence se figeait dans le désespoir.

— Señor ! appela une voix depuis la route. J'ai trouvé quelque chose.

C'était Miquel, le palefrenier, parti à la recherche de Jaume, le valet d'écurie. Il tendit la main et montra un jouet.

— Un petit cheval ? interrogea Don Aymeric.

— C'est moi qui l'ai sculpté dimanche, dit Miquel. Et je l'ai offert à l'infant Johan.

Le châtelain se tourna vers son veneur.

— Est-ce que tout le monde sait qui est cet enfant ? demanda-t-il calmement.

— Je le crains, señor. Maria a bien essayé, mais elle avait trop l'habitude de l'appeler Johan. Nous avons rapidement compris qui il était.

Le châtelain s'intéressa à nouveau à son palefrenier.

— Il aime les chevaux, dit celui-ci. Je l'ai emmené chevaucher sur le poney gris. J'ai sculpté ceci quand il était malade, pour lui rappeler son poney.

92

— Merci, Miquel. Tu as de bons yeux et un grand cœur, dit le châtelain, désespéré. Je dois à présent me rendre à Barcelone pour prévenir Sa Majesté.

— L'un de nous va vous accompagner, señor, dit le veneur.

— Non, dit le châtelain en secouant la tête. C'est à moi seul que l'on a confié le prince.

CHAPITRE V

Pedro, roi d'Aragon et comte de Barcelone, était assis dans une salle privée du palais de cette ville côtière, en consultation avec l'un de ses ministres. Il caressait son nez à l'arête bien marquée — le nez de Charlemagne, aimaient à lui répéter ses courtisans les plus flagorneurs — et écoutait le personnage soucieux installé sur une chaise, tout au bout de la table.

— Il est au palais à présent, sire. Avec une escorte d'une douzaine d'hommes dans la cour, et au moins cinquante chevaux et fantassins à la limite de la ville.

— Vous vous inquiétez trop, Arnau. Pourquoi notre frère ne viendrait-il pas à Barcelone nous rendre hommage ? demanda Pedro, le sourcil levé d'un air sardonique.

Son ministre grogna *in petto*.

— Don Fernando n'a pas toujours été l'ami de Votre Majesté, reprit-il, en énonçant l'évidence. Cette visite pourrait receler quelque danger à l'encontre de votre personne.

— Mon cher Arnau, soit vous me prenez pour un sot...

Sa voix allait déclinant.

— Sire, je sais que vous n'êtes pas un sot, s'empressa de dire Arnau.

Il ne mesurait que trop bien à quel point c'était vrai. Il

transpirait un peu en dépit de la brise de fin d'après-midi qui rafraîchissait la salle. En silence, avec ferveur, il priait pour le retour miraculeux au pays de Don Bernat de Cabrera. Le roi était entêté, mais au moins écouterait-il Don Bernat.

— Nous n'avons pas vécu tout ce temps sans nous rendre compte des sentiments de Don Fernando, Arnau. Le royaume ne s'écroulera pas parce que deux frères se rencontrent. Nous recevrons Don Fernando, prendrons des nouvelles de la santé de sa mère et lui souhaiterons un excellent voyage en enfer ou là où il choisit de se rendre. Vous ne serez pas exilé sur vos terres pour avoir failli à nous protéger. Je suis au courant des ordres que vous avez donnés, voyez-vous.

Un sourire flottait sur ses lèvres.

Quand son frère pénétra dans la salle privée où Don Pedro recevait les visiteurs d'importance stratégique, le roi était confortablement assis dans un lourd fauteuil sculpté ressemblant curieusement à un trône. La pièce contenait également un tabouret, un prie-Dieu pourvu d'un coussin destiné aux genoux royaux et une lourde table. En dehors de cela, on ne pouvait s'asseoir nulle part.

Don Fernando parcourut la salle du regard et constata qu'on lui avait donné le choix entre s'agenouiller, se tasser aux pieds de son frère ou rester debout. Il serra les dents et s'inclina.

— Comment va Votre Majesté ? demanda-t-il.

— La santé et l'esprit sont excellents, louanges en soient rendues à Dieu, répondit-il. Et comment va notre frère Fernando ?

— Bien, sire.

— C'est parfait. Et Doña Leonor, notre révérée belle-mère ?

— Elle est en bonne santé.

— Excellent, dit Don Pedro. Veuillez lui transmettre

les vœux que nous formons pour qu'elle jouisse d'une vieillesse paisible.

Fernando fit la grimace. Non seulement sa mère, Doña Leonor de Castille, était loin d'être âgée, mais c'était aussi, de par son ambition et son caractère impitoyable, une des femmes les moins paisibles du royaume.

Elle n'aurait pas remercié le messager porteur des vœux d'un beau-fils qu'elle exécrait.

— Je n'y manquerai pas, sire. Puis-je me permettre de m'enquérir de la santé de l'infant Johan, mon jeune neveu ? Des nouvelles me sont parvenues selon lesquelles le duc de Gérone souffre d'une maladie des plus inquiétantes.

— Des rumeurs, mon cher frère, rien de plus. De petits maux d'enfant, promptement guéris par un changement d'air.

— J'en suis heureux. Je vous supplie de veiller sur lui, sire. Et ma chère sœur, notre reine ? Comment va-t-elle ? J'avais espéré lui présenter mes hommages.

— Elle vous prie de l'excuser, mais les préparatifs de son voyage à Ripoll l'occupent beaucoup. Vu son état, il lui est conseillé de se déplacer à un rythme modéré. Dût-elle retarder son départ, même pour une raison aussi plaisante, elle n'arriverait pas avant les pires chaleurs estivales.

Il fallut un instant à Don Fernando pour comprendre toute la portée des paroles de son frère. De petites taches blanches se dessinèrent de part et d'autre de l'arête de son nez : elles prouvaient indéniablement que les propos du roi avaient fait mouche. Don Pedro sourit.

— Je fais des vœux pour que ma sœur connaisse une délivrance sans effort, dit Don Fernando d'un air crispé. J'espère qu'elle ne trouvera pas ce voyage trop pénible. Ou trop dangereux.

— Nous vous remercions de vos vœux, répliqua le roi, mais la reine est d'une santé et d'une humeur excellentes.

Don Fernando contempla le plafond et sourit à son tour.

— J'ai cru comprendre que dame Isabel d'Empuries allait se marier, dit-il.

— Ce ne sont que commérages, fit Pedro avec un geste de la main.

— On ne l'a donc pas promise en mariage ? Les rumeurs abondent à ce sujet.

Le roi hésita.

— Nous n'avons aucune hâte de la donner en mariage.

— En cela, comme en toute chose, Votre Majesté agit avec sagesse, dit Fernando avec cette ébauche de sourire fat qui ne manquait jamais d'irriter son frère.

Après que Don Fernando eut fait ses adieux, Don Pedro demeura dans son fauteuil. Il considéra la menace à peine voilée à l'encontre de son héritier et se demanda quel intérêt son frère pouvait trouver au mariage d'Isabel. Il était possible, voire probable, que Fernando espérait que la peur pousserait son frère à agir de manière hâtive et insensée. Mais pourquoi ? Un bruit l'interrompit dans ses réflexions. Il leva la tête et dit :

— Vous pouvez venir.

La tapisserie qui ornait tout un pan de mur s'écarta, et Don Arnau émergea d'une grande niche, suivi de deux hommes en armes.

— Nous avons un message urgent à faire porter, dit le roi. Vous vous en chargerez personnellement, Arnau. Aux premières lueurs du jour, vous chevaucherez en direction du nord et présenterez nos compliments ainsi qu'une lettre à l'évêque de Gérone.

Fernando sortit du palais à grands pas, sauta sur son cheval et partit au triple galop vers les faubourgs de Barcelone. Il s'arrêta devant une vaste maison, mit pied à terre et entra à vive allure, suivi de son escorte haletante. Don Perico de Montbui et une jeune femme empourprée étaient mollement installés dans la pièce principale devant un pichet de vin. Ils se levèrent précipitamment. La jeune femme posa les yeux sur le visage de Fernando, toujours blanc de fureur, fit la révérence et s'empressa de sortir.

Don Fernando se tourna vers Montbui.

— Pourquoi ne m'avoir pas dit que cette chienne était à nouveau grosse ?

— Je l'ignorais, Votre Seigneurie.

— Vous l'ignoriez. La dernière souillon qui sert au palais est au courant, et vous n'en saviez rien !

— Est-ce important ? demanda sans réfléchir Don Perico.

— Mais c'est capital, imbécile ! Nous devons écarter mon frère de ses gardes et agir promptement. Il faut s'occuper de lui avant qu'elle ne risque de lui donner un autre fils.

Don Tomas de Bellmunt arriva au palais de Barcelone en nage, épuisé et de mauvaise humeur. Pendant cinq heures ou plus, le fidèle Arcont s'était traîné sur la route de Gérone, écumant et essoufflé, avant de trébucher et de se mettre à boiter. Tous deux avaient fini le voyage à pied — cinq ou six heures de plus —, à pas lents, côte à côte, comme les vieux compagnons qu'ils étaient. Après une discussion longue et complexe sur les mérites comparés de plusieurs emplâtres et la valeur d'une alimentation spéciale dans ce genre de circonstance, il avait confié sa monture au valet d'écurie, puis s'était lavé et changé pour se présenter à la reine.

Débarrassé de la boue et de la poussière du voyage, sa soif et sa faim quelque peu apaisées, il prit résolument la direction des appartements de Doña Eleanor. Il avait la gorge nouée et aurait préféré refaire à pied la route de Gérone que d'annoncer à Sa Majesté la reine que sa première dame d'honneur avait disparu. Pauvre Tomas ! La renommée de sa famille et son sourire lui avaient valu un poste magnifique auprès de Doña Eleanor — pas une langue flatteuse ou acérée —, et il ne voyait absolument pas comment lui annoncer la nouvelle. Que pouvait-il lui dire, d'ailleurs ? Lui, Tomas, ne *savait* pas que Doña Sanxia était morte. Il n'avait pas vu son corps et n'avait reçu aucun rapport décisif. De plus, il ignorait quelle excuse Doña Sanxia avait pu fournir à la reine pour s'absenter pendant une semaine.

Sur la route de Barcelone, Tomas avait eu largement le temps de se rendre compte que Sanxia était tombée en disgrâce depuis quelque temps et qu'elle n'avait plus la primeur des réflexions de la reine. Il aurait dû comprendre plusieurs semaines auparavant qu'elle représentait un choix plutôt étonnant pour une mission privée aussi délicate. Alors que seul le brave Arcont écoutait ses arguments, il en était venu à supposer que ce n'était pas Sa Majesté la reine qui avait ordonné à Sanxia d'enlever l'infant Johan.

Si Doña Eleanor avait voulu que l'infant fût conduit en un lieu sûr, pourquoi ne le lui avait-elle pas demandé elle-même ? Et pourquoi la reine aurait-elle dit à Sanxia qu'il ne devait faire devant elle aucune allusion à cette entreprise ? Le secret devait demeurer entier, avait dit Doña Sanxia. Dès cet instant, n'importe quel gamin se serait douté que l'ordre n'émanait pas de Sa Majesté la reine. Mais pas un amant aveuglé. Pas Tomas de Bellmunt. Maintenant qu'il avait le temps de réfléchir, le ver de la suspicion s'était insinué dans son cœur et avait pris la forme d'une créature au regard émeraude et à la chevelure flamboyante. Il était aussi naïf qu'un nouveau-né. Il avait été dupé. Cette pensée lui fit monter des sueurs froides. Arcont avait hoché la tête, apparemment d'accord, avant de reprendre sa marche boitillante.

Dans les couloirs larges et frais du palais, Tomas cherchait les mots par lesquels il implorerait le pardon — pas pour le rôle qu'il avait joué dans cet enlèvement manqué, pas maintenant, mais pour s'être absenté sans le signaler ou en demander la permission. Si Doña Eleanor n'avait pas eu besoin de lui, elle n'aurait rien remarqué. Dans le cas contraire, toute sa douceur s'effacerait en un instant devant son tempérament de Sicilienne. Il releva le menton et tourna le coin du couloir.

— Don Tomas !

Par la porte ouverte, la voix était impérieuse. L'ordre murmuré ne pouvait aller plus loin que ses propres oreilles, mais il était impossible de l'ignorer. Don Perico de Montbui apparut.

— Don Perico, dit Tomas en s'inclinant. Je suis à votre service.

— Entrez un instant.

— Mais, monseigneur, je dois me rendre auprès de Sa Majesté la reine, expliqua Tomas avec plus de déférence qu'il n'en avait envie. Elle m'attend.

Cela l'irritait que ce petit homme prétentieux fût si riche et que son oncle, le frère de sa mère, Don Hug de Castellbo, le prît tant au sérieux et demandât à son neveu de faire de même.

— J'ai ordre de vous annoncer que Sa Majesté s'est retirée pour la nuit. À l'aube, elle part pour Ripoll. La chaleur augmente chaque jour, et elle ne désire pas remettre son voyage à plus tard.

— Oh, dit Tomas, désemparé, alors je dois me préparer à ce voyage. Elle aura besoin de moi.

— Non.

Montbui colla son visage à celui de Tomas. Des ondes de vin aigre et d'haleine fétide enveloppèrent ce dernier, qui recula jusqu'à ce que le mur l'empêche d'aller plus loin.

— C'est ailleurs qu'elle a besoin de vous. Écoutez-moi bien, fit Montbui d'une voix rauque. Vous partirez pour Gérone avant l'aube. Là, vous rencontrerez une certaine personne dont le nom apparaît dans les documents que je vais vous remettre. Il vous confiera un... disons un otage ou un prisonnier de qualité, qui devra être conduit à la *finca* de Doña Sanxia où il sera traité avec la plus grande courtoisie et le plus grand respect. On vous y attend. Vous savez où elle se trouve ?

— Oui, monseigneur.

— Le comte votre oncle m'a demandé d'écrire vos instructions. Je les ferai porter à vos appartements. Vous serez réveillé avant le premier chant du coq, vous avez donc besoin de vous reposer.

— Ne vous donnez pas cette peine, Don Perico, dit Tomas. J'attendrai mon oncle pour qu'il me donne lui-même ses instructions.

Les joues rondes de Montbui virèrent au rose.

— Le comte Hug de Castellbo est indisposé, dit-il sèchement. Il ne veut pas être dérangé.

Tomas ouvrit la bouche pour protester, puis pivota sur ses talons et regagna ses appartements.

— Mais où est donc Tomas ? demanda d'un air ennuyé Doña Eleanor, reine d'Aragon et comtesse de Barcelone.

— Je l'ignore, madame, dit sa camériste. Je ne l'ai pas vu depuis deux jours.

— Il y a trop de détails à régler avant notre départ. J'ai besoin de lui. Et où est Doña Sanxia, Saurina ?

Saurina cessa de brosser les cheveux de Doña Eleanor.

— Elle n'est pas revenue de Figueres. Peut-être son mari est-il très malade.

— Elle n'y séjournerait pas aussi longtemps pour si peu, dit la reine, malicieuse. Sauf pour dire une prière susceptible de hâter sa fin.

Elle prit une amande dans un plat et la croqua.

— Elle n'a aucune raison de s'absenter ainsi. C'est outrageant, je vais me débarrasser d'elle.

La reine réfléchit un instant.

— Pourquoi Don Pedro l'a-t-il nommée dame d'honneur ? Vous devez le savoir, Saurina. Vous entendez tout ce qui se dit. Est-ce qu'elle a été sa maîtresse ?

— Oh non ! dit vivement Saurina. Jamais. J'ai entendu dire que c'est parce que son mari est riche et qu'il lui a rendu quelque service lors du soulèvement de Valence. Il n'a pas eu de maîtresse depuis Doña Constancia. À ma connaissance, tout au moins.

— Ne me parlez pas de Doña Constancia, Saurina, dit la reine avec humeur. Deux années durant, Doña Sanxia ne savait parler d'autre chose. Sa maîtresse, et comme elle était intelligente, belle et charmante.

— Ne vous souciez plus de Doña Constancia, madame. Elle est morte depuis cinq ans, dit Saurina qui avait un certain sens pratique.

— Je suis lasse, Saurina, fit la reine en bâillant. Venez. Aidez-moi à passer mes atours et apportez-moi du vin chaud à la cannelle. Je crois que Sa Majesté peut me consacrer une heure ou deux !

Changeant brusquement d'humeur, elle éclata d'un rire fort peu royal.

Tomas de Bellmunt posa la chandelle sur la table et prit une feuille de papier. Il tenait absolument à parler à son oncle et s'était même présenté à ses appartements, au risque de susciter sa colère. En vain. Le secrétaire de son oncle, petit homme chenu, habile, inamovible et incorruptible, avait secoué la tête en disant que son maître ne pouvait être dérangé.

Tomas tira la page vers lui, tailla sa plume, la trempa dans l'encre et composa péniblement une lettre où il décrivait l'échec de sa mission à Gérone ainsi que ses doutes et ses craintes à l'égard de Doña Sanxia. *Mon cher oncle*, termina-t-il, *il n'y a personne en ce pays dont me soient plus assurées la sagesse et la discrétion. Je vous implore de considérer ce problème et d'être assez généreux pour m'apporter vos sages conseils. Je crains d'avoir fait acte de traîtrise à mon insu. Comment puis-je réparer ? Votre neveu affectionné, Tomas de Bellmunt.*

Il regarda un long moment sa lettre, changeant un mot çà et là, la saupoudra de sable pour faire sécher l'encre, puis plia avec soin la feuille, fit chauffer un bâton de cire et la scella fermement de sa bague.

CHAPITRE VI

Le ciel était d'un argent terni et la route toujours invisible quand Tomas de Bellmunt entama son misérable voyage. Il n'était pas heureux. Lors de son arrivée à la cour, un an auparavant, sa richesse se composait de trois généreux présents que lui avait faits son oncle : une garde-robe de belle qualité et deux superbes chevaux, le magnifique Arcont et Castanya, la vigoureuse monture alezane de Romeu. Le reste de ses possessions — un maigre fardeau — se trouvait sur le dos de Blaveta, qu'il montait aujourd'hui. Sa démarche était, comme à l'accoutumée, un peu bizarre, et ses oreilles frissonnaient de déplaisir car elle n'avait pas l'habitude de porter un tel poids. Le trajet allait être long, pénible et très lent.

Une lettre d'instructions de son oncle, rédigée par Montbui, lui était parvenue la veille alors qu'il se préparait à se coucher. Il avait lu attentivement la missive, noté son assentiment dans un coin et, comme on le lui avait demandé, rendu la lettre au messager qui attendait dans le couloir. Son contenu n'avait en rien apaisé son esprit. Étrangement, elle ne faisait aucune référence, pas même dans un post-scriptum rédigé à la hâte, à la propre lettre de Tomas. Mais peut-être son oncle souhaitait-il tenir Montbui à l'écart de cette affaire d'enlèvement et répondrait-il plus tard. C'était évident. Tomas avait arpenté la pièce dans l'attente d'un mot de son oncle avant de se jeter sur son lit, sans cesser d'attendre pour autant. Il avait eu un sommeil agité et s'était éveillé bien avant l'aurore. Quand un serviteur endormi était venu le réveiller, porteur d'un mot du secrétaire de son oncle, il avait déjà déjeuné et s'apprêtait à partir. La note était brève, sèche, et elle ne l'aidait en rien. *Le comte vous souhaite un bon voyage ainsi que la réussite de votre mission.*

Furieux, Tomas de Bellmunt avait saisi son petit paquetage et était parti, fatigué, confus, doutant plus que jamais de ce qu'il devait faire.

La ville était loin derrière lui quand l'aurore illumina l'horizon ; les oiseaux se réveillaient — un piaillement par-ci, un trille par-là ; quelque part une vache se plaignit et un chien aboya. Un cavalier solitaire, échevelé et pâle de fatigue, apparut soudain et son cheval écumant croisa celui de Tomas dans sa hâte de rejoindre Barcelone. Il disparut, et la route fut à nouveau sombre et vide. Tomas éperonna sa monture : elle coucha les oreilles, s'ébroua et adopta un petit trot saccadé. Oui, ce voyage allait être bien long.

Vingt-quatre heures plus tôt, Jaume, le valet d'écurie, s'était brusquement réveillé d'un profond sommeil avec la conviction d'avoir entendu quelque chose d'étrange. Il quitta son lit, se vêtit et courut voir Maria et l'infant. Il ne trouva que deux lits vides. Il se rendit dans l'écurie. Toujours pas de Maria, mais quelqu'un avait prévu une fuite précipitée. Sellé, le poney gris attendait dans la cour. Jaume lui ôta sa selle et l'envoya paître avec une claque sur l'arrière-train. Le poney était rapide et prudent. Le retenir ralentirait l'évasion.

Une fouille rapide du château ne lui fit rencontrer qu'une souillon qui préparait le feu dans la cuisine. Avant le lever du jour, Jaume enfourcha sa propre monture et ratissa le minuscule village ainsi que les champs voisins.

Il n'y avait aucune trace de l'enfant ou de sa nourrice. Il mit pied à terre à l'endroit où la route se séparait pour partir vers la colline ou vers la ville. Dans la poussière sèche, Jaume repéra la trace de plusieurs chariots, quelques ânes et au moins un cheval lancé au galop. Ici et là, sur le chemin de la ville, il distingua des empreintes qui pouvaient être celles de Maria et de l'enfant. Ce n'était pas très convaincant, mais cela suffit tout de même pour l'envoyer dans cette direction.

Il avait chevauché lentement, cherchant çà et là les traces du petit garçon et de sa nourrice, s'arrêtant sur chaque crête pour tendre l'oreille. Il lui avait fallu deux heures pour couvrir les deux bonnes lieues qui le séparaient de Gérone. Mais à portée de regard de la ville, un bruyant rassemblement de corbeaux l'avait directement conduit vers le fossé herbeux où gisait Maria. Il entrevit son fichu, enroulé autour de son baluchon ; il était tombé non loin de sa main tendue. Il avait regardé, murmuré une brève prière pour le repos de son âme, puis s'était signé avant de faire demi-tour pour partir à la recherche de l'enfant. Il avait trouvé le petit cheval de bois et formulé ses propres conclusions. Laissant sur place le jouet et le cadavre de la malheureuse nourrice, le garde du corps de l'infant Johan partit au triple galop vers Barcelone afin de mettre Sa Majesté au courant de son pitoyable échec.

Le lendemain, peu de temps après avoir croisé Tomas qui se rendait péniblement à Gérone, Jaume, pâle et sale de son expédition, le bras gauche serré contre la poitrine, s'agenouilla devant le roi, son souverain, et lui annonça la nouvelle de la manière la plus brève qui soit.

Le visage de Pedro était blême, aussi impassible que s'il était de pierre.

— Tu en es certain ?

— Non, sire, je n'en suis pas certain. Je sais seulement que je n'ai pas empêché l'infant d'être emporté nuitamment loin de la demeure, que sa nourrice est morte et que je n'ai pu le retrouver. Le châtelain est, comme le sait Sa Majesté, habile et incorruptible. Je ne doute pas qu'il poursuive les recherches avec tous les moyens dont il dispose. Je suis aussitôt parti informer Votre Majesté. J'aurais dû être là hier, mais mon cheval s'est effondré sous moi et j'ai eu quelque difficulté à en trouver un autre.

Son visage était couleur de cendre et il frémissait visiblement.

— Et tu es blessé.

— Ce n'est pas important, sire, sauf que cela a ralenti ma progression.

À ces mots, Jaume s'écroula aux pieds de son souverain.

Don Pedro agita une clochette.

— Soignez les blessures de cet homme ! commanda-t-il. Vite ! Et envoyez chercher Don Eleazar !

Isaac était assis dans la cour et somnolait apparemment au soleil matinal.

— Le marché, quand le soleil commence à être haut, tu n'es pas d'accord, Yusuf ? dit-il soudain. C'est le meilleur moment pour commencer. D'abord nous nous rendrons au couvent. Nous devons donner le temps de s'amplifier aux rumeurs concernant la mort de Doña Sanxia.

— Bien, seigneur.

Yusuf cessa de jouer avec le chat et se leva, un peu coupable.

— Je suis prêt si vous avez besoin de moi.

— Parfait. Alors va chercher mon panier. Mets un linge propre au fond ainsi que deux paquets de simples que tu prendras sur l'étagère du milieu, tout près de la porte. Ceux qui sentent principalement la sauge.

— Pour quoi faire ?

— Une infusion de sauge, de saule et de bourrache

destinée à une vieille femme qui a mal au genou et à la tête. Cela nous donnera aussi une raison de traîner et de bavarder. Ce que Caterina ignore des affaires de la ville tiendrait dans le dé à coudre de ma femme.

— Elle vous a envoyé chercher, seigneur?

— Non, mais elle ne manquera pas de se plaindre dans la journée. L'atmosphère est lourde.

— Maître Isaac! s'écria la vieille Caterina, l'air éberlué. Il n'y a pas un instant, je disais que je devrais vous faire appeler — demandez, on vous dira si c'est vrai —, et vous voilà! Mon genou est dur et enflé. On devra me porter au lit ce soir et me porter encore pour m'en sortir si vous ne me venez pas en aide.

Elle s'arrêta pour reprendre son souffle.

— Comment l'avez-vous su?

— C'est simple, Caterina, quand mon coude me fait souffrir, vous ne pouvez bouger votre genou. Il n'y a pas de magie là-dedans.

Comme il parlait, ses doigts manipulaient doucement la jambe de la femme.

— Il se passe de curieuses choses aux bains, murmura-t-il. Vous ne devez jamais garder votre jambe immobile même si elle vous fait mal, Caterina.

— Oui, oui, fit-elle impatiemment. De curieuses choses, c'est vrai. On dit que cette malheureuse était une religieuse. Et qu'elle s'est tranché la gorge. Mais on peut se demander comment elle s'est relevée et s'est jetée dans l'eau après ça. Ce n'est pas facile. Et puis, maître Isaac, j'ai entendu dire qu'elle n'a pas été la seule à avoir la gorge tranchée ce jour-là.

— Oh?

— Une autre femme, à l'extérieur des murailles, on l'a retrouvée près de la route qui mène aux collines. Enfin, c'est ce qu'on dit. Il y a un boucher en liberté, vous verrez. Et aucune femme n'est à l'abri.

— Et qui dit ça?

— Je n'en sais rien au juste. Des paysans.

Yusuf dansait d'un pied sur l'autre et tentait, par la seule force de sa volonté, d'éloigner maître Isaac de la marchande de confiseries. Caterina lui avait donné plus d'un coup de bâton sur les doigts dans le passé, quand elle jugeait qu'il se tenait trop près de son éventaire tentateur. Il lui suffisait de la voir pour que le souvenir de sa faim et de son état misérable se réveille.

— On le savait déjà, dit-il avec un air de supériorité alors qu'ils se dirigeaient enfin vers l'étal de la fleuriste.

— Peut-être, dit Isaac. Mais je crois que nous avons tout de même appris quelque chose. Choisis-moi de la lavande fraîche, mon garçon.

Yusuf écarta plusieurs bouquets de lavande avant d'en choisir un.

— Qu'avons-nous appris, seigneur ?

Isaac tendit sa bourse à Yusuf. Le garçon lança un regard rusé à la marchande et tira une petite pièce.

— Il te confie plus d'or que je le ferais, moi, dit la fleuriste.

— C'est vrai, la mère, mais ce n'est pas un sot, *lui*.

Isaac ignora cet échange de propos.

— Nous avons découvert que même Caterina en sait moins que nous. Qu'est-ce que cela signifie ?

— Cela veut dire... hésita Yusuf. Je ne sais pas, seigneur. Que l'assassin ne s'est pas vanté de ses méfaits ?

— Exactement.

— Pourquoi l'aurait-il fait ? Il a dû prendre soin de ne pas laisser de traces. Il devait y avoir beaucoup de sang.

— Plus que tu ne pourrais l'imaginer, mon garçon.

Yusuf se figea. Il lui était venu à l'esprit l'image d'une femme couverte de sang : elle ne flottait pas dans un bain, mais gisait sur un sol dont la mosaïque colorée était teinte d'un sang encore plus vif. Puis il vit un bras et une main, tous deux écarlates, manier une dague sanglante. Il frissonna et s'obligea à prêter attention aux réflexions du médecin.

— Oui, il a dû être très prudent, poursuivit Isaac, et il doit avoir les moyens de changer d'habits et de dissimuler ceux qui étaient souillés de sang.

Yusuf s'efforça de s'intéresser au marché et au problème.

— Il doit posséder des vêtements de rechange, ainsi qu'une pièce pour les ranger, dit-il. Cela veut dire que ce n'est pas un pauvre ou qu'il a des amis pour l'aider.

— C'est cela.

Isaac se détourna de son compagnon afin de discuter avec la fleuriste le prix de ses plantes médicinales.

Yusuf perçut plus qu'il n'entendit un bruissement à ses pieds. Il baissa les yeux et vit un enfant de deux ou trois ans, extrêmement sale — même pour un endroit comme le marché — et d'aspect frêle, qui sortait de dessous l'étal de la fleuriste. L'enfant s'arrêta et s'assit sur le sol, ajoutant encore un peu de boue à ses jambes et à ses vêtements. Il se frotta les yeux, étalant la crasse sur son visage taché de larmes, puis regarda alentour. Juste en face de lui se trouvaient posés plusieurs paniers emplis de petits pains de toutes sortes. L'enfant se releva et, avec la détermination d'un cheval qui a trouvé un point d'eau, se dirigea droit sur le premier panier et prit un pain.

Et l'enfer se déchaîna.

Une voix criarde s'éleva au-dessus du brouhaha des conversations :

— Sale petit voleur ! Fiche le camp d'ici !

La marchande de pains agitait frénétiquement les bras.

— Regardez-le ! hurlait-elle. J'en ai assez de cette marmaille qui vient me voler à toute heure ! La prochaine fois que je te vois je t'arrache les oreilles !

Elle se jeta sur le malheureux enfant, lui reprit le pain et lui tira les oreilles.

Il réagit en poussant un bruyant gémissement suivi de sanglots à fendre le cœur. Puis il se mit à courir de toute la force de ses petites jambes et renversa malencontreusement un panier de noix qui roulèrent à terre. Le rugissement du marchand de noix, les glapissements de la vendeuse de pains et le rire des passants se combinaient en un tohu-bohu infernal. L'enfant recula et regarda autour de lui, l'air désespéré. C'est alors qu'il découvrit un visage familier et se mit à crier :

— Nunc Isa ! Nunc Isa !

Isaac se retourna, étonné :

— Où est cet enfant, Yusuf ? Est-ce que tu le vois ? Va le chercher immédiatement. Cours !

— Il vient vers nous, seigneur. Vous le connaissez ?

— Il n'y a qu'un seul enfant qui m'appelle ainsi, dit doucement Isaac. Amène-le-moi sur-le-champ, Yusuf.

Isaac entendit des bruissements et quelques exclamations. Puis une paire de petites mains s'agrippèrent à sa tunique. Il se pencha, prit dans ses bras le malheureux prince héritier d'Aragon et le consola contre son épaule.

— Vous le connaissez ? demanda la femme. Il a volé deux de mes pains — il en a mangé un et touché l'autre avec ses sales pattes au point que plus personne n'en voudra.

— Le petit Samuel ? dit Isaac en désignant l'enfant accroché à son cou. C'est le gamin de ma nièce. Elle t'en sera reconnaissante. Yusuf, paie-lui ses deux pains et achètes-en un autre, un gros, pour Samuel.

Un homme de forte carrure, à l'air prospère et vêtu pour le voyage, était appuyé à l'étal de la fleuriste et observait le petit drame qui se jouait au marché. Il tenait à la main un œillet carmin arraché à un bouquet de fleurs venues tout droit de la campagne. Brusquement, il le jeta à terre, lança une pièce à la fleuriste et s'éloigna.

— Comment êtes-vous donc arrivé au marché, mon petit ami ? murmura Isaac.

Le prince, réconforté par la vue d'un visage familier

et la possession d'un pain, marchait entre ses deux sauveteurs.

— En charrette, dit-il, occupé à mettre le plus de pain possible dans sa bouche. J'étais assis sur un gros sac. Et un cheval gris.

— Où se trouve votre nourrice ? s'enquit Isaac. Maria, c'est bien cela ?

— Il y a un homme qui me cherchait, dit-il d'une voix hésitante.

À nouveau, il mordit le pain à belles dents.

— Je suis parti en charrette, ajouta-t-il sur un ton plus enjoué.

— Cet homme, il vous a retrouvé ?

Il secoua la tête avec véhémence, et des larmes apparurent dans ses yeux.

— Il fait signe que non, seigneur, dit Yusuf.

— J'ai perdu mon cheval, dit le prince dont la lèvre tremblait.

Puis le souvenir d'un autre malheur lui revint à l'esprit.

— Il m'a battu et m'a dit des choses méchantes.

— Qui est-ce qui a fait ça ? demanda Yusuf.

L'infant Johan regarda le garçon et secoua à nouveau la tête.

— Il ne veut rien dire, seigneur.

— Peut-être qu'il ne le sait pas. Pourquoi cet homme vous a-t-il frappé, Johan ?

— Je ne dis jamais mon nom. Maria affirme qu'il ne faut pas.

Sa main se crispa sur celle d'Isaac.

— Maria a été blessée, continua l'infant. Elle ne voulait pas répondre. Elle m'a dit : « Cachez-vous, Johan », et je me suis caché. J'ai perdu mon cheval.

Et il éclata en sanglots.

Rebecca, la fille d'Isaac, contemplait avec étonnement le trio qui attendait devant sa porte.

— Mais dans quel ruisseau l'avez-vous trouvé, père ? La misérable créature...

— Pouvons-nous entrer ?

Il y eut un instant d'hésitation, puis Rebecca s'effaça pour les laisser passer. Isaac s'assura que la porte était bien fermée, réfléchit à ce qu'il allait dire et secoua la tête.

— Je sais... je crois que je peux avoir confiance en ma Rebecca. Quant à toi, Yusuf, j'ai également besoin de te faire confiance. Si tu me trahis, les conséquences seront catastrophiques. Pour moi, pour tout le monde.

— Vous pouvez avoir confiance en moi, dit Yusuf d'une voix troublée.

— Je ne puis demander davantage, dit Isaac avec gravité.

Il se pencha vers l'enfant, qui s'accrochait désespérément à sa main.

— Votre Altesse, puis-je vous présenter ma fille, Rebecca ? Elle prendra soin de vous jusqu'à ce que nous vous ramenions à votre mère. Rebecca, l'infant Johan d'Aragon.

Rebecca recula, éberluée, puis se pencha pour se mettre à hauteur de l'enfant.

— Vous êtes le bienvenu, mon ange. Votre Altesse. Pauvre petit, ajouta-t-elle doucement.

— Il a faim, dit Isaac, il est fatigué et, d'après Yusuf, il est très sale. Je te demande de le nourrir, de le laver, de le vêtir et de le mettre au lit. Mais d'abord, tu vas écrire à l'évêque de ma part. Il saura quoi faire. Tu ne dois, à aucun prix, laisser quelqu'un d'autre apprendre qui est cet enfant. Je crois qu'il court de grands dangers.

— Certainement, papa. Pas même Nicholau. Cela le rendrait nerveux, dit Rebecca aussi calmement que si elle abritait chaque jour des membres de la famille royale dans le tourment.

Elle palpa les vêtements déchirés et tachés de boue.

— Je vais essayer de les récupérer, dit-elle. Si je peux. Vous êtes bien déguisé, Votre Altesse.

— Heureusement pour lui, fit Isaac.

L'héritier de la couronne se montra tout naturellement assez inquiet quand Isaac, seul élément stable de son univers chaotique, indiqua qu'il comptait quitter la maison de Rebecca.

— Papa, dit Rebecca, restez dîner avec nous. Je préparerai un petit lit pour Johan, il pourra vous voir et vous entendre et peut-être s'endormira-t-il. Rien qu'un instant.

Yusuf confia la lettre d'Isaac, soigneusement fermée et scellée avec l'anneau de l'évêque, au portier du palais qui le regarda d'un œil soupçonneux.

— L'évêque ne peut pas être dérangé, dit le portier, par le premier venu qui se croit porteur d'un message important.

— Il porte le sceau de l'évêque, répliqua Yusuf avec une insolence amusée. Du moins c'est ce qu'on m'a dit. On m'a dit aussi que l'évêque voudrait prendre immédiatement connaissance d'une lettre marquée de sa propre bague.

— Petit impertinent, murmura le portier, qui prit tout de même le courrier et claqua la porte au nez de Yusuf.

Ayant porté la lettre, il se retrouva au marché avec quelques pièces et des instructions pour découvrir, s'il le pouvait, pourquoi le prince errait misérablement comme le rejeton d'une gueuse.

L'activité du marché débutait à l'aurore et s'amplifiait toute la matinée, mais le moment était venu où elle retombait un peu. Les ménagères économes étaient reparties, avec leurs marchandages et leurs commérages. Colporteurs et marchands pouvaient faire la pause pour prendre leur repas avant que l'après-midi ne se déroule paresseusement.

— Qu'est-ce que tu veux encore ? demanda la marchande de pains, peu amène, alors qu'elle recouvrait sa marchandise. Me dépouiller un peu plus ?

— Vous avez été bien assez payée pour ces miches mal cuites que le gosse vous a volées, la mère, dit Yusuf.

— Je ne suis pas ta mère, bâtard de païen, rétorqua-t-elle.

— Vous en êtes si sûre ? dit-il, enjoué. Je vais prendre un gros pain. C'est pour mon maître, alors assurez-vous qu'il est bien cuit.

Il tira une bourse de cuir de sa tunique et en sortit une petite pièce.

— Quand le petit... euh, Samuel est-il arrivé au marché ? demanda-t-il. C'est un galopin pour s'enfuir comme ça. Sa mère était morte d'inquiétude.

— Je ne sais pas, dit la femme en lui arrachant la pièce et en lui tendant son pain. Caterina ! Il était là depuis longtemps, ce misérable petit voleur ?

— Il y était déjà quand je suis arrivée, il dormait parmi les poissons de Bartolomeo, répondit Caterina. Tu refuserais un quignon de pain à un petiot affamé ? C'est juste un bébé.

— Un bébé, oui ! Sa mère l'a envoyé ici pour voler en se disant que personne n'y verrait d'inconvénients. Je connais ce genre de femme. Et je ne t'ai pas vue lui offrir de gâteaux au miel. Malgré tout, Bartolomeo ne devrait pas les encourager.

— Qu'est-ce qu'il a fait ? demanda Yusuf.

— Il lui a acheté du lait pour boire et aussi un petit gâteau parce qu'il pleurait et disait qu'il avait faim. Pauvre idiot !

Bartolomeo était un petit homme noiraud et vif aux yeux sans cesse en mouvement. Il avait la réputation de vendre d'excellents poissons à des prix élevés. Les bonnes femmes ronchonnaient, discutaient âprement avec lui et l'injuriaient, mais elles lui achetaient toujours. Il sourit à Yusuf.

— Je vois que tu t'es trouvé une bonne maison, lui

dit-il. Il n'y a pas si longtemps, tu venais aussi quéman-
der sur le marché. Maître Isaac est un brave homme,
mais prends garde, il n'est pas aussi doux qu'il en a
l'air.

— Ne vous inquiétez pas pour moi. D'où venait ce
petit garçon ?

— Le neveu de maître Isaac ? demanda Bartolomeo
en ricanant. Pourquoi pas ma tante ? Il n'est pas du Call.
Il est arrivé avec les fruits et légumes. De la campagne.

— C'est le fils de la nièce de sa femme, dit Yusuf.
Celle qui est partie à la campagne pour vivre avec un
fermier. Elle doit être folle d'inquiétude. Comment
est-il arrivé ici ? Qui est-ce qui l'a amené ?

— Felip, dit Bartolomeo avec un sourire. Il semble
que le moutard se soit caché dans un panier de légumes
que la mère Violant destinait au marché. Il s'y est
endormi. Felip était fou furieux, la moitié des légumes
étaient écrasés et invendables.

Yusuf sortit à nouveau la bourse d'Isaac. Il y prit
deux pièces qu'il tendit à Bartolomeo.

— Mon maître m'a demandé de récompenser ceux
qui sont venus en aide à son petit neveu. Il est très
reconnaissant. Dites à Felip qu'il sera lui aussi
récompensé.

Le pain qu'il avait sous le nez rappela à Yusuf qu'il
avait faim, et il prit la direction de la maison de
Rebecca. Il y avait dans sa cuisine quelque chose d'où
se dégageait une bonne odeur d'épices, d'ail et de
viande, et il espérait qu'on lui en aurait gardé un peu. Il
se mit à courir et tourna au coin d'une rue. Là, il rentra
dans un homme de forte carrure qui portait de beaux
habits : l'inconnu le saisit par le bras et ne voulut plus le
relâcher.

— Je te cherchais, mon garçon, dit-il en souriant et
en resserrant son étreinte. Je veux te parler. Et j'ai quelque chose pour toi.

— Qu'est-ce que vous me voulez ? fit Yusuf.

— Rien, et beaucoup.

Cette réponse parut vivement l'amuser et il arbora un grand sourire.

— Tu sers Isaac le juif, n'est-ce pas ?

Yusuf se demanda s'il était sage de répondre honnêtement et ne trouva pas de raison pour dissimuler la vérité. Chacun savait au marché qu'Isaac l'avait pris à son service.

— C'est vrai.

— C'est un bon maître ?

Yusuf hésita.

— Allons, reprit l'homme, c'est une question simple, même pour un païen. Il est bon envers toi ?

— Il est assez juste, dit enfin Yusuf.

Son bras commençait à lui faire mal sous la poigne de l'étranger.

L'homme exhiba une pièce. Yusuf n'en croyait pas ses yeux : c'était une pièce d'argent, une somme énorme — et les soupçons qu'il nourrissait à l'égard de cet inconnu se muèrent en peur véritable.

— Dis-moi, mon garçon, à qui est l'enfant qu'il a trouvé ? Celui qu'il appelle son neveu. Si ta réponse me plaît, cette pièce est à toi.

— Quel genre de réponse puis-je vous donner ? dit Yusuf d'un air suppliant. Je peux vous en donner autant que vous voulez.

— Une réponse honnête. Si tu me dis ce que je veux entendre, eh bien, tant mieux. Mais je saurai si tu me mens, ajouta l'homme en le secouant, car j'en sais beaucoup plus que tu ne l'imagines.

Yusuf se retrouvait en terrain familier. Il avait déjà subi pareilles menaces.

— Cet enfant n'est certainement pas le neveu de mon maître, dit-il d'un air entendu.

— Même s'il l'a appelé son oncle ?

— Ils l'appellent tous ainsi. Vous devez le savoir. C'est le marmot d'une pauvresse.

117

— Et pourquoi s'occuperait-il du marmot d'une pauvresse ?

Il le serra encore plus fort.

— Cet enfant, c'est le sien ?

— Est-ce qu'il a l'air d'avoir été engendré par mon maître ? Non. Mon maître a eu jadis du sentiment pour la mère de cet enfant.

Il haussa les épaules, comme si de telles émotions étaient bien au-delà de sa compréhension.

— Mais elle a disparu il y a peu, il veut la retrouver. On m'a envoyé fouiner sur le marché pour en rapporter des nouvelles. Pour moi, elle est morte dans quelque fossé.

— C'est la vérité ?

— Je ne sais que ce qu'on me dit et ce que j'entends. Mais j'ai l'oreille fine.

— Ce que tu m'as raconté ne vaut pas un sou, à moins que tu ne m'apprennes où se trouve l'enfant, dit-il en brandissant à nouveau sa pièce.

— Hélas, fit Yusuf en lorgnant la pièce d'argent, je n'en sais rien. Il a donné un sou à une paysanne pour le débarrasser du marmot — pour le ramener chez lui. Il ne s'intéresse pas à l'enfant — rien qu'à la mère.

— Tu mens, dit brusquement l'inconnu. Je le sens. Et quand j'aurai appris à propos de quoi tu mens, je t'écorcherai vif.

— Vous m'avez promis une pièce, insista courageusement Yusuf dont le cœur battait si fort qu'il était sûr que l'étranger devait l'entendre.

— Fiche le camp d'ici, vermine de païen !

Il lâcha Yusuf et brandit le poing. L'enfant ne demanda pas son reste et fit un long détour pour rejoindre la demeure de Rebecca.

La jeune femme posa sur la table un pain frais ainsi qu'un plat savoureux de jarret de bœuf cuit avec des oignons, de l'ail, des abricots et du gingembre. Son regard alternait entre son père et son mari. Elle fronçait les sourcils.

— Dites-le à papa, Nicholau, fit-elle soudain. Il faut qu'il soit mis au courant.

Nicholau se racla la gorge, embarrassé, et secoua la tête :

— Ce n'était rien, Rebecca. Des mécontents pleins de vin, c'est tout. Sobres, ils n'auraient jamais dit ça.

— Dites-le-lui, insista-t-elle en s'arrêtant de servir.

— Oui, fit Isaac, s'il y a quelque chose que je dois savoir, dites-le, je vous en prie.

Nicholau ne savait que regarder, sa femme, son beau-père ou le plat de bœuf. Il était fatigué, il avait faim, et c'était la guerre à la maison depuis deux jours. Il n'en pouvait plus.

Il commença d'un ton hésitant :

— À la Sant Johan, je suis allé à la taverne de Rodrigue, près de la rivière.

Il jeta un coup d'œil à sa femme, mais elle avait décidé de lui accorder momentanément l'immunité.

— La nuit était chaude, vous vous souvenez, et l'humeur un peu maussade. Pere a bien essayé de mettre de l'ambiance en levant son gobelet et en buvant à une année resplendissante ainsi qu'à des moissons prospères, mais quelqu'un lui a demandé en quoi cela le regardait. Et puis un étranger est entré. Il a dit qu'il s'appelait Romeu et qu'il venait de Vic. Il s'est mis à jeter l'argent sur la table comme un jeune marié qui vient d'épouser un sac d'or, payant des pichets de vin à tout un chacun. C'est alors que Martin, le relieur, s'est plaint que l'évêque et le vicaire donnaient tout le travail aux juifs.

— Martin s'était enivré et avait laissé son apprenti gâcher un bel exemplaire de la Bible, expliqua Rebecca en commençant à servir.

— Cette conversation me mettait mal à l'aise, reprit Nicholau, parce que Raimunt, au séminaire, a demandé au vicaire d'interdire aux scribes laïques tout travail pour la cathédrale. Comme je travaille presque uniquement pour les cours diocésaines, je me suis senti visé.

— C'est à cause de moi, papa, dit doucement Rebecca.

— Je ne comprends pas, fit Nicholau. On manque de scribes. Il y a assez de travail pour tous.

— Ce n'est pas uniquement une question de scribes ou de relieurs, dit Isaac, c'est dans chaque métier. Le premier artisan mal dégrossi croit que, parce que le maître charpentier est mort, il va avoir le travail du maître et le salaire de celui-ci. Quand il sabote une belle pièce de bois et qu'on appelle à la rescousse un autre maître charpentier, il en crève de ressentiment. Si c'est là ce que vous vouliez me dire, je le savais déjà, mon fils.

— Non, il y a autre chose, papa Isaac. Tandis que Martin se plaignait, quelqu'un d'autre — je crois que c'est Josep, le fabricant de papier — a dit que si le Glaive de l'archange Michel s'abattait sur le vicaire et les juifs, sa lame risquait de s'échauffer. Cela a plu à tout le monde, et quelqu'un a dit que le Glaive avait raison, et plusieurs se sont mis à parler à l'encontre du vicaire, de l'évêque et des juifs, et même du roi. Ce sont ces dernières paroles qui ont déclenché l'émeute, et je crois qu'elles ont été prononcées délibérément par la Confrérie du Glaive de l'archange dans l'espoir de fomenter le trouble.

— Ce Romeu est-il membre de la Confrérie ? À votre avis ?

— Je le crois. Je pense qu'il a orienté la conversation — pas très subtilement, il est vrai —, pour que la Confrérie puisse intervenir.

— Mais pourquoi, Nicholau ? demanda Rebecca. Que peuvent-ils espérer d'une nuit de beuverie ?

— Je l'ignore, répondit son mari. Je ne sais pas non plus d'où vient cette Confrérie, mais au cours de ces dix derniers jours, j'en ai entendu parler à plusieurs reprises.

Je dirais que Martin, Sanch et peut-être même Raimunt lui appartiennent. Tout cela ne me plaît pas.

— Vous avez couru les rues avec les émeutiers ?

— Il était bien trop saoul pour courir avec qui que ce soit, coupa Rebecca d'un ton glacial. Il a dormi dans une étable et s'est traîné à la maison au lever du jour. Il n'était pas beau à voir.

— Ah, fit Isaac, l'ivresse a aussi des avantages. Je suis heureux qu'il n'ait pas été dehors cette nuit-là.

— Il y a autre chose de très important, dit Rebecca.

En signe de pardon, elle déposa une généreuse portion dans l'assiette de son mari et la plaça devant lui.

— Tu te souviens ?

— Ah oui, fit le jeune mari sur un ton plus léger. La cathédrale. À la messe, dimanche dernier, j'ai vu ce même Romeu, élégamment et richement vêtu, en compagnie d'une dame.

— Avait-il l'air aussi riche quand il est venu à la taverne ? demanda Isaac.

— Ah non, pas du tout, dit-il en attaquant son repas avec une grosse cuiller et un morceau de pain. Ses chausses n'étaient pas à sa taille et sa tunique était élimée par endroits.

— La dame portait une fortune sur elle, l'interrompit Rebecca. De la soie et des bijoux.

— Vêtue comme une fille de joie ? demanda Isaac.

— Oh non, papa. Vêtue comme une dame de la cour. Riche et belle, mais pas indécente. On ne pouvait que la remarquer. Et ses cheveux... roux, d'un roux profond, coiffés à la française, des tresses enroulées sur les oreilles. Des émeraudes et des fils d'or y étaient fichés pour tenir son voile.

Isaac se leva.

— Je dois voir l'évêque, dit-il. Il voudra entendre cela. Où est Yusuf ?

— Dans la cuisine, avec Johan. Ils sont encore en train de manger, et Yusuf lui apprend à dessiner des chevaux avec un morceau de charbon de bois. Mais, papa, vous avez à peine touché votre repas. Restez dîner avec nous, ensuite vous pourrez voir l'évêque.

— Nous avons déjà perdu trop de temps, répondit Isaac.

— Maître Isaac ! s'écria l'évêque en se levant pour l'accueillir. Vous tombez à point. Je viens d'envoyer quelqu'un vous chercher. Comment va l'enfant ?

— Il a eu peur mais cela s'arrête là, je crois. Il a bien mangé et dort maintenant profondément.

— Votre missive ne disait pas où il était caché...

— Cela m'a paru peu judicieux. Une lettre peut tomber dans bien des mains.

— C'est très prudent de votre part. Et je vous inciterai à ne pas me révéler cette information dans cette pièce, dit l'évêque doucement. Venez dans mon cabinet particulier, nous pourrons y parler sans témoins indésirables.

Berenguer prit Isaac par le coude et le conduisit vers les escaliers.

— J'ai reçu aujourd'hui même une lettre de Sa Majesté, portée par Don Arnau, dit Berenguer une fois qu'ils se furent installés dans son cabinet. Le roi nous prévient d'une nouvelle attaque à son encontre, dans des termes aussi voilés que diplomatiques. Il croit qu'elle pourrait bien démarrer de Gérone.

— C'est ce qui s'est passé, dit Isaac.

— Bien entendu, ce sot de portier qui a pris votre missive l'a transmise à Francesc en disant que ce n'était pas important. Il y a une heure, je ne savais encore rien de l'enlèvement du prince et je pensais que Sa Majesté évoquait une action sur la personne de dame Isabel. Mais dès que j'ai lu votre lettre, mon ami, j'ai compris qu'il s'agissait d'un geste à l'encontre de l'infant.

Il s'arrêta un instant de parler.

— Saviez-vous que la nourrice de l'enfant a été retrouvée la gorge tranchée ?

— Je savais seulement que l'enfant avait vu quelque chose de terrible lui arriver. Mais que faisaient-ils dehors seuls ?

— Personne ne semble comprendre, répondit Berenguer. J'ai écrit à Sa Majesté dès que j'ai reçu votre missive pour lui exposer ce que je savais de la situation et lui demander de nouvelles instructions. Je lui ai conseillé de placer le prince auprès des sœurs, où nous sommes certains qu'il sera en sécurité, jusqu'à ce que Sa Majesté envoie Arnau et ses hommes le ramener au palais de Barcelone.

— Il est très perturbé par la perte de sa nourrice, dit Isaac. Il a trouvé son corps — c'est du moins ce que j'ai cru comprendre. Sa propre fuite a été, vous serez d'accord avec moi, miraculeuse, ajouta-t-il. Pour l'heure, il est en sécurité, et je vous suggère qu'on le laisse ainsi jusqu'à demain.

L'évêque eut l'air gêné :

— C'est dans le Call ?

— Non, fit Isaac, à la limite de la vérité. Il se trouve chez un chrétien, honnête et charitable, et sa femme. Il ne sait pas qui est cet enfant. Il croit que c'est un orphelin de fraîche date qu'il convient de tenir à l'écart de cousins trop avides. Je vous assure que le prince se fondra parfaitement parmi les propres enfants de ce couple.

— Vous avez raison, admit l'évêque. Je crains que, même dans mon palais, le roi n'ait des ennemis. Ceux-ci comprendraient rapidement qui est cet enfant. Qu'il se repose un peu. Demain, nous le transférerons au couvent jusqu'à ce que l'on nous transmette de nouvelles instructions. Lorsque ma nièce aura recouvré la santé, elle pourra jouer avec son petit frère. Comment va dame Isabel, maître Isaac ?

— Elle continue à reprendre des forces. Ce matin, elle a réussi à manger. Je suis certain de sa prochaine guérison.

— Je suis soulagé d'entendre cela.

Berenguer repoussa son siège, mais Isaac leva la main afin de l'arrêter.

— Encore un instant, je vous prie, monseigneur. J'ai appris autre chose aujourd'hui.

— Cela a un lien avec le prince ? demanda l'évêque en se rasseyant.

— Je l'ignore.

Sur ce, Isaac lui rapporta succinctement les observations dues à sa fille et à son beau-fils.

— Le Glaive de l'archange. Quelle curieuse coïncidence ! dit Berenguer. J'ai reçu aujourd'hui même une lettre de cet homme.

— Cet homme ? s'étonna Isaac. Je croyais qu'il s'agissait d'une confrérie.

— C'est peut-être les deux.

Berenguer prit une feuille de papier pliée.

— Après les salutations d'usage, il écrit : « L'Incarnation du Glaive flamboyant de Michel l'archange s'adresse à Son Excellence, l'évêque du diocèse de Gérone. L'archange souhaite que je vous prévienne que Gérone, la Cité de Dieu dont parlent les saints, jouit de sa protection toute particulière. Ce jour même, il y a soixante-huit ans, qui est également le jour anniversaire de la naissance de mon père, saint Michel a chassé les Français loin de ses portes. Fils unique de mon père, je suis désigné pour la purifier de toute corruption et de toute vilenie. Les méchants qui vivent à l'intérieur de ses portes seront châtiés. Je parle du clergé cossu, tout particulièrement de l'évêque et de ses chanoines, ainsi que de l'abbesse et de ses nonnes ; des régnants corrompus, c'est-à-dire le roi et ses héritiers ; et des juifs, qui sont les agents des uns et des autres.

« L'archange m'a visité pour m'instruire de trancher la gorge des impies. J'ai déjà commencé. Renoncez au péché et quittez cet endroit à tout jamais, ou vous grossirez les rangs des âmes mortes en enfer. »

Berenguer fit une pause.

— Il a un style surprenant, mais je ne crois pas qu'il m'apprécie.

— Moi non plus, mon ami.

— Doña Sanxia est peut-être morte parce qu'elle portait l'habit, avança Berenguer.

— Et la nourrice ?

— Peut-être parce qu'elle protégeait l'héritier de Sa Majesté, l'infant Johan.

— Il y a encore bien des questions...

— Dont j'ignore les réponses. Mais la tentative d'assassinat à l'encontre du prince a échoué, et il sera caché ou étroitement surveillé jusqu'à ce que ce dément soit arrêté. Sa Majesté n'a pas d'autre fils susceptible d'être menacé, et j'estime que son frère, Don Fernando, peut se protéger seul. Je ne me sens en aucun cas responsable de sa sécurité s'il ne le peut pas, ajouta sèchement Berenguer. Notre problème a été simplifié. Nous devons mettre le couvent à l'abri du scandale en découvrant ce que Doña Sanxia de Baltier était venue y faire. Nous pouvons laisser à d'autres le Glaive de l'archange.

— Je me demande qui se fait appeler ainsi.

— Un fou. Peut-être s'agit-il de ce Romeu. Mes officiers vont partir à sa recherche. Il est interdit de proférer des menaces de mort à l'encontre d'un évêque. Ou de qui que ce soit d'autre, en fait, ajouta-t-il en bâillant. Isaac, je suis las et ai besoin de me reposer. Ce jour a connu plus que son lot de crises et de souffrances. Il est trop tard pour vêpres et trop tôt pour souper. Avez-vous le temps pour une partie d'échecs, mon ami ?

— Malheureusement, je n'ai plus la pratique de ce jeu, dit Isaac. Que Votre Excellence daigne condescendre à me dire où sont les pièces si j'ai des oublis, et j'essaierai mes pauvres talents.

— Hypocrite ! dit Berenguer en prenant un échiquier sur une petite table.

Les pièces étaient à peine mises en place que des coups retentirent à la porte.

125

— Monseigneur l'évêque !

— Qu'y a-t-il, Francesc ?

Excédé, Berenguer se leva et alla ouvrir la porte, qui était fermée à clef.

— Votre Excellence, annonça le vicaire, votre nièce, dame Isabel, et la fille de maître Isaac ont disparu du couvent et on n'arrive pas à les retrouver !

CHAPITRE VII

Raquel se trémoussait et changeait de position sur le siège dur qu'elle occupait, et elle pensait avec nostalgie aux coussins moelleux et aux couches confortables de sa maison. Un lit lui avait bien été préparé dans cette chambre, mais elle refusait de s'y allonger tant que Sor Agnete n'était pas là, pleinement éveillée. Elle se redressa et essaya de penser à quelque chose pour faire passer le temps. Les religieuses, qu'elle apprenait à connaître, semblaient tolérer remarquablement bien le manque de confort. Quelques instants plus tôt, Sor Agnete dormait encore assise sur une chaise étroite ; elle s'était alors excusée, murmurant qu'elle allait bientôt revenir et qu'elle leur apporterait un frugal souper. Raquel s'étira avant de se tourner vers sa patiente.

Les yeux de dame Isabel étaient grands ouverts et fixés sur elle. Raquel se leva, heureuse d'avoir quelque chose à faire, et se rapprocha du lit.

— Quel crime avez-vous commis pour être condamnée à me veiller nuit et jour, Raquel ?

— Ce n'est pas un châtiment, dame Isabel, répondit-elle.

— Néanmoins, cela ne doit pas être très amusant.

— Chaque minute, j'apprends quelque chose de nouveau sur la vie au couvent. C'est très intéressant. Ce qui vous est habituel, madame, est pour moi un monde entièrement nouveau.

— Dans ce cas, priez pour ma rapide guérison, dit dame Isabel en riant. Les sœurs sont bonnes, mais une fois la nouveauté passée, vous les trouverez aussi ennuyeuses que moi. Chut ! ajouta-t-elle. Je crois en entendre une dans le couloir.

Sor Agnete entra dans la pièce et déposa un plateau sur la table.

— Vous avez l'air bien mieux, dame Isabel, dit-elle. J'apporte ceci de la cuisine. J'espère que ce sera à votre goût.

Elle se tourna vers Raquel.

— Si votre patiente se sent assez bien, j'aimerais rejoindre mes sœurs avant vêpres. L'abbesse a demandé à me voir.

— Je vous en prie, dit l'invalide, ne restez pas pour moi. Je me sens pratiquement remise.

Sor Agnete hésita un moment puis s'en alla.

— Bon, dit dame Isabel, voyons ce que les sœurs appellent des gourmandises.

Raquel approcha le plateau et souleva le napperon pour découvrir une petite soupière, du pain tendre, une tarte aux fruits et un pichet empli d'une infusion de gingembre et autres plantes aromatiques.

— La soupe ne paraît pas très chaude, dit Raquel.

— Sor Agnete a dû s'attarder pour bavarder. Peu importe. En prendrons-nous ? J'ai grand-faim. Vous aussi, je crois.

L'abbesse Elicsenda attendait, l'air très calme, dans l'antichambre proche de l'entrée du palais épiscopal. Seule la couleur de ses joues trahissait son émoi. Sor Marta se tenait derrière elle et s'efforçait de se fondre dans son environnement comme si elle n'avait pas plus de substance que les ombres fugaces qui l'entouraient.

— Votre Excellence, maître Isaac, dit Elicsenda d'une voix incertaine.

Elle hésita un instant.

— Je puis seulement dire que je suis indigne de ma charge. Je ne pensais pas que quelqu'un pût s'introduire en plein jour dans le couvent avec des intentions mauvaises et perpétrer un tel forfait. Je n'y étais pas préparée, et je me considère comme seule responsable de la disparition de votre nièce et de votre fille. Cela dit, je suis venue vous consulter pour décider ce qu'il convient de faire à présent.

— Que s'est-il passé? demanda Isaac d'une voix vibrante.

— Nous verrons cela sur le chemin du couvent, dit Berenguer. Nous avons déjà perdu assez de temps.

Il se tourna vers le vicaire.

— Envoyez-moi le capitaine de la garde, mais avant tout qu'il dépêche des officiers vers Sant Daniel et Sant Feliu pour savoir si l'on y a remarqué quelque chose d'étrange ou d'anormal. Hâtez-vous.

— Qu'entendez-vous par « étrange », Votre Excellence ?

— Tout ce que vous voudrez, Francesc. Nous ne savons pas comment ils sont arrivés à enlever deux jeunes femmes, dont l'une est très malade, à les arracher au couvent et à leur faire quitter la région. C'est pourtant ce qui a dû se passer.

— Bien, Votre Excellence.

— Dame Elicsenda, qu'a-t-on déjà fait? demanda l'évêque alors que le petit groupe prenait la direction du couvent.

— Nous avons déjà fouillé les lieux à l'exception des caves et des pièces inachevées qui donnent sur le cloître. Quatre sœurs sont à présent dans les caves. L'architecte et le maître d'œuvre ont été appelés pour nous aider à fouiller la nouvelle aile. Je ne m'attends pas à grand-chose. Une porte proche des cuisines était grande ouverte, alors qu'elle est toujours barrée et fermée à clef. Il est pratiquement certain que quelqu'un est entré par là. Je crains que dame Isabel n'ait été enlevée, et Raquel avec elle.

— Que dit la sœur qui les gardait? demanda Berenguer.

— Sor Agnete?

L'évêque hocha la tête d'un air sombre.

— Elle ne peut rien dire. Elle n'était pas là. Dame Isabel semblait bien mieux cet après-midi, et j'ai demandé à Sor Agnete de m'aider à mettre les comptes à jour. Elle a apporté à souper à dame Isabel et Raquel et les a laissées. Nous avons mis plus de temps que prévu, et elle a rejoint les sœurs à vêpres. À son retour, elles avaient disparu.

— Un autre messager doit aussitôt partir prévenir Sa Majesté, dit Berenguer. Mais il nous faut commencer par examiner le couvent.

— Vous pensez que quelqu'un du couvent... commença Isaac, incapable de terminer sa phrase.

— Oui, dit Elicsenda. La porte a été ouverte ce matin pour recevoir des provisions, puis elle a été refermée à nouveau par une sœur converse. Cette dernière a remis la clef à Sor Marta, qui a elle-même vérifié que l'issue était bien close, n'est-ce pas vrai?

Sor Marta acquiesça :

— Je suis responsable des portes du couvent, dit-elle, mal à l'aise. Je ne puis dire comment...

— Quelqu'un, interrompit l'abbesse, une de nos sœurs, très certainement, a pris un double de la clef de Sor Marta, ouvert la porte et fait entrer les ravisseurs. Elle a dû ensuite les conduire à la chambre de la malade et les aider.

La porte du couvent s'ouvrit et l'abbesse entra.

— Même si j'ai du mal à y croire, c'est la seule explication possible.

— Il y a une autre hypothèse, dit Berenguer, et il convient de l'énoncer, ne fût-ce qu'une fois. Je m'en chargerai donc. Si ma nièce avait décidé de partir — de s'enfuir —, Raquel aurait-elle accepté de l'aider?

L'abbesse s'arrêta pour se tourner vers Berenguer :

— Cela fait deux questions. Je ne puis répondre que pour dame Isabel. Je ne crois pas qu'elle consentirait à un tel projet. Elle est pleinement consciente de sa position, et c'est de toutes nos jeunes filles la moins susceptible de faire un faux pas. Maître Isaac ?

— Raquel aurait-elle pu aider dame Isabel à s'enfuir ? Peut-être, si elle avait été en bonne santé. Elles sont toutes deux jeunes, et les jeunes filles peuvent avoir des idées absurdes. Mais dans l'état de santé qui est actuellement le sien, Raquel ne l'aurait pas autorisée à se promener dans le jardin, encore moins à s'en aller. Elle prend très au sérieux ses responsabilités. Selon moi, elles ont été contraintes.

— C'est aussi mon opinion. Quand cela s'est-il passé ? demanda Berenguer.

— Pendant les vêpres. C'est le seul moment où quelqu'un aurait pu venir les chercher.

— Vous voulez dire que le couvent est vide pendant les vêpres ? demanda Berenguer. À l'exception de deux jeunes femmes vulnérables ?

— L'heure n'est pas à la colère, dit Isaac.

L'abbesse secoua la tête.

— La colère est un luxe que nul ne peut se permettre.

Elle les fit entrer dans son cabinet et guida maître Isaac vers une chaise. L'évêque s'assit à son tour et l'abbesse se mit à arpenter lentement la pièce pour parler. Sor Agnete entra discrètement, suivie de Sor Marta.

— Comment sont-elles parties ? Dame Isabel a dû être portée sur une litière, elle est trop malade pour chevaucher.

— Nous le saurons bientôt, dit Berenguer avec une conviction forcée. Quelqu'un aura bien vu si une litière est passée sur la route après vêpres. À moins qu'ils ne soient cachés en ville.

— Impossible, trancha l'abbesse. Une fois répandue la nouvelle de la disparition de dame Isabel, ils ne seront plus en sécurité à l'intérieur de Gérone. Ils seront trahis. Par conséquent, ils se trouvent hors de la ville, à la distance qu'une paire de chevaux traînant une litière à rythme modéré peut parcourir en une heure. Mais dans quelle direction, je l'ignore.

— Qu'en dites-vous, maître Isaac ? fit doucement Berenguer. Vous vous êtes montré très silencieux. Est-ce dû au souci ou à la réflexion ?

Isaac prit une profonde inspiration et se tourna dans la direction de la voix de son ami :

— De la chapelle, peut-on entendre des cris monter de cette pièce ? La chambre est-elle en désordre ? Dame Isabel est trop faible, mais Raquel ne se soumettrait pas sans crier et se débattre. Si l'on n'a rien entendu et s'il n'y a pas trace de lutte, qu'ont-elles mangé ? Qui l'a préparé ? Quelqu'un a-t-il pu s'approcher de leur repas ? La réponse à toutes ces questions nous permettrait de mieux comprendre qui est à l'origine de ce forfait et quelle aide on peut leur apporter.

Sor Marta se tourna vers l'abbesse, qui hocha la tête. Elle sortit de la pièce, aussi discrètement qu'elle y était entrée, et referma doucement la porte derrière elle.

— Et puis, ajouta Isaac à voix basse, comment vais-je dire à ma femme que sa fille bien-aimée a disparu, semble-t-il sans laisser de trace ?

— Isaac, mon ami Isaac, dit Berenguer, toutes vos questions auront une réponse. Sauf la dernière, et, en cela, je ne puis vous aider.

Le silence se fit. L'évêque s'approcha de la table de travail de l'abbesse et commença à écrire une lettre. Elicsenda marcha jusqu'à la fenêtre et regarda au-dehors comme si elle espérait voir les deux jeunes femmes revenir en riant d'une promenade vespérale. Elle se retourna.

— Pardonnez-moi, dit-elle. Je réfléchissais à ce qu'il convenait de faire. Sor Agnete, demandez si l'on a trouvé quoi que ce soit.

Sor Agnete s'inclina et sortit. Le silence s'abattit à nouveau sur le cabinet, rompu seulement par le grattement de la plume de l'évêque sur le papier.

Isaac redressa la tête.

— Je ne sers à rien ici, dit-il. Il vaudrait mieux que je parte.

Comme il se levait, Sor Marta revint.

— Restez encore un moment, je vous prie, maître Isaac, dit l'abbesse. Sor Marta, qu'avez-vous découvert?

— Elles ne sont pas dans le bâtiment, madame. Et si vous criez très fort dans la chambre, la porte ouverte, on vous entendra à la chapelle, mais peut-être pas pendant une hymne. La pièce n'était pas en désordre. La robe de dame Isabel, celle qui était pendue, a disparu, ainsi que la cape des deux jeunes dames. Le repas consistait en une soupe de mouton et d'orge...

— A-t-elle une forte odeur? demanda Isaac.

— C'est une soupe qui a beaucoup de goût, avec des épices pour aiguiser l'appétit, expliqua Sor Marta. Elle a été spécialement préparée pour dame Isabel par Sor Felicia et la sœur cuisinière. Il y avait aussi du pain, une tisane d'herbes et de gingembre et une tarte. Elles ont pris de la soupe, de la tisane et du pain, mais pas de tarte. Sor Agnete l'a emportée et l'a laissée sur une table, sans surveillance, pour parler à Sor Benvenguda.

— Merci, dit Isaac.

— Vous pouvez vous retirer à présent, ma sœur, dit l'abbesse. Je ne veux pas être dérangée.

Elle attendit que la porte se referme.

— Elles ont été droguées, vêtues et emmenées loin d'ici. Cela a dû se passer avec l'assistance de l'une de nos sœurs. J'en ai grande honte.

— Les événements de ces derniers jours tournoient dans mon esprit comme feuilles au vent, dit Isaac. Il est possible que, comme les feuilles, ils n'aient comme seul point commun que de nous toucher...

133

Sa voix mourut.

— Où est Yusuf?

— Vous l'avez renvoyé chez vous, dit Berenguer.

— C'est vrai. Pourquoi m'attendais-je donc à ce qu'il revienne? Peu importe. J'ai fait de nombreuses fois seul le chemin entre ici et ma maison.

CHAPITRE VIII

Perdu dans le silence et le doute, Isaac tendit la main pour franchir le portail du couvent. Son pied tremblait alors qu'il cherchait maladroitement la marche. Puis son bâton heurta quelque chose, et il tituba.

— Pardon, seigneur, dit une voix familière. Mille pardons. Je me suis endormi et je ne vous ai pas entendu arriver.

Yusuf prit son maître par la main.

Judith ne dit rien pendant près d'une minute. Puis, se tournant vers son mari, elle lui frappa à plusieurs reprises la poitrine à coups de poing.

— C'est vous qui l'avez emmenée là-bas ! cria-t-elle. Vous l'avez conduite à la mort !

Isaac prit Yusuf par l'épaule et le poussa derrière lui. Il ne fit aucun autre mouvement. La pluie de coups s'affaiblit pour cesser enfin. Judith en avait le souffle coupé.

— Je vous avais dit de vous tenir à l'écart des religieuses ! Et maintenant regardez où l'on en est ! Ma Raquel ! Ma belle Raquel !

Elle éclata en sanglots pour finir par pousser un profond soupir.

— Elle aurait pu épouser un homme aisé et être très heureuse, et vous l'avez emmenée là-bas, dit-elle d'une

135

voix curieusement détachée avant de sangloter à nouveau.

Isaac attendit patiemment jusqu'à ce qu'elle se fût un
peu calmée.

— Vous ne pouvez me blâmer plus que je ne le fais
moi-même, Judith. Mais sa mort n'a rien de certain, pas
même de probable.

— Quand ils en auront fini avec elle, elle sera
comme morte, dit Judith avec amertume. Comment
pourra-t-elle revenir ici vu sa honte et sa disgrâce ?

Sans répliquer, Isaac passa à côté de sa femme et traversa la cour. Yusuf regarda son maître disparaître dans
son cabinet, puis il vit sa maîtresse s'effondrer sur
l'épaule de Naomi. Il courut après Isaac et frappa doucement à sa porte.

— Seigneur, c'est moi. Yusuf.

— Entre, fit Isaac d'un ton las.

Il se tenait au milieu de la pièce, les bras ballants, la
tête légèrement inclinée comme quelqu'un qui écoute
ou comme un animal blessé qui guette ses poursuivants.

— Apporte-moi de l'eau pour me laver et de l'eau
pour boire, dit-il enfin avant de s'asseoir lourdement.
Ensuite laisse-moi. Si j'ai besoin de toi, je t'appellerai.
Tu pourras aller te coucher quand tu auras mangé.

— Dois-je vous apporter à souper, seigneur ?

Isaac fit une grimace de dégoût.

— Je ne peux pas manger. Rien que de l'eau.

Avec beaucoup de détermination, Isaac parvint à ne
se concentrer que sur ses tâches immédiates. Il se lava
avec soin, passa une tunique propre et s'assit, le dos
raide, la tête bien droite, les mains posées sur les genoux
— le simulacre parfait d'un homme au repos. Seuls son
souffle saccadé et ses muscles, tendus comme la corde
d'un arc, trahissaient le trouble de son esprit.

Il était essentiel qu'il trouve une signification raisonnable aux événements disparates des jours derniers.

Essentiel, quoique impossible. Des fragments de souvenirs, déformés par la fureur, se déversèrent dans sa tête jusqu'à en infecter son cœur. Il pouvait les éprouver, la peur de Raquel, la douleur de dame Isabel, l'odeur du mal qui rôdait autour de lui, des personnes dont il avait la charge et de ses protecteurs. Puis l'obscurité, sa vieille ennemie, informe, incontrôlée et incontrôlable, le visita à son tour. Il en avait le goût, épais, chaud et sec, à la bouche; il la sentait, pareille à une couverture épaisse, qui enveloppait ses membres. Après l'avoir privé de la vue, les ténèbres lui interdisaient le mouvement et la raison.

Il ne pouvait même pas prier. Il n'avait aucune parole à offrir au Seigneur, rien que le balbutiement incohérent de cette rage qui le consumait. Il demeura donc ainsi, immobile, silencieux et désemparé.

Dans la cour, les bruits de la journée allaient en s'amenuisant. Judith avait mis un terme à ses pleurs ou les avait portés ailleurs. Les voix aiguës des jumeaux s'évanouissaient au loin. Seuls quelques bruits de pas trahissaient une présence humaine en dehors de la sienne propre. Feliz miaula d'un air pitoyable à la porte, puis il s'en alla. Judith l'appela à souper. Mais le monde extérieur à son cabinet était aussi loin que les royaumes aquatiques des fables. Des voix lui parvenaient en échos creux et distants, mais il ne pouvait se contraindre à répondre.

Puis il n'y eut plus rien. « Ce doit être la nuit, songea-t-il. Le monde est silencieux. »

Cette pensée née du chaos se cristallisa soudain dans son esprit. « C'est la nuit parce que le monde est silencieux, se répéta-t-il avec circonspection. Ou le monde est-il silencieux parce que moi, avec toute ma fierté et toute mon arrogance, j'ai été frappé de surdité autant que de cécité? » Dans son cœur, la rage céda la place à la terreur.

C'est alors que, devant la porte, il perçut un choc léger, le mouvement d'un chat. « Je ne suis pas sourd, pensa-t-il soulagé, et c'est bien la nuit. » Il répéta ces mots, s'accrochant à leur simplicité et à leur cohérence, et peu à peu sa respiration s'apaisa, ses muscles endoloris se détendirent.

Isaac réfléchit à ces deux choses. Il entendait avec une finesse inhabituelle et, dans le noir, il n'avait pas d'égal. Son corps, aussi douloureux et las fût-il, était puissant et habile. Il ne pensait à rien en dehors de cela. Quand il s'y efforça, le doute, la récrimination et la peur l'enveloppèrent à nouveau, et il revint à ces simples mots, pareils à un radeau dans la tourmente. « C'est la nuit, et j'entends toujours. »

La ville dormait. La lune s'était levée peu de temps auparavant; quelques nuages obscurcissaient les étoiles. Çà et là, une bougie brûlait, anormalement vive dans l'obscurité. Dans la chapelle du couvent de Sant Daniel, les sœurs chantaient laudes et l'abbesse Elicsenda était agenouillée, en prière. Elle priait pour la sécurité physique des deux jeunes femmes, mais elle priait aussi pour la sécurité de l'âme de la religieuse inconnue qui avait participé à leur enlèvement : mal à l'aise, elle se demandait de qui il pouvait bien s'agir. Les voix se turent; les sœurs se retirèrent pour prendre un peu de repos. L'abbesse resta dans la chapelle, perdue dans ses prières et ses spéculations.

Dans son cabinet, l'évêque Berenguer lissa la mèche de sa bougie, tailla sa plume et continua d'écrire un récit cohérent de tout ce qui s'était produit. Comme son ami, maître Isaac, il savait que dame Isabel d'Empuries valait trop en or et en terres pour être maltraitée par un ravisseur ayant quelque instinct de conservation. Isabel en vie, aucun mal ne pourrait être fait à la jeune fille, Raquel, nécessaire à la sauvegarde de la santé et de l'honneur de sa compagne. Mais Isabel avait été proche de la mort, et dût-elle mourir... Berenguer secoua la tête et revint à ses écrits : cela lui permettait d'éloigner semblables pensées.

Dans une pièce attenante à sa chambre à coucher, Don Pedro d'Aragon était assis avec son secrétaire et trois conseillers quelque peu hirsutes pour avoir été tirés précipitamment hors de leurs lits. Sur la table reposaient les deux lettres transmises coup sur coup par Berenguer. La première était arrivée au coucher du soleil et contenait d'heureuses nouvelles. Sa Majesté avait passé une soirée agitée : en effet, le roi était tiraillé entre le profond soulagement de retrouver son fils, qu'il croyait mort, et la colère froide que lui inspiraient ceux qui l'avaient enlevé. Il dormait quand la seconde lettre arriva : le messager avait chevauché au crépuscule et pendant la nuit, rapide comme le vent sur les collines, profitant des derniers rayons du jour ainsi que de la clarté lunaire. La dernière heure du périple s'était déroulée dans la plus grande obscurité. Le messager avait insisté pour que l'on tire du lit Sa Majesté. C'était fait à présent.

Le roi était assis, silencieux et sinistre. Eleazar ben Solomon, le secrétaire, lut les lettres de l'évêque et fit un bref résumé de la situation.

— Où est Castellbo ? demanda le trésorier en regardant autour de lui.

— Il dort paisiblement, sans aucun doute, dans ce château proche de Gérone où il était censé protéger l'infant, dit le roi sur un ton sauvage.

Quand sa voix mourut, un lourd silence emplit la pièce. Alors que les quatre hommes mettaient de l'ordre dans leurs réflexions, Don Pedro pensait à son frère et envisageait une action.

« Je suis devenu comme Samson, songeait Isaac, qui alignait les mots avec difficulté. Aveugle et désarmé. Dans ma fierté, j'ai cru pouvoir affronter les Philistins.

Je leur ai abandonné ma force, et cela m'a détruit. »
Puis l'absurdité de l'analogie se révéla à lui. « Qui est
ma Dalila ? L'abbesse de Sant Daniel, cette femme à la
main et à la voix froides ? » Il éclata d'un rire incoer-
cible jusqu'à en être au bord des larmes.

Un peu plus tard dans la nuit, alors que son corps
vibrait d'excitation et de fatigue, il devint incapable de
tenir plus longtemps à l'écart ses pensées rendues inco-
hérentes par la peur panique. Elles se pressaient, et avec
elles surgissait une voix, étrange, pareille à l'écho, qui
murmurait à l'intérieur de son crâne... une voix démoniaque qui se moquait de lui. « J'ai détruit Raquel »,
pensait-il, et la voix exultait en répétant *Détruit Raquel,*
Raquel, Raquel...

« Je dois mettre un terme à ceci », pensa-t-il, désespéré.

Ceci, ceci, ceci... répétait la voix.

— Ô Seigneur, dit-il tout haut, sauve-moi de la folie
et apprends-moi à trouver la vérité.

Dans sa tête, la voix murmura *Vérité*, puis se tut.
C'est alors qu'une autre voix jaillit de son cerveau,
sèche et faible. *N'oublie pas que la vérité surgit de la*
terre, mon enfant. C'était la voix de son maître, mort de
longue date, qui lui revenait comme un souvenir ou que
le Seigneur lui adressait peut-être pour le réconforter.

— Je ne l'oublierai plus, maître, dit-il. Je n'oublierai
pas non plus d'où vient la justice.

Son âme recouvra la paix, et avec elle la conviction
profonde et irrationnelle que Raquel était encore en vie.

Pour la première fois depuis des heures, Isaac remua
sur sa chaise. Il se sentit brusquement prisonnier de
cette pièce close et étouffante. Il tenta de lever la main.
Elle lui répondit, et il voulut agiter les doigts. Ils bou-
gèrent. Rassuré, il se leva. La tête lui tournait un peu, et
il alla maladroitement jusqu'à la porte. Il l'ouvrit en
grand et laissa entrer une bouffée d'air frais et humide.

Le temps avait changé. Puis Feliz marcha joyeusement sur son pied et se frotta à sa cheville. Il se baissa pour gratter le chat derrière les oreilles, mais sa main rencontra un corps doux et chaud.

— Yusuf ? demanda-t-il, surpris.

— Mmm, fit une voix endormie. Seigneur ? C'est vous ? Vous allez bien ?

— Oui, mais que fais-tu à dormir sur le pas de la porte ? Tu devrais être au lit.

Mais Yusuf refusait de quitter la cour.

— J'apprécie ta compagnie, mon petit ami, dit Isaac. J'oublie que tu es devenu une chouette dans tes voyages. Comment est la nuit ?

— Encore noire, seigneur. Le ciel est empli de nuages, mais l'aube éclaire déjà les toits à l'orient. Comme le jour où nous nous sommes rencontrés.

— Il n'y a pas si longtemps. Tu m'es devenu indispensable en très peu de temps.

— Je ne mérite pas de tels éloges, seigneur, dit Yusuf avec la modestie de quelqu'un qui pensait exactement le contraire.

— C'est possible. Mais aussi utile sois-tu, je ne puis rien faire sans Raquel, mon garçon.

La douleur faisait trembler sa voix.

— Qui me fera la lecture ? Ta maîtresse n'a jamais appris ses lettres, et les jumeaux sont encore bien trop jeunes.

— Nous retrouverons Raquel, seigneur, affirma Yusuf d'un ton confiant. En attendant, c'est moi qui vous ferai la lecture.

— Tu sais lire ? fit Isaac, étonné. Comment as-tu appris ?

— Mon père m'a enseigné à lire ma propre langue, et les lettres de l'alphabet latin m'ont été apprises par un vieux jongleur un peu voleur qui allait de ville en ville, chantant, racontant des histoires et tirant des bourses.

141

J'ai voyagé avec lui jusqu'à son arrestation par les officiers. J'apprendrai bientôt à reconnaître les mots, ajouta-t-il avec une arrogance tout enfantine.

— Bientôt, répéta Isaac, désespéré. Je ne puis attendre ce « bientôt », mon garçon. Je perds le pouvoir d'ordonner mes propres pensées. Je dois revenir aux mots des maîtres, ou je deviendrai fou.

Isaac leva son visage vers le ciel, comme si quelque miracle allait s'abattre sur lui pour lui permettre de lire dans son esprit troublé et de le comprendre. Un grondement semblable à la voix du Seigneur se fit entendre à l'est, et les premières gouttes de pluie tombèrent sur ses lèvres et sur ses yeux.

— Viens, Yusuf. Ne nous faisons pas mouiller, dit Isaac avec une courtoisie un peu lasse. Allons dormir. Tu m'éveilleras avant que le soleil ne soit trop haut.

Raquel s'ébroua pour s'arracher à un rêve où elle plongeait dans un puits profond aux couleurs chatoyantes. Son cœur battait d'effroi. Sa tête la faisait désagréablement souffrir, et sa bouche était sèche et fétide. Un instant, elle se crut chez elle, dans son lit, puis elle se rappela qu'elle se trouvait au couvent. Elle ouvrit les yeux. Il faisait très sombre et elle gisait sur une chose peu confortable qui lui meurtrissait le dos. Elle s'assit, et son estomac se tordit. Il y avait là quelque chose d'anormal.

Elle toucha la surface sur laquelle elle reposait. Cela ressemblait à un grabat grossier empli de paille. Ses mains avancèrent jusqu'à toucher des planches rudes. Le sol. Dessous, elle entendit le claquement d'un sabot et le doux hennissement d'un cheval. Soit elle était devenue folle, soit elle était couchée à même le sol au-dessus d'une écurie.

Puis elle se rendit compte que l'obscurité n'était pas uniforme. Ce carré de noir moins intense devait correspondre à l'ouverture d'une fenêtre, et cette forme encore plus sombre, là, à portée de la main, à une autre paillasse ou à un meuble quelconque. Elle tendit l'oreille. En plus des bruits de l'écurie, elle perçut une respiration peu profonde. Mon Dieu, se dit-elle, dame Isabel ! D'une façon qu'elle ne pouvait imaginer, dame Isabel et elle-même avaient été transférées pendant leur sommeil dans cette chambre de fortune.

Avec précaution, elle se leva. Ses cheveux se frottèrent aux poutres et des toiles d'araignée se collèrent à son visage. Elle les chassa d'un geste impatient et se dirigea vers le carré de gris, silencieuse dans ses bottes de cuir souple. Elle atteignit l'ouverture grossière pratiquée dans le mur et passa la tête à l'extérieur. L'air était frais et humide ; à l'est, l'aube éclairait déjà le ciel. Des formes, collines ou nuages, se profilaient à l'horizon. Elle huma, étonnée, les odeurs inhabituelles. Elles se trouvaient quelque part à la campagne.

Elle revint au milieu de la pièce, la main tendue pour percevoir les limites de ce nouvel espace. À mi-chemin, son pied toucha une irrégularité du sol, et elle se pencha. Ses doigts reconnurent le contour d'une trappe ; elle trouva un anneau et le tira doucement. La trappe se souleva à peine. Elle était barrée ou fermée à clef. Elle poursuivit sa progression silencieuse. Une planche craqua et elle s'immobilisa. Sous elle, seuls les bruits rassurants des animaux lui parvenaient, et elle continua jusqu'aux planches grossières du mur du fond. Elle n'y trouva pas la moindre porte. Il n'y avait qu'une issue, et elle était barrée.

Elle s'avança vers l'autre couche et prit la main molle de dame Isabel. Elle était chaude, son pouls était faible et sa respiration rapide. Elle était vêtue d'une lourde robe de soie et enveloppée d'une chaude cape ; Raquel desserra sa propre robe et s'allongea près d'elle pour attendre le lever du jour.

CHAPITRE IX

Raquel et Isabel ne furent pas les seuls voyageurs à s'éveiller dans une écurie en ce jeudi matin nuageux et humide. La veille, bien avant que le soleil eût atteint midi, Tomas de Bellmunt avait compris que ce serait un vrai miracle si sa jument épuisée atteignait Gérone d'ici le crépuscule. Monture la moins prometteuse de la modeste écurie de son père, elle n'avait jamais montré la moindre aptitude à la vitesse, ni à quoi que ce soit d'ailleurs, et depuis un an elle vivait dans une relative oisiveté. La pauvre Blaveta était en fort mauvais état.

Elle ralentit alors que des cloches sonnaient tierce dans le lointain ; bien plus tôt que midi, elle se mit à traîner la jambe. Enfin, sous le soleil brûlant du milieu de journée, elle s'arrêta, tête baissée, image même de l'abattement. Après plusieurs tentatives infructueuses destinées à lui redonner courage, Tomas abandonna. Lui-même ne mettait aucun cœur dans cette mission et, un tantinet coupable, il se demandait si sa mauvaise volonté ne s'était pas transmise à la jument. Il l'emmena à l'ombre, près d'un ruisseau, et tous deux se reposèrent sous un arbre, somnolant jusqu'à ce que le soleil fût passé à l'ouest.

Un peu reposée, elle parvint à trotter. Puis la route prit la direction du couchant, et Blaveta décida qu'elle en avait assez. La rivière proche paraissait plus attirante ; elle ralentit et tourna brusquement à gauche.

Tomas tira sur les rênes et donna de l'éperon. Elle se mit à boiter. À nouveau, il enfonça les éperons dans ses flancs. Mais elle coucha les oreilles, planta ses antérieurs dans la poussière et les cailloux et refusa tout bonnement d'avancer. Tomas mit pied à terre et reconnut sa défaite. L'auberge où il avait couché le lundi soir devait se trouver non loin de là, de l'autre côté de la colline. Il agrippa fermement les rênes et tira la jument rétive.

Il avait tort. La première bâtisse qu'il vit — isolée au milieu de champs à l'aspect peu prometteur — était une sorte de ferme délabrée, pourvue dans sa partie est d'une dépendance que l'on pouvait qualifier d'écurie. Tomas l'examina d'un air dubitatif, mais le boitillement de Blaveta empirait, et lui-même avait mal aux pieds. N'importe quel abri valait mieux que poursuivre son chemin ou dormir dans un champ de pierres. Le soleil était encore haut au-dessus de l'horizon, mais l'air était humide et lourd ; l'orage menaçait.

Le seul signe de vie était un filet de fumée qui s'élevait par instants du four de brique de la cour. Il appela, frappa à la porte et attendit. À l'intérieur se fit entendre un frottement, comme produit par les pattes de centaines de souris en débandade, et une femme brune et sale jeta un coup d'œil par la porte entrebâillée. Elle poussa un cri suraigu et battit en retraite. « Va chercher papa ! » cria-t-elle, et la porte s'ouvrit à nouveau. Un petit enfant se faufila et dévala la colline comme s'il était poursuivi par mille guerriers assoiffés de sang.

— Brave femme, dit Tomas, je ne te veux aucun mal.

Elle répondit par un glapissement d'alarme. Un enfant se mit à pleurer ; une voix jeune et féminine lui cria de se taire, puis ce fut un vrai tumulte.

— Qui êtes-vous ? demanda une voix derrière lui. On ne veut pas d'étrangers par ici.

Tomas se retourna doucement, la main sur son épée,

et se retrouva face à face avec un homme velu comme un ours, hâlé par le soleil et puissamment bâti. À côté de lui, un chien, grand et élancé, grondait sourdement.

— Je suis en mission royale, mon brave homme, dit Tomas avec plus d'arrogance qu'il ne l'aurait souhaité. Mon cheval et moi avons besoin de nous reposer pour la nuit. Tu seras bien payé pour ton hospitalité.

Le visage de l'homme était un champ de bataille où s'affrontaient le soupçon et la cupidité. Ce fut cette dernière qui l'emporta de justesse.

— Qu'est-ce que vous attendez de nous ? dit-il d'une voix un peu moins menaçante.

— Une écurie pour mon cheval, un lit pour moi et à manger pour tous les deux.

— Faites voir votre argent.

— Fais-moi voir l'écurie et le lit, répliqua Tomas.

— Pas question d'approcher ma femme et ma fille, dit l'hôte. Vous pourrez dormir dans l'écurie avec votre cheval et je vous donnerai un demi-pain. On ne peut pas faire plus.

L'écurie était vide, ses occupants habituels — s'il y en avait — devaient être au pré. Le toit était fait de tourbe et deux murs étaient constitués de planches et de poutres grossièrement recouvertes de boue. L'endroit était sombre, sale et probablement infesté de vermines s'attaquant indifféremment aux hommes et aux bêtes. Tomas avait toutefois dormi dans des lieux moins confortables que celui-ci, et ce n'était pas plus sale que la maison. Le demi-pain était plutôt mou, mais il était de belle taille et, après une journée passée sur la route, avait le goût d'une vraie manne céleste. Une fois qu'il se fut occupé de la jument et eut mangé, il se chercha un coin propre pour y passer la nuit.

Il fut interrompu dans ce travail peu agréable par le fermier qui, dans un accès inattendu d'amabilité, lui apportait une cruche de vin.

— Ma femme s'est dit comme ça que vous auriez peut-être soif.

— Transmets-lui mes remerciements, fit Tomas.

Le fermier émit un grognement et se retira.

Tomas souleva la lourde cruche et goûta d'un air soupçonneux. Le vin de son hôte était âpre, mais il nettoyait sa gorge de la poussière du voyage. Tomas revint vers la porte afin de profiter de l'air frais, s'assit sur un tonneau éclaté, s'octroya une longue rasade et contempla la cruche d'un air pensif. Il y avait là l'équivalent de plusieurs jours de ration, et la donner à un étranger semblait très généreux pour un homme aussi cupide. Après un instant de réflexion, il rapporta la cruche dans l'écurie et en versa le contenu sur le sol de terre. Le vin s'écoula vers la porte avant de se mêler à la terre. Tomas répandit de la paille dessus, posa la cruche près de l'entrée, s'enveloppa dans sa cape et s'allongea sur une botte de paille derrière la jument.

Bien qu'il ne fût pas tard, la fatigue fut la plus forte dès qu'il eut fermé les yeux, et il dormit profondément pendant un certain temps, rêvant de Doña Sanxia. Elle courait pour lui échapper, lançait un rire cruel et agitait en tous sens ses magnifiques cheveux roux. Quand il voulut la prendre dans ses bras, elle se changea en une flaque de mauvais vin, et il se réveilla. Il lui fallut un instant pour se rendre compte que les voix qu'il percevait ne faisaient pas partie de son rêve, mais provenaient de l'autre côté de la cloison.

— Et s'il se réveille, mon mari ?

— Il a fini la cruche. On ne le reverra pas avant le jour du Jugement dernier.

Tomas se redressa.

Le fermier franchit la porte, longea en silence le mur de la maison et s'approcha de la dépendance. Il tenait une petite chandelle à mèche de jonc qui éclairait le sol autour de lui et intensifiait l'obscurité alentour. Arrivé au coin, il tira un couteau de sa botte et s'avança vers la porte de l'écurie. Il brandit sa chandelle et la jument s'agita.

— Bonsoir, mon brave homme, dit Tomas.

Le fermier sursauta, se retourna et fit tomber sa chandelle sur le sol de l'écurie, où elle continua de brûler faiblement.

— Je l'éteindrais si j'étais toi, fit Tomas d'un ton plaisant.

Il était assis sur le tonneau, devant la porte, et dans sa main l'épée de son père resplendissait à la lueur de la chandelle.

Le fermier piétina vigoureusement la mèche, continuant bien après qu'elle se fut éteinte.

— J'ai cru entendre un rôdeur, dit-il enfin.

— Ah, fit Tomas, toi aussi.

— Oui. Je suis venu voir ce que c'était.

— Et ton chien ne l'a pas entendu? fit remarquer Tomas.

— Il est à la chasse, murmura le fermier. Votre Seigneurie n'arrive pas à dormir?

— Mais si. Seulement ma jument et moi, nous dormons toujours aux aguets. Blaveta est meilleur chien de garde que ton molosse, me semble-t-il. Je te souhaite la bonne nuit, brave homme.

Tomas et sa jument eurent un sommeil léger jusqu'à ce que les premières lueurs de l'aube les remettent sur la route.

La lumière s'intensifia par la fenêtre grossière du grenier de l'écurie. La pluie avait balayé les champs environnants, mais voici qu'un rayon de soleil mouillé s'insinuait pour éclairer leur prison. Le panier d'herbes et de remèdes de Raquel avait été déposé dans un coin à côté d'un paquet de vêtements roulés en boule, mais leurs ravisseurs, délibérément ou pas, ne leur avaient pas laissé d'eau pour boire ou se laver. Isabel gémit

148

et remua la tête. Ses lèvres étaient à nouveau sèches et craquelées, sa peau brûlante. Il lui fallait de l'eau ainsi que des compresses froides, et sa blessure devait être pansée. Les êtres qui vivaient à l'étage inférieur étaient peut-être étranges et terrifiants, mais Raquel allait avoir besoin d'eux.

Nerveuse, elle appela :

— Il y a quelqu'un ? Dame Isabel est malade.

Pas de réponse.

Raquel regarda sa patiente d'un air désespéré. Elle frappa du poing les planches grossières avant de crier la même chose, un peu plus fort toutefois.

Toujours pas de réponse.

Elle s'avança vers la trappe et donna des coups de talon rageurs. Un cheval hennit. Mais ce fut tout. On les avait abandonnées, on les avait enfermées, sans vivres et sans eau. Les larmes lui vinrent aux yeux et elle faillit ne pas entendre les voix qui murmuraient dans l'écurie. Il y avait là des gens qui ne voulaient pas faire connaître leur présence. Sa crainte s'évapora.

— Holà ! cria-t-elle. Oui, vous ! Est-ce que vous allez laisser cette dame mourir de soif et de fièvre ?

Elle attendit une réponse, mais il n'en vint aucune que les cris des animaux.

— Assassins ! continua-t-elle, plus fort. Bâtards de traînées ! Pleutres, qui avez peur de femmes sans défense ! Répondez-moi !

Elle parcourut le plancher, examinant les lieux à la lueur du jour. Une fois encore ses pieds heurtèrent la lame qui craquait de façon si menaçante, et elle se pencha pour la regarder de plus près. Le bois était vieux et sec, tout craquelé, et ne semblait maintenu que par des clous minuscules. Elle l'attrapa par une extrémité et tira de toutes ses forces. La planche grinça, se courba et lâcha bruyamment dans un jaillissement de paille et d'insectes. Elle pouvait voir l'écurie à présent. Le cheval attaché recula, paniqué devant cette attaque venue d'en haut. Raquel ramassa la planche, en posa une extrémité à terre, mit son pied élégant au milieu et sauta. Le bois se cassa en deux.

Sans lâcher la planche cassée, Raquel regarda à nouveau par l'espace qu'elle avait créé. Sous elle, le cheval ruait et bottait tandis qu'un petit homme apeuré levait la tête pour la regarder. Elle s'agenouilla et agita le morceau de bois dans le trou.

— Ouvrez la trappe et apportez-nous de l'eau, bande de crapules, ou je vous envoie ceci sur la tête ! lança-t-elle, assez satisfaite d'elle-même. La planche suivante sera pour vos bêtes, ensuite...

— Elle va saccager mon écurie ! cria une voix plus préoccupée par les dégâts qu'elle risquait de provoquer que par l'imminence de son attaque. Elle est plus forte qu'un homme, je te dis !

— Oui, et je vais continuer à la détruire, dit Raquel, ivre de rage. Je vais la mettre en pièces, et je vais jeter un sort sur ton bétail et tes poules. Tu devras attendre longtemps avant d'avoir un œuf ou un veau. Apportez-nous de l'eau ou tu le regretteras jusqu'à la fin de tes jours !

— Pour l'amour de Dieu, faites quelque chose !

C'était une nouvelle voix, qui paraissait à la fois éduquée et irritée. Avec curiosité, Raquel se pencha jusqu'à voir un homme élégamment vêtu qui se tenait sur le pas de la porte. Il lui lança un sourire insolent.

— Apportez-leur de l'eau ainsi que tout ce qu'elles demanderont ! Nous ne voulons pas que la fille meure, n'est-ce pas ?

Raquel remonta lentement la planche vermoulue.

— Pouvez-vous vraiment leur jeter un sort qui empêche leurs poules de pondre ? demanda dame Isabel dès qu'on leur eut porté de l'eau, du lait frais, du pain et même un pot plein d'eau bouillante où Raquel ajouta quelques herbes de son panier.

150

— Non, madame, dit sobrement Raquel.

C'était une chose que de terrifier des paysans ignorants, mais l'homme au sourire narquois l'avait terrifiée.

— Je ne saurais même pas comment commencer, mais j'étais si furieuse que j'ai dit les premières choses qui me passaient par la tête.

— Vous êtes très intelligente.

— Je ne sais pas si cela a été très intelligent, répondit Raquel, mais cela les a au moins contraints à nous apporter à manger et à boire. Qui sont-ils, madame ? Le savez-vous ?

Dame Isabel secoua mollement la tête :

— Des ennemis de mon père, murmura-t-elle. Ou les vassaux d'un seigneur qui convoite mes terres. Ou les deux. Probablement les deux.

Elle ferma les yeux comme si elle allait s'endormir.

— Si je devais épouser un vieux barbon qui en veut à mes terres, je préférerais que ce fût un ami de mon père plutôt que de mon oncle.

Elle détourna son visage de la lumière et s'assoupit.

Dès les premières lueurs, Tomas remit Blaveta sur la route. À deux collines de la ferme misérable, un orage imprévu les trempa tous deux. Le soleil revint. Tomas marcha jusqu'à ce que la route fût sèche, puis monta sa jument, raide et malheureuse. Ils allèrent à pas lents, puis le bruit d'un ruisseau gonflé par la pluie leur rappela à tous deux qu'ils avaient chaud, qu'ils étaient sales et qu'ils avaient soif. L'homme et la jument descendirent vers la petite prairie qui bordait le cours d'eau. Tomas se dit que son rendez-vous était passé depuis près d'une journée et qu'une heure de plus n'aurait aucune importance : aussi rinça-t-il sa chemise trempée de sueur et de pluie, la fit sécher à la branche d'un arbre, se lava vigoureusement, s'étendit dans l'herbe tendre et termina le pain de son souper.

Il était compréhensible, et même pardonnable, que

Tomas s'assoupît. Il avait mal dormi la nuit précédente, l'épée à la main, conscient de la cupidité de son hôte et de son couteau aiguisé. Les broussailles qui poussaient entre la route et le ruisseau les dissimulaient aux voyageurs ; le soleil, bien qu'encore bas, lui réchauffait le visage. Blaveta paissait tranquillement et l'eau chantait à son oreille.

Il s'éveilla, le visage inondé par le soleil de midi et les oreilles pleines de bruits de sabots. Blaveta somnolait sous un arbre. Tomas roula sur le ventre pour voir l'étrange procession.

Elle était conduite par un individu revêche aux vêtements grossiers qui montait un cheval trop bon pour lui et menait une belle jument baie portant une jeune dame de qualité. À l'arrière venait un gentilhomme sur un magnifique alezan. Il était splendidement vêtu de noir et d'écarlate, et la garde de son épée miroitait au soleil. Au milieu, une litière était traînée par deux vigoureux chevaux gris, eux-mêmes guidés par un jeune paysan aux bottes éculées et à la tunique crasseuse. Tomas en conclut que le gentilhomme de la litière devait être bien trop souffrant pour se préoccuper de l'apparence de ses serviteurs.

La procession se rapprocha et Tomas jura à voix basse. Castanya. Il aurait partout reconnu cet alezan. Il en connaissait aussi le cavalier : Romeu. Romeu, vêtu comme un gentilhomme et porteur d'une épée.

Sa première impulsion fut de se lever et d'appeler. Mais la prudence le retint. Il regarda encore et constata que la jeune femme avait les mains liées et attachées à sa selle.

Elle porta son regard dans sa direction.

— Arrêtez ! Il nous faut de l'eau ! cria-t-elle.

— Nous nous arrêterons quand je le déciderai, répliqua Romeu.

Tomas était indigné. Voilà ce que son oncle entendait par escorter des prisonniers de qualité — commander à deux paysans et à son propre domestique, escorter une dame attachée à sa selle et un gentilhomme confiné dans sa litière. Une occupation bien honteuse pour un chevalier. Tomas avait imaginé des otages étrangers ou, au pire, des rebelles de noble rang. Accroupi, il se vêtit à la hâte, dégaina son épée et entreprit de monter vers la route.

Les yeux de Raquel s'écarquillèrent, et elle se tourna vers Romeu.

— Butor ! dit-elle à voix très haute. Ma patiente a besoin d'assistance. Quelle que soit la raison pour laquelle vous nous avez enlevées, même vous pouvez comprendre qu'il n'est pas de votre intérêt de nous maltraiter. Je vous assure, nous avons des amis...

— Taisez-vous ! dit Romeu d'un ton sec.

Tomas délogea un petit rocher qui roula bruyamment au pied de la colline.

— ... qui vous rendront la vie misérable, poursuivit Raquel du plus fort qu'elle le pouvait. J'insiste pour que vous m'autorisiez à mettre pied à terre. Si vous voulez...

— Silence ! beugla Romeu en quittant sa selle. J'ai entendu quelque chose.

— Ridicule, s'empressa de dire Raquel.

— Romeu, mon ami, fit calmement Tomas. Retourne-toi et justifie-toi avant que je ne te plante ce fer dans le dos.

Quand Romeu se retourna pour lui faire face, son épée était déjà prête.

— C'est le petit maître, fit-il d'un air méprisant.

— Lâche ton arme et libère cette femme, dit Tomas d'un ton assuré.

— Allons, allons, petit maître. Je vais vous donner un bon conseil. Ne risquez pas votre jeune vie pour si peu. Retournez à votre *finca* et nous oublierons tout ceci. Vous vous mêlez d'affaires auxquelles vous ne comprenez rien.

— Lâche ton arme, répéta Tomas de la même voix.

— Ne soyez pas ridicule, dit Romeu.

Et il plongea sur lui.

Quoique Romeu fût aussi vif et aussi fort que Tomas — mais bien plus versé dans les intrigues politiques —, il n'avait pas, comme Tomas, été initié dès l'âge de sept ans aux bonnes manières, à la morale et à l'art de la guerre par un oncle paternel. À treize ans, Tomas s'était rendu à Majorque aux côtés de son oncle afin de reprendre l'île pour son roi. À dix-sept ans, il s'était battu contre les *Uniones* à Valence et avait été blessé en défendant le droit au trône de Pedro. Il avait pansé ses blessures jusqu'à ce que son oncle Castellbo lui trouve ce nouveau poste, qui lui avait permis de naviguer dans l'univers étrange et hostile de la cour. Toutefois, il lui suffisait d'avoir une épée à la main pour savoir qu'en faire.

Il attaqua avec la froide habileté que lui avaient enseignée ses maîtres réputés, avec la colère et la frustration qui s'étaient accumulées en lui depuis quatre jours, avec la joie un peu sauvage de pouvoir enfin voir le visage de son ennemi. Il para facilement la première botte de Romeu. Il en alla de même pour la seconde. Tomas enchaîna feintes et attaques, ses mouvements étaient rapides et il agissait selon un plan bien précis. Romeu était assez doué, mais limité par sa suffisance et la conviction que son maître n'était qu'un jeune fou. Tomas le poussa vers le bord de la route et le toucha au bras gauche. Romeu recula et Tomas le poursuivit parmi les pierres, mais il tituba et fut légèrement touché à l'avant-bras. Il changea alors de terrain, fit une feinte et toucha Romeu au front. L'air surpris, Romeu leva la main pour effleurer sa blessure, et Tomas en profita pour se jeter sur lui.

Romeu s'écroula, mortellement touché à la poitrine. Tomas retira son épée, l'essuya lentement et la remit au fourreau.

— Voilà ce qui arrive quand on tire l'épée contre

moi, Romeu, dit-il avec froideur. Et tu as eu tort de m'impliquer dans ta trahison.

Un bruit de sabots vint le distraire momentanément. Il tourna la tête pour voir l'individu monté sur le beau cheval disparaître, pris de panique. Le serviteur à pied ne se trouvait nulle part. À nouveau, il consacra son attention à Romeu :

— As-tu tué Sanxia ?

— Non, petit maître, dit Romeu, qui cherchait son souffle. Et j'ignore qui a bien pu faire ça. Elle n'était pas censée mourir. Pas pour l'instant.

Il toussa et un peu de sang coula de sa bouche. Il ouvrit tout grand les yeux.

— Et je ne sais pas qui a tué Maria, chuchota-t-il. Elle se trouvait de l'autre côté de la ville, loin de notre lieu de rencontre. Elle m'a trahi et a été tuée par quelque voleur de passage.

Il eut un rire sardonique, toussa et se tut à jamais.

Bellmunt plaça les mains de Romeu sur sa poitrine, se signa, murmura une prière et s'empressa de revenir vers la jeune femme.

— Madame, dit-il en s'inclinant, Tomas de Bellmunt, à votre service.

Il entreprit de dénouer ses liens.

— Je ne sais pourquoi, mais mon serviteur, qui gît désormais dans ce champ, semble vous avoir retenue prisonnière...

— Nous avons été enlevées, trancha Raquel, furieuse. Arrachées à la protection des sœurs du couvent de Sant Daniel alors que nous étions inconscientes. Pourquoi ?

— Je n'en sais rien, se hâta de dire Tomas. Je vous le jure. Je prenais Romeu pour un honnête homme. J'ai eu tort. Et il a payé pour sa trahison.

Raquel se frotta énergiquement les poignets.

— Dame Isabel est très mal. Elle a besoin d'attention

155

et de repos et ne doit surtout pas être emmenée par monts et par vaux.

Elle regarda le sol, guère à l'aise, consciente de savoir mieux guérir les maux que monter à cheval. Elle lança un regard hautain à son sauveteur, rougit d'embarras, ramena sa jambe droite sous sa jupe et la fit passer par-dessus le dos de la jument. Brusquement, elle posa la main sur l'épaule de Tomas et sauta à bas de la monture docile. Elle lissa ses jupes d'un geste rapide et courut jusqu'à dame Isabel.

Se rappelant la demande qu'elle avait formulée, Tomas se hâta vers la rivière pour remplir d'eau froide sa gourde de cuir. Il suivit la jeune femme jusqu'à la litière.

— J'ai entendu que vous vouliez de l'eau. Puis-je vous en offrir ? J'irai en rechercher si vous le désirez.

— Qui est-ce, Raquel ?

La voix qui venait de derrière les rideaux tirés de la litière était faible, et surtout très douce.

— Tomas de Bellmunt, madame. C'est son serviteur qui nous a enlevées.

— Mais pas sur mon ordre, je le jure ! s'écria Tomas. Je ne puis imaginer pourquoi l'on voudrait vous ravir. J'ignore quel était le but de Romeu, madame, mais il a payé chèrement sa vilenie. Je l'ai tué, madame, ajouta-t-il sobrement. Quoi que je puisse faire pour atténuer vos souffrances, je le ferai volontiers.

— Je voudrais de l'eau, dit la voix derrière les rideaux.

Raquel les écarta et prit un gobelet. Elle le tendit à Tomas, qui le remplit.

Quand elle eut complètement repoussé les rideaux, Tomas découvrit un visage pâle comme la mort ceint d'épais cheveux qui lui rappelaient le miel, le blé mûr et les feuilles de hêtre à l'automne. Ses yeux sombres étaient doux et lumineux. Elle sourit, et Doña Sanxia s'envola à tout jamais de ses souvenirs. Il avait l'impression d'avoir toujours connu cette belle dame aux sourcils bien dessinés et au nez si fin. Elle ressemblait à l'image d'un saint, à une statue de marbre, à... à Sa Majesté le roi. Son cœur défaillit.

Elle but au gobelet, puis le repoussa.

— Merci, Don Tomas, murmura-t-elle. Pour l'eau et pour nous avoir sauvées. Je suis Isabel d'Empuries, et ma compagne...

Elle toussa et reprit un peu d'eau.

— Je suis Raquel, la fille d'Isaac le médecin, se présenta-t-elle tandis que Tomas remplissait le gobelet. Nous aimerions revenir à Gérone.

— Il y a une auberge tout près, dit-il. Je voulais y passer la nuit dernière.

— Nous l'avons vue il y a moins d'une heure, dit Raquel.

Elle fouilla dans son panier et prit un morceau d'étoffe de lin.

— Si vous voulez me confier votre bras, Don Tomas, je soignerai votre blessure.

Tomas tendit donc le bras. Raquel défit sa manche et banda proprement la coupure peu profonde qu'il avait reçue à l'avant-bras.

— Merci, maîtresse, dit-il. Si je puis me permettre... Quand dame Isabel et vous serez prêtes à reprendre la route, je pourrai vous escorter jusqu'à l'auberge avant de me rendre à Gérone pour faire savoir à vos amis que vous êtes saines et sauves. Je reviendrai aux premières lueurs pour vous escorter jusqu'au couvent.

— Merci, Don Tomas.

La voix de dame Isabel était si faible qu'il dut s'approcher pour capter ses paroles.

— Vous êtes bien aimable.

Tomas rougit et recula.

— Mais d'abord, je dois retrouver ma jument — près de la rivière — et récupérer le cheval de Romeu, qui est en fait mon cheval, parce que le mien est à Barcelone avec une jambe blessée, c'est pourquoi, puisque Romeu a pris Castanya, j'ai été obligé de chevaucher cette pauvre bête...

Isabel sourit et Raquel se mit à rire.

— Est-ce que je vous amuse, madame ? fit Tomas, quelque peu offensé.

— Oui, Don Tomas, dit Raquel. Et je vous en suis reconnaissante. Nous avons vécu un si étrange cauchemar depuis hier que vous entendre parler chevaux avec tant de passion et tant de lucidité est un délice. Vous n'avez pas l'habitude de parler aux femmes, n'est-ce pas ?

— Mais je suis secrétaire de Sa Majesté, Doña Eleanor, rétorqua-t-il, comme si cela répondait à sa question.

— Je vous en prie, prenez Castanya et allez chercher votre jument, que nous puissions quitter cet horrible endroit, dit Raquel.

CHAPITRE X

Isaac sentit qu'on lui effleurait le bras et il s'éveilla.

— Seigneur, dit doucement Yusuf. Il est plus de midi et la maîtresse vous demande. Je vous ai apporté à manger.

Son maître posa les pieds à terre et se redressa. Il était incroyablement las et sa tête était en proie aux vertiges.

— Je ne mangerai pas. Pas encore. Donne-moi seulement un peu d'eau.

— Voilà, seigneur, fit le garçon en posant le gobelet dans sa main.

— Écoute, mon enfant. Tu vas aller trouver ta maîtresse et lui dire...

— Quoi, seigneur ?

— Pas la vérité, lâcha Isaac d'un ton désabusé. La vérité est que je ne puis me résoudre à lui parler. La vérité est que, bien que je sois entouré de livres pleins de sagesse, ils ne me sont d'aucun usage parce que Raquel n'est plus là. Dis-lui que j'ai besoin de solitude pour réfléchir et que je vais partir dans les champs. Ensuite, prends-toi à manger, et nous nous en irons.

Isaac se lava à l'eau froide et passa des vêtements propres.

— Nous allons franchir la rivière, dit-il. Mais lentement, car mes membres sont raides et endoloris, ce matin.

Sur ce, ils prirent calmement la direction du pont.

La rivière était encore turbulente de l'orage du matin, mais le ciel était clair et une brise tempérait la chaleur du soleil.

— Où allons-nous, seigneur? demanda Yusuf. Nous avons passé le pont.

— À la rencontre d'un homme qui désire depuis longtemps me parler.

— Oui, seigneur, fit Yusuf d'une voix pleine de doute.

— Quelque part, non loin d'ici, expliqua Isaac, se dresse un grand arbre feuillu sous lequel un homme peut s'asseoir en paix et être vu de toutes parts.

— Dans le pré, oui, derrière l'église.

— Emmène-moi là, mon garçon. Je m'assiérai sous cet arbre et réfléchirai aux choses auxquelles il convient de réfléchir.

En silence, Yusuf conduisit son maître dans le pré.

— Tu peux me laisser, à présent.

Isaac s'adossa à l'arbre et fit signe à l'enfant de s'en aller. Il posa les mains sur ses cuisses et respira bien à fond à plusieurs reprises.

— Mais, seigneur, demanda Yusuf, où dois-je aller?

— Va au marché y chercher des réponses, dit Isaac d'une voix un peu ensommeillée.

— À quelles questions, seigneur?

— Si tu ne peux trouver les réponses, commence par chercher les questions, répliqua Isaac avec impatience. Quand tu les auras trouvées, viens me prendre ici. Si je suis parti, rentre à la maison.

— Permettez-moi de vous apporter à boire et à manger, seigneur.

— Non. Maintenant, laisse-moi.

Yusuf obéit mais, avant même d'avoir fait trois pas, il se retourna d'un air décidé :

— Quelqu'un nous a suivis, dit-il, quelque peu paniqué.

— Un grand escogriffe, long de jambes, en tenue de soldat ?

— Oui, seigneur.

— Surveille-le, Yusuf. Il sent le mal. Et dis-moi si tu le revois.

Tomas de Bellmunt regarda ses troupes — deux dames de bonne éducation et cinq chevaux — et les prit en main avec une précision toute militaire.

— Je mènerai la paire de gris, expliqua-t-il à Raquel. Pouvez-vous tirer la pauvre Blaveta tout en chevauchant votre propre monture, madame ?

— Certainement. Du moins, je le pense, Don Tomas. Je n'avais jamais monté avant aujourd'hui, reconnut-elle, comme vous le constaterez sûrement. Mais la route de ce matin m'a semblé assez facile.

— Excellent, dit Tomas d'un air dubitatif alors qu'il l'aidait à monter sur le dos de sa jument.

Elle arrangea ses jupes autour d'elle, prit les rênes de Blaveta dans une main, celles de la jument baie dans l'autre, et frappa timidement sa monture du talon. La procession s'ébranla.

— Si j'avais su, je me serais vêtue pour la route avant de tomber endormie, fit-elle remarquer avec un pauvre sourire.

Malgré tout ce qu'elle avait enduré de désagréable jusqu'ici, Raquel se devait de reconnaître que c'était l'événement le plus excitant de sa vie au fond paisible. Avec un certain sentiment de culpabilité — ses parents devaient être morts d'inquiétude —, elle reconnut également qu'elle appréciait beaucoup cette aventure.

Hardiment, elle se retourna vers Bellmunt.

— Comment se fait-il que vous étiez caché près de la rivière quand nous sommes passés ? demanda-t-elle d'un air narquois.

— Caché, madame ? Je ne me cachais pas ! protestat-il. C'est cette pauvre jument que vous tirez derrière vous.

— La jument se cachait ?

Il eut un petit rire et leva les yeux au ciel.

— Bien sûr que non, fit-il. La jument boitait, et j'ai cherché de l'ombre et de l'eau pour qu'elle se repose. Nous avions peu dormi la nuit précédente...

— En un mot, Don Tomas, vous vouliez faire la sieste au lieu de mener à bien votre mission, quelle qu'elle soit.

Il pensa à ce que sa mission avait failli être et ne répliqua pas. Il se contenta de hocher la tête, effaré par ce qu'il avait presque fait.

— Et cette mauvaise nuit, l'avez-vous passée dans cette auberge où vous vous proposez de nous conduire ? demanda Raquel. Ce n'est pas très aimable à vous.

— Oh non, madame, cette auberge est raisonnablement confortable. La nuit dernière, Blaveta et moi avons été logés dans une écurie par un fermier des plus aimables. Il avait hâte de soulager la pauvre bête en la débarrassant de sa selle, de ma bourse et aussi de moi-même.

Il repensa à l'incident, étrangement reconnaissant. Sans cette jument blessée et ce sordide coupe-gorge, toute cette aventure ne serait pas arrivée. Il se mit à rire. Pareil à l'écho, un autre rire fusa derrière les rideaux clos de la litière.

L'auberge correspondait exactement à ce que pouvaient en attendre les voyageurs empruntant une route passante : un vin rugueux versé par une main lourde, une nourriture peu variée mais roborative, des lits peu douillets et pas mal de poussière, le tout à un prix exorbitant. Mais tout cela était digne d'un palais comparé aux granges et aux écuries.

Elle avait un air paisible et accueillant et somnolait au bord de la route sous le chaud soleil estival. Pour l'heure, elle était vide, car les voyageurs de la nuit précédente étaient partis et ceux du jour pas encore arrivés. Rares étaient ceux qui y passaient délibérément plus d'une nuit. Tomas entra reconnaître les lieux. L'aubergiste ronflait dans une alcôve, derrière son comptoir. Le chien de garde ouvrit un œil qu'il referma aussitôt. Tomas l'enjamba et abattit son poing sur la table.

— Holà, aubergiste ! appela-t-il.

Les ronflements cessèrent. Tomas fit tinter les pièces d'une bourse. Une paire de bottes heurta le sol et un homme ébouriffé, aux yeux pleins de sommeil, s'avança.

— Qu'est-ce...

Il cligna des yeux et détailla le visiteur de pied en cap. Sa voix se fit plus conciliante.

— Mes excuses, Votre Seigneurie. La nuit dernière j'ai été pas mal occupé et...

— Oui, oui, fit Tomas. Ça va. Pouvez-vous loger confortablement deux dames jusqu'à demain matin ? L'une d'elles est malade et ne peut aller plus loin aujourd'hui.

— Certainement, monseigneur, fit le tenancier dont le regard était rivé à la bourse de Tomas. J'ai une belle chambre, très élégante, qui convient aux plus nobles des dames, avec une pièce attenante où elles pourront prendre leurs repas et bavarder.

— Montrez-la-moi, dit Tomas, soupçonneux.

C'est ainsi que Raquel et Isabel se retrouvèrent dans deux pièces, à l'écart des chambres modestes qui accueillaient les voyageurs moins fortunés. Elles y furent servies par une servante aux grands yeux qui, lorsqu'elles insistèrent, avoua qu'elle n'avait que onze ans.

Isaac attendait, adossé au tronc de l'arbre. Il s'obligeait à identifier les sons et les senteurs — le parfum des fleurs des champs, le bourdonnement des insectes, les odeurs multiples de l'herbe après une pluie matinale, mais aussi l'odeur un peu fétide de la vase de la rivière et celle encore plus significative des êtres vivants.

Il sentit plus qu'il n'entendit l'homme s'approcher de lui. Comme si la terre frissonnait au contact de ses pieds. Puis il capta le doux bruissement de l'étoffe, le craquement et l'odeur du cuir — pas celui de bottes de mauvaise facture, non, quelque chose de plus compact. Un baudrier. Vint enfin l'odeur de la sueur, des chevaux et de la peur.

Isaac attendit.

La voix de l'homme était rude, mais son langage châtié :

— Tu es Isaac l'aveugle, le médecin de Gérone, dit-il.

— C'est exact.

— Et tu es un juif.

— C'est exact.

— Mais toi, sais-tu qui je suis ?

— Je ne le *sais* pas, répondit Isaac. Mais je crois que tu es celui qui se fait appeler le Glaive flamboyant de l'archange Michel. Ai-je raison ?

— Oui, dit le Glaive. Pourquoi es-tu assis là, seul et sans protection, si tu te sais poursuivi par le Glaive de l'archange ?

— Je voulais te parler, dit simplement Isaac. Je croyais aussi que tu voulais me parler. J'ai décidé d'attendre seul, en cet endroit tranquille, pour voir si tu viendrais à moi.

— Il n'y a rien que je souhaite te dire, médecin, dit le Glaive. Mais je t'entendrai. Qu'as-tu donc à me dire ?

— Rien que ceci : pourquoi me poursuis-tu, moi et les miens ?

— Seulement toi. Je ne m'intéresse pas à ceux qui t'entourent. Je laisse à autrui les gens de moindre importance. Tu es mon objet.

— Pourquoi donc ?

— Tu es un homme intelligent, médecin. Tu connais la réponse.

— Je ne suis pas certain de comprendre tes raisons.

— Tu es un homme mauvais, dit calmement le Glaive. Un sorcier. Un être qui contrôle les autres. Les gens comme toi doivent être réduits en cendres que l'on disperse.

— Pourquoi as-tu attendu sept jours ?

— Tu as lancé tes espions sur moi ! dit le Glaive d'une voix plus acérée.

— Je n'en ai pas besoin. Depuis sept jours, un homme — toujours le même — me suit chaque fois que je quitte le Call. Il a une démarche très particulière, il boite presque — une ancienne blessure de guerre ?

— Reçue à la campagne de Valence, dit le Glaive.

— Et il est fou. C'est ce même homme qui se tient à présent devant moi.

Le baudrier de cuir craqua à nouveau.

— Par tout ce qui est saint, Isaac le juif, tu me donnes envie de tirer mon épée ! Ici, en pleine nature, sous le regard de n'importe quel passant. Je ne suis pas fou !

— Si, tu l'es, dit Isaac avec tristesse. Je l'entends dans ta voix ; je le sens dans la sueur qui imprègne chaque partie de ton corps.

— C'est là ton dernier mot ?

— Oui.

— Alors je crache sur toute ta science. Tu pues le jeûne inutile et la pénitence superflue, l'aveugle. Comment oses-tu parler ainsi au Glaive ?

— Je l'ose parce que je dis la vérité. C'est seulement le mensonge que les lèvres ont du mal à formuler.

— C'est vrai, admit le Glaive. Ce que tu dis — tout ce que tu dis — est vrai.

Sa voix monta, sous le coup de l'exaltation.

— Il y a de la folie en moi, mais c'est une folie

divine, que m'a accordée le Seigneur, et son but est de m'inciter à faire ce qui est juste, ce qui est pur, ce qui est bon, ce qui est bien !

— Aux yeux de qui ?

— Aux yeux de Dieu, répondit le Glaive. Tout autre regard m'importe peu.

— C'est très intéressant, dit Isaac, aussi calmement que s'ils débattaient d'un point de logique. Une seule autre personne de ma connaissance sait ce que le Seigneur en personne considère comme juste, bon, pur et vertueux. Comme j'ai de la chance d'approcher deux personnes pourvues d'une telle certitude divine !

— Et qui est l'autre ? Ton ami l'évêque ?

— Son Excellence ? Certainement pas. L'évêque est un homme humble, un homme instruit, prêt à admettre que d'autres connaissent plus sûrement que lui la volonté du Seigneur. Non. Cette autre personne, c'est ma femme. Une épouse honnête, chaste, loyale et sincère, mais illettrée et peut-être un peu têtue.

— Tu te moques de moi, Isaac. Tu es un ennemi étrange et bien peu satisfaisant, ajouta l'étranger avant de pivoter sur ses talons pour s'en aller. Comment puis-je combattre un aveugle, incapable de me résister ? Néanmoins je le ferai, et sa gorge sera tranchée comme celle des autres.

— Mais pas ici ?

— Pas ici, pas aujourd'hui. Le moment n'est pas venu.

Le Glaive repartit à grandes enjambées. Tapi derrière un buisson, Yusuf ne le quittait pas des yeux et tremblait de peur.

L'abbesse Elicsenda réprima un bâillement. Il était hors de question de penser au sommeil, même si cela faisait bien longtemps qu'elle avait vu son lit pour la dernière fois. Elle déambulait lentement dans le petit parloir, sous les yeux de Sor Marta, et se concentrait pour parler aussi précisément que possible à l'évêque.

— Depuis les vêpres d'hier, je passe mon temps à prier et à parler à chaque occupante de cette demeure, l'une après l'autre. J'ai découvert bien des choses intéressantes en ce qui concerne mon couvent. Certaines n'ont rien à voir avec la disparition de dame Isabel. D'autres, si.

Elle s'interrompit pour reprendre son souffle.

— Et quelles sont-elles ? demanda l'évêque avec impatience.

L'abbesse pouvait faire d'interminables digressions, comme un prédicateur aguerri, surtout quand elle était soucieuse. Et cela irritait intensément Berenguer.

— Une vivacité juvénile, répréhensible mais innocente, est cause de la blessure de dame Isabel. Il semble que les enfants aient été laissées sans surveillance. Des cadres à broder ont été renversés, des paniers répandus — les uns par accident, les autres, dirons-nous, en guise de représailles. La corbeille de dame Ana s'est renversée et, quand elle a voulu se venger, elle a titubé et est tombée, une vieille et grosse aiguille à la main, sur dame Isabel. Ce matin, dame Ana a découvert la cause de la maladie de dame Isabel. Elle a passé la journée à verser des larmes de terreur et de contrition.

— Il n'y avait aucune mauvaise intention de sa part ?

— Aucune. Dame Ana a douze ans, elle est vive — pour ne pas dire espiègle —, mais aussi ignorante des manœuvres politiques que le vieux chien du couvent. Son récit sonne vrai.

— C'est intéressant, mais cela ne nous avance guère.

— Dame Ana m'a dit autre chose, Votre Excellence. Il semble qu'hier matin, très tôt, elle ait rempli un panier de figues du jardin et qu'elle en ait mangé la plupart. Elle grandit comme un épi de blé au printemps et a toujours faim. Lors des vêpres, elle a été prise de coliques. Elle s'est esquivée hors de la chapelle, par pure nécessité selon elle, et tandis qu'elle courait aux lieux d'aisances, elle fut contrainte de se cacher pour laisser passer deux sœurs de haute stature — les plus grandes qu'elle ait jamais vues de toute sa vie.

— Quelle taille fait-elle ?

— Elle m'arrive à l'épaule. Elle dit qu'elles étaient plus grandes que moi, mais en dehors de cela, elle ne peut les décrire.

— Des hommes, fit Berenguer.

— C'est également mon avis. Je suis d'une taille peu commune pour une femme, et il serait bien extraordinaire de voir deux sœurs plus grandes que moi marcher ensemble. Une, je veux bien, mais deux !

— Cela ne nous révèle pas davantage qui ils sont, fit remarquer Berenguer.

— Sans aucun doute, les habits qu'ils portaient provenaient du couvent. Dame Ana l'aurait remarqué s'ils avaient été curieusement vêtus. Et ce n'est pas le cas.

— Vous le lui avez demandé ?

— Oui. Et cet après-midi, j'ai ordonné que tous les habits du couvent me soient apportés afin que je les inspecte et décide s'ils doivent être nettoyés, ravaudés et couchés dans la lavande pour les protéger des mites. Nous découvrirons bientôt ceux qui manquent. Cela me dira peut-être qui a eu l'occasion de les dérober et, partant, nous découvrirons qui sont ces imposteurs. Voilà qui nous apprendra enfin quelque chose.

Elle s'assit, brusquement fatiguée.

— Vous aviez parlé d'amener ici l'infant Johan pour qu'il soit en sécurité.

— J'hésite, dit Berenguer. Tant que nous n'en savons pas plus... En le conduisant ici, nous le jetons peut-être dans l'antre du lion...

— De la lionne, corrigea Elicsenda d'un air absent. Je suis d'accord. J'aimerais que cela se passe autrement, mais ce n'est pas le cas. Il est hors de danger ?

— Je le crois. Apparemment, ils ignorent qui ils abritent, et leur ignorance le protège.

Tomas se trouvait dans la cour poussiéreuse de

l'auberge, en plein soleil, et se demandait ce qu'il allait bien pouvoir faire. Il avait déjà envahi les cuisines et harcelé la femme de l'aubergiste, penchée sur ses marmites, jusqu'à ce qu'elle lui promette de préparer un repas si nourrissant et si délicat que dame Isabel serait capable de le manger et guérirait instantanément. Il avait aussi demandé à trois reprises à la jeune servante de monter à la chambre, chargée de vin, de fruits et de petits gâteaux. Il envisageait à présent de seller Castanya et de partir à la recherche d'une certaine source réputée pour ses pouvoirs miraculeux afin de rapporter cette eau unique à la malade. Le problème, c'était que, selon la fille du médecin, dame Isabel souhaitait qu'il attendît jusqu'à ce qu'elle fût capable de lui parler. Il serait ensuite libre de partir pour Gérone et d'annoncer que tout allait bien. Que se passerait-il si elle demandait à le voir pendant qu'il battait la campagne en quête de cette fameuse source ? Il valait mieux qu'il reste là. La sueur coulait sur son front. Et il serait plus sage qu'il attende à l'ombre.

Pourquoi était-il sorti, d'ailleurs ? Les chevaux. Il voulait s'assurer que le garçon d'écurie en prenait bien soin. Il se dirigea donc vers les stalles.

Tomas n'avait pas entièrement recouvré ses esprits depuis le moment où chacun avait compris que dame Isabel devrait être portée jusqu'à sa chambre. Raquel avait constaté que sa patiente avait beaucoup de mal à s'asseoir dans sa litière. « Elle est trop faible, lui avait-elle dit, il va falloir que quelqu'un la porte. »

Dans un brouillard, Tomas avait pris dame Isabel et l'avait emportée tout en haut de l'escalier, jusque dans sa chambre. Avec une infinie délicatesse, comme s'il s'agissait de l'œuf très précieux d'un oiseau fabuleux, il l'avait déposée sur le lit qu'on lui avait préparé. Il s'était incliné et s'était retiré, mais l'empreinte de son corps souple sur ses bras lui avait fait l'effet d'un fer rouge à la marque indélébile.

169

Dès cet instant, il s'était senti prêt à chevaucher jusqu'à Gérone ou même Jérusalem si elle le lui avait demandé. Ce qu'elle exigeait de lui était cependant bien plus difficile. Raquel était redescendue, un sourire aux lèvres, pour lui apprendre que dame Isabel se reposait. Attendrait-il qu'elle pût lui parler avant que de partir pour Gérone ? Attendrait-il ? Oui, s'il le fallait, il attendrait jusqu'à ce que les murailles de Barcelone tombent en poussière.

Peu de temps après, dans la chambre à coucher, une dame Isabel étonnamment revigorée était engagée dans une controverse polie mais déterminée.

— Voyons, madame, lui disait Raquel, il y a une heure vous étiez trop faible pour vous asseoir dans votre litière, et voici que vous voulez vous lever pour recevoir Don Tomas ?

— Oui, fit Isabel. Avant de dormir, ma tête me faisait souffrir et je me sentais mal de cette terrible potion que l'on nous a fait boire. Le repos et un peu de vin et d'eau ont soigné cela. J'avais repris un peu de forces hier, vous vous en souvenez, et je me sens encore mieux aujourd'hui. Raquel, je vous en prie, aidez-moi à me préparer. Sinon je devrai dépendre de cette pitoyable petite fille.

Elle rit.

— Croyez-vous que je pourrais lui enseigner à me coiffer à la mode de France ?

Raquel n'allait pas être distraite par si peu :

— La vérité est que vous insistez pour lui parler, même si vous devez en périr.

— La vérité n'a rien à voir avec cela. J'ai des instructions à lui donner s'il doit partir dans mon intérêt. Dans notre intérêt, se corrigea-t-elle, pleine de tact.

— Vous pourriez faire cela de votre lit, insista Raquel.

— Si je me sentais vraiment faible, oui. Mais je vous

le dis, je ne suis plus invalide, et je préfère ne pas recevoir un homme dans ma chambre à coucher. Même dans une auberge, et malgré d'aussi étranges circonstances.

— Votre coiffure est en désordre, dit Raquel.

— Discuter avec vous, Raquel, est plus épuisant que dix visites de la part de Don Tomas. Vous me rappelez les religieuses.

Raquel céda :

— Je crois que c'est ridicule, mais puisque je ne peux rien faire pour vous arrêter, il vaut mieux que je vous aide. Mais je n'ai pas l'habitude d'être attachée au service d'une dame, je vous préviens. J'ai déjà assez de mal à me coiffer sans aide...

Isabel sourit doucement. Elle avait remporté ce point.

— Nous nous aiderons mutuellement, dit-elle. Comme deux sœurs.

— Quoi qu'il en soit, je reconnais que vous avez très bon goût. C'est un très bel homme. Pas exactement le genre dont je rêve, mais très beau tout de même. Et si doux.

— Pour moi, cela n'a aucune importance, fit Isabel d'un air dégagé. Aïe ! cria-t-elle quand Raquel, d'une main peu experte, lui passa le peigne dans les cheveux.

Quand Raquel envoya la petite servante chercher Don Tomas, les deux jeunes femmes étaient aussi impeccables que possible vu les circonstances. Isabel était installée sur un banc de bois sculpté recouvert de coussins ; sa jambe, dont Raquel avait changé le bandage, disparaissait sous les plis artistiquement disposés de sa robe de soie.

Quand il entra dans la pièce, Tomas ne vit que les traits pâles et adorables de dame Isabel. Allongée sur cette couche improvisée, elle paraissait aussi blanche qu'un fantôme ou la statue de marbre de sa propre tombe.

— Je ne m'attendais pas à vous voir levée, madame,

dit-il. Je crains que vos forces ne suffisent pas à l'effort que vous avez déployé. Vous devez prendre soin de vous.

— Je ne suis ni une enfant ni une invalide, Don Tomas, dit vivement Isabel en se redressant sur sa couche.

Un peu de couleur lui vint aux joues et ses yeux s'éclairèrent.

— Je souffrais d'une vilaine blessure, mais avec le concours de mon médecin et de sa fille Raquel, je guéris vite.

— Dame Isabel va beaucoup mieux depuis ce matin, expliqua Raquel. Hier soir, quelqu'un a dû mettre une potion soporifique dans notre souper. Il nous a fallu un certain temps pour en dissiper les effets.

— Savez-vous de qui il s'agit? demanda brusquement Tomas.

— Non. Nous nous sommes endormies alors que nous mangions, et nous sommes réveillées dans un grenier. Trois hommes à la mine patibulaire occupaient l'écurie en contrebas, mais je n'arrive pas à croire qu'ils aient pu s'introduire dans le couvent, nous droguer et nous enlever ainsi.

— Vous les avez vus?

Pour la première fois, Raquel rougit.

— J'ai enlevé une lame du plancher et j'ai regardé.

Tomas s'en étonna.

— Elle l'a arrachée, ajouta Isabel avec admiration. De ses propres mains. Puis elle a menacé de les frapper s'ils ne nous apportaient pas à boire et à manger.

— Ils étaient sous les ordres de votre serviteur, Romeu, poursuivit Raquel. Mais je ne saurais dire si c'est lui qui nous a enlevées. Nous dormions.

— Je n'ai vu que deux hommes, fit Tomas.

— Le troisième est resté là-bas. C'était son écurie.

— Je soupçonne Don Perico de Montbui d'avoir organisé tout cela, dit dame Isabel. Outre le commerce, il possède de nombreux vaisseaux, mais on dit qu'il convoite mes terres. Sa première épouse lui a apporté des champs et des prés proches des miens et, avant que la pauvre créature ne fût enterrée, il lorgnait déjà de mon côté.

— Peut-être, dame Isabel, mais pourquoi Romeu enlèverait-il une dame pour le compte de Montbui ? Il doit avoir ses propres sbires en qui il a confiance.

— Je ne sais pas, fit Isabel, le front plissé. Ils ont dit fort peu de choses quand ils se trouvaient avec nous.

— Depuis combien de temps Romeu travaillait-il pour vous ? demanda Raquel.

— Moins d'un an. Mon oncle me l'avait recommandé. Il disait que j'avais besoin de quelqu'un qui connût les dédales de la cour...

Il devint écarlate à l'aveu de son impréparation.

— J'étais un soldat, reconnut-il. Pas un courtisan.

— C'est très clair, dit doucement dame Isabel. Seul un soldat d'expérience aurait été assez brave pour attaquer trois hommes et les mettre en déroute. Nous vous devons beaucoup, Don Tomas, fit-elle en retombant sur ses coussins.

— Il nous faut demander à Don Tomas de partir pour Gérone, madame, lui rappela Raquel. L'après-midi avance.

— Quels messages puis-je porter pour vous à Gérone, madame ? Je ne dois pas m'attarder ici. Vos amis doivent être morts d'inquiétude.

— C'est vrai, reconnut Raquel. Mon pauvre papa... Il faut lui dire que nous sommes saines et sauves.

— Pas votre mère ? s'étonna dame Isabel.

— Ma mère a les jumeaux, la maison et les serviteurs qui lui occupent tout son temps. Papa n'a que moi. Il a besoin de mon secours dans pratiquement tout ce qu'il fait.

— Je vous prie de m'excuser de vous avoir retenu, Don Tomas, dit dame Isabel. J'avais oublié que nous

173

étions les seuls à savoir que nous allions bien. Si vous acceptiez de vous rendre chez mon oncle, l'évêque, et de lui répéter tout ce que nous vous avons raconté...

— Il informera mon père, dit Raquel.

— Et le mien aussi, sans aucun doute, ajouta Isabel avec une dureté de ton qui ne présageait rien de bon pour ses ravisseurs. Ainsi que le couvent, bien entendu.

Tomas prit congé et descendit l'escalier. Isabel soupira et regarda sa soignante d'un air coupable.

— Je suis désespérément lasse, Raquel. Pouvez-vous m'aider à regagner mon lit?

Raquel s'abstint de toute remarque.

CHAPITRE XI

Isaac traversa le pré en direction de la ville, s'aidant du pied et du bâton pour retrouver son chemin sur le sol inégal. Il rappelait à sa mémoire bien disciplinée chacune des paroles prononcées par le Glaive. Il éprouvait plus d'étonnement que de peur. Dans ce champ, par un après-midi aussi ensoleillé, la menace proférée à son égard lui apparaissait comme bien lointaine, irréelle, même si Isaac avait conscience que cet individu pouvait le supprimer sans sourciller. Non, ce n'était pas la crainte de la mort qui le troublait. Converser avec un dément — tout particulièrement avec un dément qui veut vous tuer — peut avoir quelque chose de perturbant, mais Isaac était habitué aux fantaisies des âmes dérangées. Peut-être était-ce le manque d'hostilité dans sa voix qui le troublait le plus. Tuer Isaac était une tâche désagréable mais nécessaire qu'il avait acceptée de remplir, comme lorsqu'on débarrasse un grenier des rats qui l'occupent. C'était extrêmement simple, songea-t-il avec un pauvre sourire. Aux yeux du Glaive, Isaac n'était pas humain.

Pourtant le Glaive ne passerait pas encore à l'acte. Il avait été très clair sur ce point. Il attendait quelque chose, une autre action à mener, avant d'avoir le loisir de s'occuper du médecin. Isaac avait le temps de se préparer. Mais qu'avait-il l'intention de faire ?

Un sentiment de profonde impuissance s'abattit sur lui, et il en tituba. Son bâton lui permit de se rattraper et il poursuivit son chemin. Il comprit soudainement que la conviction qui lui servait de soutien, de point d'appui, depuis cinq ans — à savoir que lui, Isaac, contrairement aux autres hommes, pouvait maîtriser sa propre destinée en dépit de la cécité et des ravages de la peste qui l'entouraient —, cette conviction n'était rien d'autre qu'un mirage. Que pouvait-il faire face au Glaive?

Il pouvait ignorer sa menace, prendre soin au cours des semaines à venir de ne pas parcourir seul les ruelles de la ville. Il pouvait aussi aller trouver l'évêque ou même le conseil municipal et déclencher une alarme générale. Ensemble, les officiers des autorités civiles et ecclésiastiques pourraient affronter un soldat devenu fou. Il leur dirait... Que leur dirait-il? Qu'un homme aux longues jambes, qui boitait légèrement et armé d'une épée, qu'un homme dont lui seul, Isaac, pouvait reconnaître la voix et l'odeur, que cet homme-là était un dangereux boucher? Bien sûr, il ne pourrait pas le décrire. Il n'avait aucune idée de ce à quoi il ressemblait.

— Isaac, dit-il à voix haute, ce qui fit lever la tête à une vache somnolente. Le grand maître avait raison. Trop penser nuit.

La vache cligna des yeux et se remit à paître.

— Je vais demander à Yusuf de surveiller étroitement le Glaive. Il pourra le décrire à ceux qui dépendent de leurs yeux. Ensuite j'irai trouver l'évêque.

Ayant pris cette décision, il repartit d'un pas plus rapide, le cœur plus léger.

Dès que Yusuf vit le médecin se mettre en mouvement, il sortit du buisson derrière lequel il s'était caché. Quand il fut assez loin pour que ses pas se mêlent au bruit de fond, il se mit à courir et couvrit en peu de temps la distance qui séparait le champ des bains maures. Il avait quelque chose à dire au gros Johan.

En quelques jours, Isaac avait oublié à quel point il était difficile de se déplacer seul dans les rues de la ville quand sa main ne reposait pas sur l'épaule du jeune Yusuf. Il trébucha sur un pavé. Une exclamation d'impatience lui monta aux lèvres, qu'il réprima avec difficulté. Subitement peu sûr de lui, il tendit la main pour vérifier qu'il avait bien tourné en direction du Call, le quartier juif, et une voix féminine suraiguë cria :

— Eh, regardez où vous allez ! Et enlevez vos pattes des femmes respectables !

Puis une autre voix retentit, plus rassurante :

— Maître Isaac ! Où est donc votre compagnon à l'esprit vif ?

— Ah, Votre Excellence, je l'ai envoyé en mission. Il a le pied léger, mais il ne peut malheureusement pas se trouver en deux endroits à la fois.

— J'arrive tout droit du couvent, lui dit Berenguer sur le ton de la confidence. L'abbesse a fait quelques découvertes intéressantes. Marchons un peu et je vous en parlerai.

— Des hommes déguisés en religieuses ? fit Isaac une fois au courant. Voilà qui est plutôt téméraire.

— Pas à l'heure des vêpres, où ils risquaient de rencontrer très peu de gens, expliqua Berenguer. Et cela suffit pour la seule personne qui les vit. Ce n'est que bien plus tard qu'elle se rendit compte que ces sœurs avaient un air étrange, mais elle a été incapable de les décrire, sinon dire qu'elles étaient très grandes.

— Oui, reconnut Isaac. Des robes peuvent altérer les facultés d'observation. On ne voit que des sœurs...

— C'est peut-être intéressant, dit Berenguer, mais cela ne nous aide pas beaucoup.

— Eh bien, moi, j'ai passé un après-midi « intéressant ». Dans le champ, en compagnie d'un dément qui se fait appeler le Glaive de l'archange.

— Johan ! Maître gardien ! Êtes-vous là ? appela Yusuf.

Hésitant, il se tenait sur les marches des bains maures et jetait un coup d'œil à l'intérieur. Sa voix résonnait curieusement entre l'eau et le carrelage.

— Où pourrait donc se trouver le gros Johan, mon garçon? dit l'homme en sortant de derrière un pilier. Qu'attends-tu de moi? Un autre bain?

Sur ce, il éclata d'un rire énorme et s'assit sur le banc, tout près de la porte.

— Pas aujourd'hui, merci, Johan, dit Yusuf avec un sourire nerveux.

— Tu vas bien, jeune maître? Tu m'as l'air mieux nourri, en tout cas, dit Johan. Pas si famélique que l'autre jour.

— Je suis aussi plus propre, répondit Yusuf, ce à quoi le gardien réagit par un autre éclat de rire. Johan, ajouta le garçon, est-ce que vous vous rappelez...

— Me rappeler quoi, mon gars? dit Johan, dont le visage et la voix paniqués avaient quelque chose de comique.

— Les haillons que vous m'avez pris. Mes vêtements? Mes vieux vêtements?

— Tu m'as demandé de les garder, Dieu seul sait pourquoi, ce que j'ai effectivement fait.

— Pourrais-je les endosser et vous confier mes habits neufs? Jusqu'au coucher du soleil, avant, même?

— Et que feras-tu avec?

— Je veux seulement traîner au marché et dans les tavernes sans me faire remarquer, comme auparavant, quoi. Je ne peux pas le tenter trop bien vêtu.

— Pour voler? dit promptement Johan. Si c'est le cas, je ne t'aiderai pas. Maître Isaac est un brave homme, c'est aussi un bon ami. Quand je me suis senti si mal en hiver, il m'a donné des potions et des emplâtres pour la gorge et la poitrine, et il ne m'a jamais demandé le moindre sou. Il m'a dit que j'étais trop peu payé pour le dur labeur que je fournissais. Je ne te laisserai pas faire des ennuis à maître Isaac.

— Johan, dit Yusuf d'un air désespéré, je recherche le Glaive. Il en veut à la vie de mon maître. Et comment puis-je vivre si mon maître meurt ? En haillons, je pourrai le trouver. Je peux me glisser partout et nul ne me verra.

— Tu te trompes, mon garçon, dit Johan en secouant la tête. Le Glaive n'existe pas. Ce ne sont que propos de bonnes femmes.

— Si, il existe, je le sais. C'est un groupe et ils...

— Je sais que c'est un groupe, dit Johan. J'y étais. Mais je sais aussi que le Glaive n'existe pas, insista-t-il. Un jour, peut-être, y aura-t-il un Glaive, mais pas aujourd'hui. Il vaut mieux que tu gardes ça pour toi. C'est un secret.

— Dans ce cas, qui sont les autres membres, Johan ? Où peut-on les trouver ?

— Ne répète à personne ce que je t'ai dit.

Il regarda autour de lui et sa voix ne fut plus qu'un chuchotement.

— Le Conseil se réunit en ce moment même à la taverne de Rodrigue. Ils m'ont demandé de me joindre à eux, mais je ne peux pas quitter les bains, tu comprends ?

Quelques minutes plus tard, Yusuf s'en allait, pieds nus et en haillons, laissant derrière lui un gardien des bains totalement désemparé.

Au cours des sept mois qui avaient précédé sa rencontre avec Isaac, Yusuf avait appris à connaître la ville dans le moindre détail, tout spécialement les ruelles escarpées qui menaient à la rivière Onyar. Il savait quels murs il pouvait escalader sans se faire voir, quels toits menaient à des cours intéressantes et quelles petites impasses y conduisaient. Il partageait avec les chats de Gérone une carte de la ville entièrement différente de celle qu'un honnête citadin pouvait avoir dans sa tête. Et pour la même raison. Sa carte le menait en des endroits où il pouvait dénicher des bribes de nourriture, s'abriter de la neige et de la pluie ou encore trouver la chaleur par une nuit fraîche. L'un de ces endroits était la cour peu ragoûtante située derrière la taverne de Rodrigue. Elle était jonchée de futailles brisées dans lesquelles un enfant pouvait se dissimuler, mais elle puait aussi la nourriture avariée, le chat, l'urine et les excréments humains. Un escalier rudimentaire s'accrochait au mur de la bâtisse pour rejoindre les chambres installées au-dessus de la taverne; sous l'escalier, une porte basse donnait accès à la cuisine.

Yusuf glissa en silence sur les tuiles d'un toit voisin. Il sauta dans la cour, atterrit rudement, reprit son souffle et se tapit derrière un tonneau. La femme de Rodrigue, carrée, solide et aussi forte que son mari, se trouvait dans l'arrière-cuisine où elle préparait de la soupe et, nul doute là-dessus, coupait d'eau la piquette destinée aux consommateurs.

Il attendit. La femme était maligne et avait l'œil à tout; contrairement à son mari, elle ne se laissait pas distraire par les plats qu'elle préparait. Une souris ou une mouche aurait déjà eu du mal à passer discrètement à côté d'elle; que dire d'un enfant? Mais Yusuf avait appris la patience sur la route, et il attendit. Le marmiton entrait pour ressortir chargé de plats. À un moment, il sortit dans la cour et Yusuf se blottit derrière son frêle abri. La femme de Rodrigue brailla depuis la porte et le marmiton rentra. Malgré tout Yusuf ne bougea pas. Ses jambes s'engourdissaient, mais il ne changea pas de position. Son nez le démangeait, mais il ne se gratta pas. Un chat curieux s'approcha de lui, mais le garçon ne manifesta aucun signe de vie et le chat repartit. Enfin Rodrigue hurla depuis la salle : « Femme ! Un pichet de plus pour nos amis ! »

Elle jeta son couteau, pesta contre Rodrigue, le marmiton et les clients, versa dans un grand pichet le vin d'un tonneau et disparut.

Yusuf fonça dans la cuisine, traversa le sol de terre battue, se faufila sous l'abattant qui séparait les deux pièces et se dissimula sous le banc qui courait le long du mur du fond avant même que le pichet ne fût posé devant Rodrigue. Il se retrouva à quelques centimètres d'une paire de bottes sales portées au-dessus de jambières encore plus sales et fermées par des courroies de cuir. Un fermier, à en juger d'après l'odeur. Il parcourut la pièce du regard. Une bonne douzaine d'hommes étaient regroupés autour des deux tables à tréteaux disposées entre la cuisine et les escaliers menant à la rue. Il ne pouvait voir aucun pied sous la troisième table, placée dans le coin le plus sombre de la salle. Il conclut qu'il ne verrait pas grand-chose là où il se trouvait et se tortilla sous le banc, loin des bottes sales, avant de plonger sous la table. Il se fraya un chemin entre les pieds, contourna un tréteau et s'installa dans un espace relativement vide entre les deux rangées de buveurs. Progresser en un tel lieu n'avait rien de facile. Sous ses mains et ses genoux, ce n'était que planches de bois sales, mal dégrossies et inégales. Chacun de ses mouvements s'accompagnait d'égratignures, mais il risquait de se faire surprendre s'il s'arrêtait. Il arriva à sa première destination les genoux endoloris, haletant de terreur.

Juste au-dessus de lui quelqu'un se mit à chanter. Ce bruit soudain le fit sursauter. D'autres se joignirent au chanteur, marquant le rythme de leurs poings au-dessus de sa tête. Tremblant, incapable de contrôler sa respiration ou les battements de son cœur, il resta tapi jusqu'au moment où il se rendit compte que le vacarme était tel qu'il aurait pu chanter à son tour sans que l'on n'y prît garde.

Cette position avantageuse lui permettait d'observer toute la partie basse de la salle. Cela ne ressemblait vraiment pas à une confrérie d'assassins. La conversation tournait autour des vaches, des bœufs et des ânes, du prix du grain scandaleusement bas — ou élevé, selon celui qui parlait. Les chansons dégénéraient quant à la moralité ou au style. Puis un homme de grande taille, l'air sérieux et vêtu d'une soutane noire, apparut dans l'escalier et regarda autour de lui. Un homme d'Église, en conclut Yusuf pour qui les différentes conditions et dignités du clergé catholique ne faisaient aucune différence. L'homme d'Église pénétra lentement dans le champ de vision de Yusuf, révélant bientôt des bottes, noires et propres, qui se dirigèrent vers le coin le plus éloigné de la salle. Il disparut alors aux yeux de Yusuf. Un peu plus tard, un deuxième homme fit de même. Puis un troisième, et Yusuf décida de les suivre.

Il lui fallait se trouver loin de la femme de Rodrigue, à qui rien n'échappait, et plus près des nouveaux arrivants. Il devait pour cela quitter la table et repasser sous le banc avant de s'avancer jusqu'à hauteur du tréteau central. Il n'avait qu'une chose à faire, attendre que les buveurs soient trop distraits pour lui prêter attention.

Quelqu'un entama une nouvelle chanson et il se faufila, aussi vif qu'un serpent qui fuit dans l'herbe. Mais sa progression fut brutalement arrêtée ; coincé entre deux paires de bottes, il se retrouva nez à nez avec un chien aux longs poils bruns. Le chien grogna et Yusuf recula. Une botte le frappa dans les côtes.

— Excuse-moi, mon vieux, dit une voix au-dessus de lui.

— T'excuser de quoi ?

— De t'avoir donné un coup de pied. Tu es stupide ou quoi ? Tu ne sens même pas quand on te donne un coup de pied ?

— Je n'ai rien senti.

Une troisième voix intervint :

— Si c'est mon chien que tu as frappé, tu as intérêt à prendre garde. Il n'aime pas ça, et moi non plus.

La voix en question était truculente, un peu pâteuse, et semblait appartenir à un individu aux grosses jambes et aux grands pieds. « Ici, César », dit la nouvelle voix, et très lentement, avec d'infinies précautions — car l'homme avait bu plus que de raison ce soir-là —, le propriétaire des grosses jambes entreprit de caresser son chien.

Yusuf vit le torse de l'homme se pencher. Pris de panique, il passa par-dessus César, qui gronda à nouveau et chercha à le mordre. Yusuf se cogna la tête sous la table, trouva un espace entre les buveurs, s'y engagea et arriva sous la table vide, dans le coin le plus sombre de la salle. Haletant, libre et triomphant.

Enivré par sa victoire, il rampa à toute allure sur le sol jusqu'à l'extrémité de la table, repassa sous le banc et se dirigea vers la porte ouvrant sur la seconde salle de la taverne. Ce fut plus facile qu'il ne l'aurait imaginé. Le temps qu'un fermier un peu obèse entonne une chanson paillarde, Yusuf se retrouva à l'entrée de l'autre salle, la tête un peu trop près de l'abattant de cuir qui servait de portière, tout occupé qu'il était à écouter ce qui se passait.

L'issue fut soudaine. Une main forte et charnue le saisit par la peau du cou et le sortit de dessous son banc.

— Rodrigue! cria la femme de l'aubergiste. J'ai attrapé un voleur!

Elle s'empara du bras de Yusuf sans pour autant lui lâcher le cou.

— Va chercher les officiers!

Ce fut un déchaînement général.

Une voix rigolarde brailla :

— Laisse-le partir, la mère, et va nous chercher un pichet!

— Qui est-ce? demanda l'un des plus curieux.

— Quelqu'un a une corde? fit un autre en riant, et toute sa tablée éclata de rire.

Rodrigue sortit de la cuisine pour voir ce qui se passait. Il chercha à s'approcher, empêtré par des consommateurs quelque peu éméchés. Le gros fermier aux chansons grivoises se leva et renversa son banc, précipitant dans sa chute deux hommes de plus petite taille. Quand il se retourna pour constater les dégâts, il heurta violemment le plateau de la table, qui bascula avec tout ce qu'il soutenait sur les buveurs installés de l'autre côté.

Yusuf se débattit et fit des bonds de côté avec toute l'agilité dont il était capable. Cela ne servit à rien. Il s'était bel et bien fait prendre. Il eut vaguement conscience que la portière à sa droite s'entrouvrait. Une voix posée parla à l'oreille de la femme de Rodrigue :

— Qu'as-tu donc ici, maîtresse ?

— Un voleur, fit la femme. J'ai envoyé le marmiton trouver les officiers.

— Allons, maîtresse, qu'est-ce que cela te rapportera de le livrer aux officiers ? s'empressa de répliquer la voix posée. Je te donnerai une belle pièce d'argent en échange — sans que tu poses de questions.

— Une pièce contre lui ?

— Il a l'air d'un bon garçon, assez joli malgré sa crasse. Je crois le connaître. Il n'y aura aucun problème, ne te fais donc pas de souci.

Il tendit la main. Malgré la pénombre, une pièce d'argent brillait dans sa paume. La femme de Rodrigue lâcha le bras de Yusuf pour s'emparer de la pièce.

Rodrigue traversa la pièce avec une allure de taureau. Il abattit sa main sur la tête du garçon avec une telle force que ses oreilles tintèrent et qu'il en vit des étoiles. Le coup le précipita contre un banc, le dégageant par là même de l'emprise de la femme. Yusuf roula sur lui-même, rebondit sur ses pieds et s'enfuit. Il sauta par-dessus le banc et la table renversés et s'élança dans les escaliers.

Comme il dévalait quatre à quatre les marches conduisant à la porte de l'auberge, la voix furibonde de la femme de Rodrigue résonna :

— Qui m'a flanqué un balourd pareil ? Tu sais combien tu viens de nous faire perdre ?

Yusuf se glissa entre deux clients et disparut dans le crépuscule. Il courut dans la rue, emprunta une ruelle puis une autre, plaqué aux murs sombres, loin du regard curieux des passants. Enfin, une fois passé la porte nord de la ville, il s'arrêta. La tête lui tournait toujours et son nez lui faisait mal. De grosses gouttes de sang s'écrasèrent à ses pieds et des larmes lui montèrent aux yeux malgré tous les efforts déployés pour les retenir. Il tituba, tomba, se releva et se dirigea résolument vers l'établissement de bains. Il ouvrit la porte, trébucha sur les marches et se jeta dans les bras du gros Johan.

Tomas revenait du palais épiscopal. Il s'arrêta pour contempler la place. On lui avait offert toutes sortes de choses quand il s'était présenté : un lieu d'attente confortable, un rafraîchissement et le moyen de se débarrasser de la poussière du voyage. Tout ce qu'il désirait, en un mot, hormis l'évêque. Celui-ci revenait du couvent et il pouvait bien être en train de faire un tour de ville avant vêpres. « On ne sait jamais avec monseigneur, lui avait dit le vicaire appelé à la hâte. Il peut se trouver n'importe où. »

— Le voilà, murmura une voix à son oreille.

C'était à nouveau le vicaire, qui lui indiquait la cathédrale. Deux hommes, l'un barbu, grand et large d'épaules, l'autre glabre, plus petit mais puissamment bâti, marchaient côte à côte, en grande conversation. À en juger d'après leurs tuniques, l'évêque était certainement celui qui avait l'air d'un lutteur.

— Avec qui parle-t-il ? demanda Tomas.

— Je crois que c'est le médecin de Son Excellence, dit Francesc Monterranes. Un certain Isaac. Un praticien des plus doués.

— Ce sont les deux hommes que je souhaite rencontrer. Merci, messire, de votre courtoisie.

— Vous pourriez glisser à Son Excellence que sa présence au palais serait très appréciée.

— Je m'y efforcerai, dit Tomas avant de s'éloigner à grands pas.

En l'espace d'une semaine, Tomas de Bellmunt était passé d'une croyance en l'honnêteté de tous les hommes — hormis les ennemis ouvertement déclarés de Sa Majesté, bien entendu — à une sorte de demi-conviction que l'on ne pouvait faire confiance à qui que ce soit, pas même à sa propre mère. C'est pourquoi il refusa de révéler le but de sa visite jusqu'à ce qu'ils fussent assis dans le cabinet privé de Berenguer et que la porte en fût fermée à clef.

Isaac et Berenguer attendirent, quelque peu déroutés, que le jeune homme prenne la parole.

— En premier lieu, Votre Excellence, maître Isaac, je vous apporte les compliments de votre nièce et de votre fille. Elles sont saines et sauves et se reposent dans une auberge, à une heure de galop d'ici : j'ai promis de les escorter en ville dès demain matin si cela vous sied.

Toute couleur disparut du visage d'Isaac, qui devint pareil à de la cendre, et les deux autres personnages se levèrent.

— Mon Dieu, allez chercher une coupe de vin, dit Berenguer à Tomas. Par ici. Et le pichet d'eau.

— Ne vous inquiétez pas, mon ami, dit Isaac, le souffle court. Le temps de me reprendre et tout ira bien.

Il accepta le vin, y goûta et s'efforça de sourire.

— Un vin supérieur, Votre Excellence. Pardonnez-moi ma faiblesse. Je n'ai pas pris la peine de manger aujourd'hui, ce qui est ridicule de ma part. Merci, Don Tomas. De tout mon cœur je vous remercie. Vous nous apportez les nouvelles les plus douces. Je vous en prie, dites-nous ce que vous savez et comment cela s'est passé.

Tomas relata l'histoire ainsi qu'il la comprenait, évoquant son rôle dans le sauvetage des deux jeunes femmes et passant totalement sous silence la mort de Doña Sanxia.

— Ainsi, dit Berenguer, le mystérieux Romeu vous appartenait. Que diable faisait-il à Gérone depuis une semaine, suscitant le trouble et se faisant passer pour un gentilhomme ? Et pourquoi enlever du couvent ma nièce et la bonne Raquel ? C'est un geste vraiment infamant.

— Pour ce qui est de la première question, dit Tomas, malheureux, je ne puis vous fournir de réponse. Tout ce que je sais est que l'épouse d'une relation à la cour m'a prié de lui prêter Romeu pour mener à bien une délicate mission à Gérone. Cela m'a paru une demande raisonnable — c'était un homme intelligent, un véritable...

— Coquin, l'interrompit l'évêque.

— Votre Excellence, murmura Don Tomas, vous avez parfaitement raison. J'ai été le roi des sots de ne pas m'en rendre compte. Je jure que j'ignorais totalement que cette mission impliquait l'enlèvement de la nièce de Votre Excellence. Si j'avais...

— Vous savez qui elle est ?

— Oui, Votre Excellence, fit-il misérablement. Et je crois pouvoir vous dire pourquoi elles ont été enlevées. Votre douce fille, maître Isaac, a été emmenée parce que dame Isabel était malade, qu'elle avait besoin de soins et qu'il n'y avait aucune femme dans le groupe qui pût veiller sur elle et protéger son honneur.

— La femme qui devait remplir cette fonction est morte, n'est-ce pas ? demanda Isaac. La gorge tranchée, avant d'être jetée dans les bains. Savez-vous pourquoi elle a été tuée ?

— Non, dit Tomas en le regardant d'un air surpris. Je sais seulement que ce n'est pas Romeu. C'est du moins ce qu'il a déclaré en mourant. Il a également dit que je me mêlais d'affaires auxquelles je ne comprenais rien, et c'est certainement vrai.

— Oui, mais pourquoi avoir ravi ma nièce ? dit Berenguer avec impatience.

187

— Elle croit que c'est un complot fomenté par un riche qui en veut à ses terres. Quelqu'un qui a d'importants intérêts mercantiles et qui souhaite accoler au sien son nom et sa fortune. Et puisque Sa Maj... puisque son père ne veut consentir à une telle union, il a choisi cette méthode pour régler le problème.

— Qui oserait faire cela et espérer encore le pardon ?

— Dame Isabel pense qu'il peut s'agir de Montbui.

— Perico de Montbui ? fit Berenguer, l'air incrédule.

— Elle dit que c'est un ami de son oncle, Don Fernando.

— Cela amuserait Don Fernando, dit l'évêque. Même si Montbui périssait pour l'occasion. Je ne doute pas qu'il l'ait encouragé. Si c'est exact, bien entendu.

— S'il avait l'intention de nous éclairer, déclara Berenguer, il a échoué. Je suis encore plus perdu qu'avant de l'entendre.

Bellmunt avait été envoyé souper, laissant les deux hommes tirer la conclusion de son récit.

— Il est possible que l'aventure de l'infant n'ait rien à voir avec l'enlèvement de votre nièce, remarqua Isaac. Ce n'est pas parce qu'il arrive quelque chose à deux de mes patients la même nuit qu'il faut y voir un rapport quelconque.

— Romeu ne semblait désirer que ramener une fiancée à Montbui — très rapidement, dit Berenguer. Tout le reste découle de cela.

— Mais pourquoi errer en ville et susciter une émeute ? demanda Isaac.

— Pour faire une diversion permettant de mener à bien l'enlèvement, expliqua Berenguer. C'était une idée brillante, qui aurait pu aboutir.

— Sauf que dame Isabel était à l'article de la mort et entourée toute la nuit par un nombre considérable de témoins.

— Certes. Son cadavre aurait fait une piètre récompense pour un amant empressé, dit sèchement Berenguer. Mais nous ignorons toujours ce que nous désirons le plus savoir. Qui a assassiné Doña Sanxia de Baltier ? Pourquoi a-t-elle été tuée ? Cela n'a aucun sens pour moi.

— C'est vrai, admit Isaac. Mais je ne puis m'attarder ici. Je dois m'en retourner chez moi porter à ma femme les joyeuses nouvelles. Cela l'a beaucoup perturbée.

— Je vais demander à un officier de vous accompagner jusqu'à la porte du Call, proposa Berenguer.

— Cette fois-ci, Votre Excellence, je ne refuserai pas.

Quand Isaac arriva à la porte de sa demeure, les effets de cette journéc et demie se firent ressentir. Pendant tout ce temps, il n'avait dormi que quelques heures et absolument rien mangé. Il avait étanché sa soif avec un peu d'eau et une demi-coupe de vin au palais épiscopal. D'épuisement, la tête lui tournait. Il frappa, guettant les pas d'Ibrahim.

— Maître ! s'exclama Ibrahim, comme si le retour d'Isaac était la chose à laquelle il s'attendait le moins.

— Oui. Va chercher ta maîtresse.

Il se dirigea vers le banc, sous l'arbre, et s'assit, incapable de faire un pas de plus.

— Vous êtes revenu, dit Judith d'une voix qui semblait jaillir de nulle part et le tira de sa torpeur momentanée.

— Oui, avec les meilleures nouvelles qui soient. Raquel et dame Isabel ont été retrouvées. Elles sont saines et sauves et seront demain à Gérone.

— Le Seigneur soit loué ! s'écria Judith en s'asseyant. Je la croyais morte.

Elle éclata en sanglots.

— Je pensais que vous ne vouliez pas me parler parce que vous saviez qu'elle était morte, dit-elle enfin, le souffle court.

— Comment aurais-je pu savoir cela sans vous l'apprendre, mon amour ? dit doucement Isaac. Si j'avais eu d'aussi horribles nouvelles, je ne vous aurais point laissée ici, suspendue entre terreur et espérance.

— Vous avez de ces manières d'apprendre les choses, que vous le vouliez ou non.

— Non, Judith, j'ai du bon sens et de la logique. Le Seigneur octroie cela à chacun de nous. Je vous ai dit que les conspirateurs ne leur feraient pas de mal. Ce n'était pas leur intérêt. La famille de dame Isabel est trop riche et trop influente, et aussi longtemps que Raquel est avec elle, nul ne songera à la toucher.

— Oh, Isaac, dit sa femme avec amertume, les hommes vous disent sage, mais il y a bien des choses que vous ne comprenez pas. Vous pensez que tous les hommes sont comme vous et réfléchissent longuement avant d'agir. La plupart des hommes font ce que bon leur chante et ne réfléchissent qu'après.

— Peut-être avez-vous raison, mon amour, dit Isaac. Mais dans le cas présent, elles ne semblent pas avoir été maltraitées.

— Où sont-elles allées ? Qui les a emmenées ?

Sa voix durcit et se chargea de soupçon.

— Elles sont parties une nuit et un jour. Avec qui étaient-elles ?

Isaac soupira de lassitude. Maintenant que la crise était passée, Judith cherchait à imputer la faute à quelqu'un. Une crapule ou un truand anonyme n'aurait pas fait l'affaire : il lui fallait quelqu'un sur qui elle pût mettre un visage. Il pesa longuement ses paroles : un propos mal énoncé, et c'en était fini de Raquel. Elle passerait le restant de sa vie à l'ombre du mépris de sa mère. Car, aux yeux de Judith, le fait que Raquel ait pu se trouver seule et sans protection pendant toute une nuit était lourd de conséquence.

— Dame Isabel a été enlevée, semble-t-il, par un riche marchand qui désire l'épouser. Raquel a été

190

emmenée en même temps pour protéger la santé et l'honneur de la demoiselle. Elles n'ont pas été séparées un seul instant depuis leur départ du couvent. Elles n'ont pas vu le gentilhomme en question. L'affaire reposait sur deux ou trois de ses fidèles serviteurs.

— Où sont-elles à présent?

— Dans une auberge, sur la route de Barcelone.

— Une auberge, dites-vous? Entourées de voyageurs, de vagabonds et de soldats?

— Elles ont deux chambres, une bonne serrure et une servante qui ne se consacre qu'à elles. Don Tomas me l'a assuré et...

— Don Tomas? Qui est ce Don Tomas?

— C'est le secrétaire de la reine, ma chère. Il se rendait à Gérone en mission royale quand il a rencontré le petit groupe qui venait dans l'autre sens. Il dit que Raquel a attiré son attention en lui faisant comprendre très intelligemment qu'elles n'étaient pas là de leur plein gré. Il les a sauvées de leurs ravisseurs, en a tué un et a chassé les autres. Puis il les a escortées jusqu'à cette auberge où il les a confortablement installées.

Il se garda avec soin d'évoquer l'âge du jeune homme et sa belle allure.

— N'êtes-vous pas heureuse de voir que votre fille vous est rendue?

— Si vous êtes sûr qu'il ne lui est rien arrivé...

— J'en suis certain, mon amour.

Judith leva les yeux et remarqua pour la première fois le visage de son mari depuis qu'il était arrivé.

— Vous êtes malade! s'écria-t-elle. Isaac! Qu'est-ce qui ne va pas?

— Rien, mon amour. Si je suis pâle, c'est parce que je n'ai pas beaucoup dormi ni mangé, et...

— Que vous ayez dormi ou pas, je ne puis le dire, fit Judith, pleine de ressentiment, depuis que vous m'avez chassée de votre chambre, mais je sais que vous n'avez rien mangé. Rien depuis hier matin. Naomi! appela-t-elle.

Avec l'efficacité et l'organisation qui la caractérisaient, Judith mobilisa toutes les ressources de la maisonnée pour fêter le retour du maître.

Berenguer dépêcha un messager à l'abbesse Elicsenda, puis il entreprit, péniblement et très soigneusement, d'écrire une autre lettre à Sa Majesté. C'est avec un certain soulagement qu'il entendit frapper à la porte.

— Un messager est arrivé, Votre Excellence, dit le serviteur. Il vous a apporté ceci. Il a précisé qu'il n'attendait pas de réponse.

Berenguer prit la lettre, examina le sceau et soupira.

— Attends ici, fit-il. Non... dis-leur de retenir le messager et de lui offrir un rafraîchissement tant que je lis ceci. Ensuite, reviens auprès de moi.

C'était une lettre de Sa Majesté en personne. Elle était brève et concise, comme toutes les communications que lui adressait Don Pedro. Le roi allait arriver le lendemain avec ses hommes. Le roi et ses officiers s'installeraient au palais.

— Trouve-moi le vicaire, veux-tu ? dit-il au serviteur qui revenait en haletant. Informe-le que des visiteurs sont attendus, puis demande-lui de venir me voir. Préviens aussi les cuisiniers de faire chauffer leurs fourneaux et de cuire du pain.

Une visite royale était toujours une malédiction. Une visite royale imprévue pouvait tourner au désastre.

Quand Isaac eut mangé et que Judith fut partie organiser les tâches vespérales dans la maison, Yusuf gratta à la porte.

— Maître ? appela-t-il doucement, car il espérait éviter sa maîtresse ou Ibrahim.

— Yusuf ? fit Isaac en allant ouvrir la porte. Tu rentres bien tard. As-tu mangé ?

— Non, seigneur.

— Prends ce qui reste sur la table. S'il reste quelque chose.

— Il reste beaucoup, dit Yusuf en examinant les reliefs du repas d'Isaac.

Il plaça un morceau de poisson sur du pain et l'engloutit comme s'il mourait de faim.

— Je viens de la taverne de Rodrigue, expliqua-t-il dès qu'il eut avalé. Ils tenaient une réunion du conseil de la Confrérie du Glaive.

— C'est un peu insensé, mon garçon. Est-ce que l'on t'a vu? Quelqu'un t'a-t-il reconnu?

— Personne, seigneur, dit-il en reprenant du poisson. J'avais mis mes vieux habits, ceux que Johan m'avait gardés, et je me suis sali avant de me cacher sous les tables. Je n'ai pu entendre ce qu'ils disaient parce qu'il m'a fallu longtemps pour atteindre la salle de réunion sans me faire voir. C'est alors que la femme de Rodrigue m'a attrapé.

Il fourra du riz et des légumes dans un morceau de pain, y ajouta une tranche d'agneau et prit le temps de manger.

— Que s'est-il passé?

— Rien. Elle voulait me livrer aux officiers pour vol, bien que je n'aie rien touché, mais j'ai réussi à m'enfuir. J'ai couru jusqu'aux bains où Johan m'a nettoyé et m'a rendu mes vêtements. Ensuite, je suis venu jusqu'ici.

— Je vois. Et qu'as-tu découvert?

— Eh bien, seigneur, en premier lieu, le gros Johan m'a appris que le Glaive n'existait pas.

— Qu'as-tu donc dit au gardien pour qu'il te réponde cela?

— Je lui ai demandé s'il savait quelque chose à propos de la Confrérie — il entend tout, mais ne comprend pas toujours. Personne ne tient sa langue devant le gros Johan.

— Et alors?

— Je pense qu'il a essayé de me dire qu'ils voulaient faire de lui un nouveau membre. Il m'a appris qu'il y avait une réunion chez Rodrigue — c'est comme ça que je l'ai su — et que sa présence était souhaitée. Mais il ne pouvait laisser les bains.

— Voilà qui est intéressant, mon garçon. Et il prétend qu'il n'y a pas de Glaive.

— Oui, répondit Yusuf en fourrant un gâteau au miel dans sa bouche. Il y en aura un un jour, mais le temps n'est pas venu.

— Qu'entendait-il par là ?

— Lui-même l'ignorait. Et puis, chez Rodrigue, ils disaient qu'ils étaient pratiquement prêts et qu'il faudrait discuter de cela lors de la réunion de samedi soir. Avec le groupe au grand complet. On leur a demandé si tous savaient ce qu'ils étaient censés dire et faire. Ils allaient répondre quand je me suis fait prendre.

— Où la réunion doit-elle se tenir ?

— Quelqu'un a parlé des bains. Un autre a demandé si Johan était d'accord, et le premier a répondu que cela importait peu — il s'occuperait de Johan s'il faisait le difficile.

— Peux-tu me dire qui se trouvait là ?

— Ils étaient cinq. En écoutant, j'ai entendu trois noms — Raimunt, Sanch et Martin. Martin le relieur, ajouta Yusuf en frissonnant. Je l'ai vu. J'ai également vu un homme d'Église, grand et mince, l'air très sérieux.

— C'est Raimunt. C'est un clerc, dit Isaac. L'autre doit être Sanch, le valet d'écurie. Nicholau a cité son nom.

— Je sais qu'il y en avait deux autres, mais leurs noms n'ont pas été mentionnés.

Il allait prendre un autre gâteau au miel quand un cri aigu venu du premier étage l'en empêcha.

— Où étais-tu ?

La voix de Judith retentissait comme la cloche de l'alarme.

— Garçon indigne ! Ton devoir est de rester auprès de ton maître, et tu l'as laissé errer seul ! Il n'a bu ni mangé de toute la journée. Et toi, tu ne rentres que pour te remplir le ventre !

Isaac l'entendit descendre vivement l'escalier.

— Seigneur ! Mais que t'est-il arrivé ? Tu t'es battu ? Quelqu'un t'a attaqué ?

— Qu'y a-t-il ? demanda Isaac.

— Il a un œil gonflé, une coupure au front et une égratignure sur la joue.

— C'est qu'il a fait la guerre, mon amour, sur mon ordre. Je suis désolé, mon garçon, j'ignorais que tu étais blessé.

— Johan m'a soigné, seigneur. Il a mis sur mes blessures un baume que vous lui avez paraît-il donné. Est-ce vrai ?

— Un baume ?

Il réfléchit un instant.

— Oui, c'était pour la teigne, je m'en souviens à présent, mais cela ne peut pas te faire de mal.

Il tendit la main et palpa délicatement le visage de Yusuf.

— J'ai de meilleurs remèdes. Et pendant que tu te battais, on m'a apporté de bonnes nouvelles. Raquel et dame Isabel ont été retrouvées. Elles sont saines et sauves et nous seront rendues demain matin.

— Dans ce cas, tout est bien, seigneur. Vous n'avez plus à vous inquiéter.

CHAPITRE XII

Tomas de Bellmunt arriva à l'auberge à l'aube, à l'heure où s'en allaient les premiers clients.

— Aubergiste, cria-t-il avec impatience, je suis venu chercher les dames! Sont-elles prêtes?

— Prêtes?

Il rit et secoua un petit tas de pièces.

— Merci, messire, murmura-t-il avant de se consacrer à nouveau à Bellmunt. Elles sont parties il y a quelque temps déjà. Hier soir, avant le coucher du soleil.

Tomas sentit le sang quitter son visage.

— Que veux-tu dire par là?

— Ce que je veux dire, messire, c'est que le père de la dame est venu la chercher.

— Son *père*? répéta Tomas, qui essayait d'imaginer Pedro, roi d'Aragon et comte de Barcelone, dans toute sa majesté, dans cette auberge, en train de négocier avec l'homme qui se tenait à présent devant lui. Tu es certain?

— Le gentilhomme a dit qu'il était son père. En tout cas, il avait l'âge de l'être.

— À quoi ressemblait-il?

— Ce n'était pas une beauté, fit l'aubergiste en riant. Plutôt petit. Bien nourri, la peau grêlée. Des cheveux bruns, enfin ce qu'il en restait.

— Ah oui, dit Tomas.

— Vous le reconnaîtriez facilement. Il était plutôt satisfait de la retrouver. Il a payé la note et un peu plus. Elle et la dame qui l'accompagnait n'étaient pas trop heureuses de partir avec lui, si cela peut vous rassurer. Votre jolie maîtresse m'a demandé de vous dire qu'elle avait raison à son propos. Elle a ajouté que vous comprendriez.

— Merci, aubergiste. Je vais prendre un peu de viande froide et de pain avant de repartir. Ont-ils dit où ils se rendaient ? demanda Tomas en faisant tinter des pièces dans le creux de sa main.

— Pas un mot là-dessus, messire, mais à mon avis, ce n'était pas très loin. Le soleil allait se coucher quand ils sont repartis et ils voulaient atteindre leur destination avant la nuit noire.

Les pièces tintèrent à nouveau.

— Quelqu'un a remarqué deux chevaux gris tirant une litière sur la route de Valtierra.

Les pièces changèrent de main.

— Ils ont emmené les chevaux ?

— Ils ont dit que c'étaient les leurs, messire. Je n'avais aucune raison de ne pas les croire.

— Même la jument ?

— Même la jument.

— Pauvre Blaveta. J'espère quand même la revoir...

— Moi aussi, messire, dit l'aubergiste. Je vous apporte du pain et de la viande.

La route de Valtierra menait aussi à la *finca* de Doña Sanxia. C'était là, sans le moindre doute possible, que les jeunes femmes avaient été conduites. Il n'était pas difficile d'imaginer ce qui s'était passé, même sans les précieux commentaires de dame Isabel. La description de son « père » suffisait. Les complices de Romeu l'avaient suivi jusqu'à l'auberge, puis ils étaient allés rendre des comptes à Montbui. Il était accouru, avait soudoyé l'aubergiste et avait emmené les jeunes femmes.

Le cheval de Tomas était encore frais, la distance n'était pas trop grande et le soleil se levait tout juste. Il pouvait arriver à la *finca* à temps pour les sauver.

Il prit le pain et la viande que lui apporta l'aubergiste, le paya et sortit précipitamment de la cour. Il mangea une bouchée en guise de déjeuner, garda le reste, enfourcha Castanya et se dirigea vers la *finca* à bride abattue.

— Il désire m'épouser le plus tôt possible, avait dit à voix basse Isabel.

Deux hommes les avaient conduites dans une grande chambre, à l'étage supérieur de la *finca* de Doña Sanxia, et les y avaient enfermées. La gouvernante était revenue avec de la nourriture, de l'eau et du vin. Elle avait aussi désigné un coffre empli de vêtements. C'était ce coffre qui avait déclenché la remarque de dame Isabel.

Depuis l'instant où Montbui et ses deux acolytes avaient fait irruption dans l'auberge, dame Isabel n'avait pas prononcé une seule parole et elle avait refusé toute assistance hormis celle de Raquel. Elle avait fait des efforts surhumains pour monter et descendre de la litière, puis avait pénétré dans la demeure en boitant de manière pathétique. Elle s'affaissait comme un lys flétri. Raquel la soutenait avec héroïsme. Haletante, la main sur le cœur, Isabel avait lentement monté les marches de l'escalier. Une fois dans la chambre, elle s'était effondrée dans un grand fauteuil, la tête rejetée en arrière, apparemment trop épuisée pour faire le moindre mouvement.

— Il a dit cela ? lui demanda Raquel sur le même ton.

— Quand aurait-il pu le faire ? Je vous ai gardée auprès de moi depuis notre arrivée à l'auberge.

— C'est vrai.

Isabel fronça les sourcils et se mordilla le côté du doigt.

— Il ne peut rien faire avant le matin. Nous sommes en sécurité jusque-là.

— Vous en êtes certaine ?

— Aucun prêtre ne peut nous marier à cette heure. Il est bien trop tard. Non, ils arriveront à l'aube et essaieront de me conduire devant un prêtre. Oh, Raquel, qu'allons-nous faire ? Est-ce qu'il est possible de sortir d'ici ?

Raquel s'approcha de la fenêtre, ouvrit les volets et contempla la nuit.

— Non. Même si c'était le cas, vous êtes bien trop malade pour descendre par la fenêtre. Et la porte est verrouillée.

— En êtes-vous sûre ? A-t-elle pris la clef ?

— Oui, dit Raquel. Je l'ai vue faire.

— Je vais bien mieux, murmura dame Isabel. Je sais que je devrais aller plus mal, à ne pas me reposer, à ne pas prendre garde et avec tout ce qui nous arrive, mais ce n'est pas le cas. Je me sens mieux et ma jambe ne me fait plus souffrir. Voudriez-vous l'examiner ?

Raquel posa une bougie sur le sol et s'agenouilla sur le tapis, devant dame Isabel. Elle retroussa sa robe souillée par la poussière du voyage.

— Dans ce cas, pourquoi vous appuyez-vous sur moi comme un âne mort, madame ? murmura-t-elle.

— Parce qu'ils ne doivent pas savoir. Si nous pouvons reculer suffisamment ce mariage, Bellmunt recevra peut-être mon message, et quelqu'un sera envoyé à notre secours.

Elle marqua une pause.

— La maisonnée semble assez réduite. Deux serviteurs que nous avons déjà vus, peut-être un ou deux autres. Et les deux hommes de Montbui. L'un d'eux est le pleutre que Don Tomas a mis en fuite. Trois bons chevaliers — même deux —, voilà tout ce qu'il suffit pour nous libérer.

— Ou le brave Don Tomas à lui seul ? suggéra

Raquel avec un sourire entendu alors qu'elle commençait à défaire le bandage.

— Ne soyez pas ridicule ! Je ne m'intéresse nullement à Don Tomas.

— Que dirait votre papa si vous souhaitiez épouser quelqu'un qu'il n'apprécie pas ? murmura-t-elle. Imaginons Montbui beau, jeune et charmant, vous laisserait-il l'épouser ?

Isabel éclata d'un rire qu'elle camoufla en quinte de toux.

— Probablement pas. Si je tombais amoureuse de quelqu'un de convenable, il pourrait réfléchir à la question. Mais un homme qu'il n'approuverait pas... dit-elle en secouant la tête.

— Vous ferait-il épouser quelqu'un que vous détestez ?

Raquel ôta l'emplâtre et approcha la bougie pour mieux examiner l'abcès.

— Vous êtes bien curieuse, dit Isabel avec une certaine froideur.

— Pardonnez-moi, madame, s'excusa Raquel, qui rougit d'embarras.

— C'est cependant une question à laquelle je ne pourrais répondre tant que cela ne s'est pas produit.

Une planche craqua et sa voix ne fut plus qu'un murmure.

— Regardez ma jambe et dites que cela ne va pas. Ils écoutent à la porte.

— Ils regardent aussi. Madame, dit-elle d'une voix plus forte, tout ce périple ne vous a causé aucun bien. Cela vous fait-il mal ? demanda-t-elle en pressant les pourtours de la blessure.

— Aah ! cria Isabel en se rejetant en arrière.

— Ne soyez pas trop dramatique, madame, lui murmura Raquel. Au secours ! appela-t-elle. Dame Isabel a besoin d'assistance !

Des pas résonnèrent dans l'escalier. La porte s'ouvrit

avec une étonnante rapidité et Raquel ordonna qu'on lui apporte des infusions, un emplâtre, du tissu propre et des mets délicats — qu'on lui apporte tout cela immédiatement.

— Va réveiller le prêtre, dit Perico de Montbui dont les joues rondes et roses se gonflaient et rougissaient sous l'effet de la colère.

— Il est tard, dit l'intendant de Doña Sanxia.

Il n'appréciait pas cette intrusion tardive. Non seulement il n'aimait pas Montbui, mais il était plutôt chagriné par le travail supplémentaire qu'entraînait son arrivée. Ses opinions sur le petit homme avaient beaucoup en commun avec celles de Sa Majesté, Don Pedro : Montbui était un fléau.

— Je m'en moque, répliqua Montbui. Réveille-le et dis-lui que je veux épouser cette femme sur-le-champ. Tu ne comprends donc pas? Si je ne le fais pas ce soir, elle sera peut-être morte demain matin.

Il se leva, comme si cela allait pousser à l'action l'intendant.

— Il peut nous marier dans la chambre. Ainsi, elle n'aura pas à quitter le lit.

— Il refusera, dit l'intendant. Il l'a déjà fait, et l'affaire est remontée jusqu'à l'archevêque. On a failli le suspendre, et la prêtrise lui plaît beaucoup. De plus, le mariage a été annulé, ajouta-t-il avec un sourire méprisant.

Bien entendu, tout cela n'était que le fruit de son imagination, mais il avait mis beaucoup d'autorité dans ses propos et n'avait nullement envie de chevaucher en pleine nuit pour réveiller un prêtre.

Montbui déambulait dans la pièce.

— À l'aube, alors, dit-il. Tu réveilleras le prêtre à l'aube. Il faudra que ta femme réveille la dame et qu'elle l'habille. Nous la porterons à l'autel si besoin est.

Castanya était une petite jument vigoureuse au pied sûr, et elle arriva à la *finca* à peine essoufflée. Un voile de transpiration assombrissait sa robe. Tomas la fit mettre au pas et s'approcha prudemment de la propriété.

La bâtisse était de taille modeste, peu haute et très paisible. Trop paisible. Un chien somnolait au soleil à l'est du corps de bâtiment. Il se leva, s'étira, aboya pour prévenir la maisonnée qu'un étranger et son cheval venaient d'arriver, puis, une fois son devoir accompli, il se réinstalla confortablement. En dehors de cela, il n'y avait aucun signe de vie. Les volets étaient fermés et les portes verrouillées. Tomas sentit son cœur faire un bond dans sa poitrine. Il était persuadé que Montbui amènerait ici les jeunes femmes. Il mit pied à terre et chercha le moindre signe de vie, ainsi que de l'eau pour son cheval.

Le tableau était plus animé derrière la maison. Une exquise senteur d'agneau rôti s'échappait d'une fenêtre. Une robuste femme étendait du linge sur des branches, aidée en cela par un garçon d'une douzaine d'années.

— Bonjour, Ana, dit-il simplement. Comment vas-tu?

La femme se retourna, un peu étonnée, avant d'ébaucher une révérence.

— Don Tomas! Nous vous attendions.

— Quoi?

— Oui, avec l'enfant. Seulement...

— Oh oui, j'en suis désolé.

— C'est inutile. Ce n'est pas vous qui lui avez tranché la gorge, dit la femme.

— Non, ce n'est pas moi.

Il regarda autour de lui.

— Tu as eu d'autres visiteurs?

— Vous voulez dire Don Perico? Est-ce que vous êtes un ami de Sa Seigneurie?

Tomas allait proclamer son amitié indéfectible pour le petit homme quand il remarqua l'expression du visage de la femme.

— Pas du tout, dit-il d'une voix ferme. J'ai quelques raisons de croire qu'il s'est emparé, contre leur gré, de deux jeunes dames qu'il était de mon devoir d'escorter jusqu'à Gérone.

— Et il va en épouser une incessamment, dit la femme d'un air sombre. C'est son repas de noce que je prépare.

La scène qui se déroulait dans l'église, un peu plus loin sur la route, était des plus curieuses. Devant l'autel, le fiancé au visage rougeaud suait abondamment et jetait des regards méchants alentour. À côté de lui, la promise au visage livide était assise sur une chaise que lui avait hâtivement procurée le valet de Montbui. Raquel se tenait auprès de dame Isabel, lui glissant parfois un mot à l'oreille et écoutant soigneusement ses réponses. Il manquait deux personnes parmi celles qui assistent habituellement à une cérémonie de mariage : un homme ayant autorité de donner la jeune fille, et un prêtre pour bénir l'union.

Soudain, pareil au Vésuve, Montbui explosa :

— Où est cet imbécile de prêtre ? rugit-il.

Son cri résonna dans la petite église et ne réussit qu'à faire couiner quelques chauves-souris.

La porte ouest s'ouvrit non pas sur un prêtre, mais sur l'intendant de Doña Sanxia qui faisait office de Cupidon, le messager de l'amour.

— Nous avons quelque difficulté à réveiller le père Pau, dit-il.

— Quoi ?

— On ne peut pas le sortir de son lit.

— Et pourquoi cela ? Il est mort ? Dans ce cas-là, trouves-en un autre.

— Il n'y en a pas, messire. Pas dans les environs, en tout cas. Et puis le père Pau n'est pas mort, il dort, c'est tout.

— Tu n'as qu'à lui verser de l'eau sur la tête, dit

Montbui d'une voix qui s'élevait dangereusement. Fais ce qu'il faut. Qu'est-ce qui lui arrive ? pensa-t-il enfin à demander.

— Il a un peu trop honoré son saint patron. Il est... euh... fatigué.

— Dis-lui qu'il pourra dormir après le mariage. Pas maintenant.

L'intendant hocha la tête avec un semblant de respect et repartit, le sourire aux lèvres.

— J'ai faim, murmura dame Isabel. Rien que pour avoir à manger, j'en viendrais presque à épouser ce répugnant vieillard.

— Vous êtes d'une pâleur très convaincante, dit Raquel.

— Je ne puis supporter l'absence de nourriture. La faim provoque toujours chez moi des évanouissements. Je me demande ce qui est arrivé au prêtre.

— Il est peut-être encore trop ivre pour vous marier, fit observer Raquel.

— Je l'espère.

Sur ce, la porte ouest s'ouvrit à nouveau, et l'intendant entra, traînant derrière lui un pauvre hère en soutane noire.

— Voici le père Pau, dit-il avec l'air d'un bateleur qui exhibe un diable peint au milieu d'un décor infernal.

Le père Pau était maigre et pas rasé. Il avait les yeux rouges, et ses cheveux humides lui collaient à la peau du crâne. De l'eau coulait sur ses joues et sur son nez. Il éternua de façon pathétique et s'essuya le visage du revers de la main. On aurait dit qu'il voulait parler mais avait des difficultés à faire jaillir des sons de sa bouche. Des bouffées d'alcool précédaient les deux hommes alors qu'ils se dirigeaient vers l'autel. De toute évidence il était encore saoul — magnifiquement, désespérément saoul. Isabel eut un large sourire et dut abaisser son voile pour dissimuler son plaisir.

— Donnez-moi la main, que je monte cette marche, fit le prêtre avant de tituber et de s'écrouler sur Montbui. Merci. Maintenant... prenez sa main, messire.

Il se saisit de la main de Raquel et essaya de la faire passer par-dessus la tête de dame Isabel pour la tendre à un Montbui muet de fureur.

— Ce n'est pas cette femme, espèce d'ivrogne! hurla-t-il enfin. Je ne veux pas épouser celle-là!

Le père Pau posa un regard humide sur la promise.

— Dans ce cas, il faudra revenir quand vous aurez la femme que vous avez choisie. Je ne peux pas célébrer le mariage si la fiancée n'est pas là...

Sa voix s'éteignit. Ses yeux se posèrent sur les stalles.

— D'ailleurs, ça vaudrait mieux. Je suis trop fatigué, trop fatigué...

Là-dessus, il s'écroula sur les stalles et son ronflement sonore emplit l'église.

Perico de Montbui se demandait ce qu'il allait bien pouvoir faire quand la porte ouest s'ouvrit pour la troisième fois et qu'une voix cria :

— Sauve qui peut! Le roi arrive avec cinquante chevaux, Don Perico, il en veut à vos jours!

C'était Tomas de Bellmunt, couvert de boue et de poussière, haletant, et il s'appuya contre la porte, apparemment épuisé.

La première à réagir fut dame Isabel. Avec un cri de terreur, elle s'effondra à terre, comme morte. Quand Raquel s'agenouilla auprès d'elle sur le froid dallage de l'église, sa patiente inconsciente lui souffla :

— Évanouissez-vous, Raquel. Ils auront plus de mal à nous porter toutes les deux!

Et Raquel s'écroula sur le corps d'Isabel.

Montbui voulut relever celle qu'il désirait pour épouse, vit les corps entremêlés et jura. Il se tourna vers la porte ouest, reconnut Bellmunt et eut immédiatement des soupçons.

— Qu'est-ce que c'est que cette...

Il fut interrompu par un bruit de pieds nus qui claquaient sur les dalles.

— Monseigneur, cria le jeune garçon de la *finca* qui avait abandonné l'étendage du linge, monseigneur, un groupe de soldats fouille la propriété en ce moment même ! Ils vont bientôt venir par ici. La maîtresse m'a envoyé vous prévenir. Ils ont demandé où vous étiez et où se trouvait la dame. L'homme qui les conduit a dit être son père. La maîtresse a dit de vous sauver, monseigneur, aussi vite que vous le pourrez. J'ai emprunté un cheval pour vous prévenir...

— Cela suffit, mon garçon, lui souffla Tomas.

— Va chercher les chevaux ! commanda Montbui à son sbire. Les nôtres.

— Et les deux dames ?

— Qu'elles rejoignent leurs parents en enfer ! cria Montbui en se précipitant hors de l'église.

Dame Isabel et Raquel se relevèrent lentement. Don Tomas marcha vers l'autel, réprimant à peine le désir de courir. Le prêtre, quant à lui, ronflait paisiblement. Tout était pour le mieux.

Le repas de mariage hâtivement préparé pour Don Perico de Montbui et sa femme ne fut pas jeté aux gorets. Un groupe plus petit mais plus joyeux était assis à l'ombre des arbres devant une table chargée de truites grasses, poulets farcis d'herbes, de noix et d'abricots séchés, agneau rôti aux oignons et à l'ail, jambon, fromages, fruits et toutes sortes de pains, riz et légumes. Un vent léger soufflait des collines, les mets savoureux étaient des plus tentants et le vin de Don Guillem de Baltier coulait à flots. Les deux otages et leur sauveteur étaient de bonne humeur ; l'intendant et sa femme attaquèrent le banquet avec la satisfaction de ceux qui viennent de défaire leur pire ennemi.

C'est alors que Tomas se pencha sur la table, la mine inquiète.

— Madame, dit-il, mille pardons, mais vous étiez si mal ! Peut-être n'est-il pas bon de vous épuiser ainsi.

— Voulez-vous me faire mourir de faim pour que je reste en bonne santé, Don Tomas ? demanda-t-elle avec un sourire.

— Oh non, madame, s'empressa-t-il de répondre. Mais hier, vous étiez si...

— La santé de dame Isabel s'améliore d'heure en heure, intervint calmement Raquel.

— Vous voyez, j'emmène mon chaperon et médecin avec moi, où que j'aille, dit Isabel. Et je me sens effectivement bien mieux, merci. Mais racontez-nous plutôt, Don Tomas, comment vous nous avez sauvées de manière si opportune.

— Ce fut très simple, madame. L'aubergiste est un honnête homme à sa façon. Il m'a transmis votre message.

— Honnête ! fit Raquel, indignée. Il nous a vendues à Montbui.

— Pas pour longtemps, Raquel, dit sa compagne. Je le soupçonne de nous avoir aussi vendues à Don Tomas.

— J'avais entendu dire que Montbui avait ses entrées dans la propriété de Baltier, poursuivit vivement Bellmunt, espérant que l'on n'approfondirait pas cette partie de son récit. La bonne maîtresse ici présente m'a dirigé vers l'église, et le jeune Marc m'a assisté dans ma représentation.

Il se pencha en arrière et sourit, fort satisfait de lui-même.

— Vous êtes arrivé juste à temps, fit remarquer Isabel. Si le prêtre ne s'était pas enivré, il aurait été trop tard.

— Aucun risque à ce propos, madame, dit l'intendant. J'ai passé quelque temps avec le père Pau hier soir et, quand je suis parti, il était déjà fin saoul. Je savais que l'on aurait du mal à le tirer du lit ce matin.

— Et c'est bien ce qui s'est passé, ajouta sa femme.

— Je lui avais apporté une petite gourde pleine de cognac, reprit l'intendant. Comment aurais-je pu deviner qu'il la boirait jusqu'au bout? fit-il en secouant la tête.

— Et c'est ce qui s'est passé? demanda dame Isabel.

— Eh oui, dit Tomas.

— Les cinquante cavaliers, c'est une invention?

— Je le crains, oui.

— Don Tomas, vous m'avez sauvée d'un sort des plus déplaisants. Je vous en suis reconnaissante.

Elle désigna la coupe vide à l'intendant, qui s'empressa de la remplir.

— Une coupe de vin est un piètre remerciement pour tout ce que vous avez fait pour moi, mais je dois bien commencer quelque part, dit-elle en le regardant à travers ses cils. Je suis certaine que mon père vous en sera également reconnaissant.

— Merci, madame, répondit-il en se raidissant.

L'atmosphère joyeuse lui avait pratiquement fait oublier qui elle était, mais les dernières paroles de la jeune femme le lui avaient rappelé. Il ne pouvait badiner avec elle comme si ce n'était qu'une laitière ou sa petite sœur.

Isabel lui lança un regard évaluateur.

— Je vous ai offensé par la pauvreté de mes remerciements, dit-elle, et j'en suis navrée. Je vous assure que si j'avais un coffre plein de rubis, je vous les offrirais bien volontiers et ce ne serait encore qu'un petit prix pour ma libération. Voudriez-vous des rubis?

— Non, non, madame. Les rubis sont de splendides joyaux, mais vos remerciements me suffisent.

— Je vois. Vous me faites là un beau discours, Don Tomas. Avez-vous appris cela à la cour? Mais vous n'avez pas touché à votre vin. Vous ne voulez donc pas vous joindre à moi? Nous n'avons pas un tel vin au couvent.

Il leva donc sa coupe et but.

— Aimeriez-vous vous faire nonne? demanda-t-il, ne sachant que dire.

— Quelle étrange question, Don Tomas ! Recrutez-vous des dames de bonne famille pour un ordre particulier ? Ou souhaitez-vous enfermer toutes les femmes pour qu'elles ne vous dérangent point ?

— Ni l'un ni l'autre, madame, bien évidemment. Mais l'on m'a dit que vous viviez depuis longtemps chez les religieuses, et je me suis demandé...

— Si j'y avais pris goût en quelque sorte ?

Elle ferma à demi les yeux.

— Y a-t-il une réponse correcte à votre question ? M'en voudrez-vous si je réponds par oui... ou par non ?

— Comment puis-je me prononcer sur cela, madame ? Je n'ai nul droit de vous juger. Mais tout homme peut espérer qu'une dame préfère demeurer dans le monde.

— Ah, je crois comprendre. Pour vous dire mon sentiment... c'est une vie paisible, quand on n'est pas enlevée, mais je ne pense pas que cela me siérait pour la vie entière. Je n'ai pas la tranquillité d'esprit de dame Elicsenda. Par conséquent, je dois me marier, si je le puis. Est-ce là ce que vous entendez par demeurer dans le monde ?

— L'idée du mariage vous plaît-elle ? demanda Don Tomas.

— Que dire sur ce sujet ? Vous avez vu que j'étais horrifiée par la perspective de devoir épouser Don Perico. Cela dépend des circonstances. Un jour, peut-être un homme viendra-t-il. Si mon père l'apprécie, si je l'apprécie et si lui m'apprécie assez pour oublier mes fautes, je pourrais me marier. Pensez-vous que cela soit probable, Don Tomas ? Ou y a-t-il trop de si et de peut-être dans tout cela ?

— Madame, le pays doit être rempli d'hommes dont les biens et le rang leur permettent de prétendre à votre main, dit-il avec une certaine amertume.

— Le croyez-vous ? Dans ce cas, ils doivent se manifester bien loin des murs du couvent car je ne les ai pas entendus. Aucune chanson d'amour n'est venue à l'aube se glisser par ma fenêtre.

— Peut-être redoutent-ils...

— Dame Elicsenda ? Elle peut être terrible parfois.

— Non, vous, madame, et votre position.

— Impossible, fit Isabel. Prenez votre cas, par exemple. Vous m'avez jetée sur votre épaule sans même un « pardonnez-moi » et m'avez emportée dans une auberge. Mais peut-être êtes-vous plus brave que la plupart. Vous avez assurément chassé Montbui.

Malgré lui, Tomas rit :

— Il est plus timide que la plupart, peut-être.

— Vous ne lui rendez pas justice. Il est brave comme un lion en face de deux femmes désemparées. Mais peut-être ne me marierai-je pas, dit-elle d'un air las. Car je n'épouserai que celui que j'aime, et je ne puis aimer celui qui ne m'aime pas. Croyez-vous que les amants se languissent de celui qu'ils ne peuvent avoir et meurent d'amour pour quelqu'un qui ne les aime pas ? Ce n'est pas mon cas. Raquel, ajouta-t-elle en se levant, j'avoue que je suis fatiguée. Avant de reprendre la route, j'aimerais me reposer. Si c'est possible, Don Tomas.

— Tout ce qui ajoutera à votre confort est possible, madame, répliqua-t-il avec gravité. Quand vous serez prête à voyager, envoyez quelqu'un me chercher.

Il s'inclina et regarda les deux femmes rentrer lentement dans la maison.

— Que pensez-vous de notre sauveteur, Raquel ? demanda Isabel, qui regardait par la fenêtre le verger où ils venaient de passer de joyeux instants.

— Il me semble très plaisant. Et assez beau, comme je vous l'ai déjà dit.

— Vous êtes prudente dans vos louanges.

— Il est difficile de le connaître. Il me semble malheureux — non point par nature, mais à cause de circonstances que nous ne comprenons pas. Pourquoi connaît-il tous ces gens ? Qui sont-ils pour lui ?

— Ne dites pas cela, je vous en prie, fit Isabel en se mordant la lèvre. J'ai l'impression d'être entourée de comploteurs et de conjurés. Je ne sais qui est l'ami et qui est l'ennemi, car tous deux sont flatteurs et serviles. Tous, hormis vous. Pensez-vous que lui aussi ne songe qu'à la richesse ?

Elles furent interrompues par l'entrée de la gouvernante.

— Je vous ai apporté de l'eau fraîche. Désirez-vous autre chose, madame ?

— Merci, fit Isabel d'un air vague. Maîtresse, connais-tu bien Bellmunt ?

— Oh oui, madame. Je l'ai rencontré dans l'autre propriété de Sa Seigneurie. Et Doña Sanxia parlait fréquemment de lui. Il l'adorait, vous savez.

Sa voix se changea en un chuchotement plein de respect.

— Oui, il l'adorait. Et elle le lui rendait bien. Don Guillem est un homme étrange, très froid — pas un mari pour une telle femme. Et Don Tomas aurait donné sa vie pour elle. Malheureusement, elle est morte, ajouta la femme de l'intendant en reprenant sa voix normale.

— Merci, dit dame Isabel. Nous ne désirons rien de plus.

Sur ce, elle s'allongea sur le lit, les yeux tournés vers le plafond, fort peu satisfaite de cette conversation.

Une fois que la chaleur du jour eut diminué, dame Isabel — de très mauvaise humeur — monta dans la litière, et la procession repartit.

L'interruption fut aussi brusque qu'inattendue. Un nuage de poussière s'éleva à l'horizon, rapidement suivi par une douzaine de cavaliers qui foncèrent sur eux au triple galop. En quelques secondes, ils furent entourés de toute part.

Le meneur de cette troupe saisit les rênes de Castanya.

— Tomas de Bellmunt ? demanda-t-il.

— C'est moi, fit Tomas avec raideur. Et vous êtes ?

— Je vous arrête au nom de Sa Majesté pour crime de haute trahison et divers autres crimes qui vous seront spécifiés. Emparez-vous de lui! ordonna-t-il à ses hommes.

CHAPITRE XIII

Près de la berge de la rivière Ter, en amont de la ville de Gérone, trois hommes — un grand soldat au visage sombre, un marchand carré à la face rougeaude et un jeune homme à l'allure honnête — étaient assis à l'ombre en ce vendredi matin. Leurs chevaux paissaient à quelque distance de là.

— Quand parlerons-nous aux autres? Demain? demanda le jeune homme avec l'air soucieux d'un lieutenant responsable d'une entrevue de généraux.

— Pas à la réunion, dit le gros marchand. Ils seront offensés. En tant que membres du Conseil, ils penseront qu'ils auraient dû prendre part à la décision. Croyez-moi. Et s'ils sont offensés, nous ne pourrons compter sur eux quand la situation s'aggravera.

— Nul ne prendra part à la décision, intervint l'homme de haute stature.

Sa voix rauque tranchait avec le calme de la campagne.

— Cette décision, c'est ma prérogative et celle de nul autre. Je suis le Glaive.

— Allons, fit le gros homme avec un air de bonne humeur. Ça vaut pour la populace, ça, mais nous sommes seuls à présent. Nous travaillons pour une cause commune et un objectif commun. Vous ne prendrez pas de décision sans nous, mon ami. Et toutes nos décisions peuvent être discutées.

— En vous adressant à moi, vous direz monseigneur, ou le Glaive, répliqua le soldat. Nous ne sommes ni égaux ni amis.

— Glaive, *mon ami*, vous pouvez être remplacé. Personne ne vous a vu jusqu'à aujourd'hui — à votre demande, je vous le rappelle. Il en est d'autres qui prendraient volontiers votre place.

Il continua de sourire de la plus aimable des façons, mais le jeune homme vit l'acier briller dans ses yeux.

— Vous regretterez ces paroles, dit platement le Glaive.

Le jeune homme les regarda l'un après l'autre.

— Don Pedro arrive ce matin, attiré ici ainsi que nous... que vous l'aviez projeté, messeigneurs.

— Pas tout à fait, corrigea le gros homme assez joyeusement. La fin de Doña Sanxia fut des plus infortunées. Elle n'aurait pas dû sortir la nuit alors que la confusion était à son paroxysme. Quelqu'un aurait dû la garder bien à l'abri derrière une porte close.

Il regarda ses compagnons, soupesant le blâme.

— Sa mort a sans profit suscité l'attention.

Le jeune homme rougit de confusion, comme s'il s'agissait là d'une attaque personnelle.

— Je n'étais pas dans les confidences de la dame, se défendit-il un peu sèchement. Romeu s'occupait de ces détails.

— Elle a endossé un habit de religieuse, dit le Glaive. Elle a mal agi et c'est la raison de sa mort.

— Ah oui ? fit le gros homme. Vous en êtes sûr ?

— Cette maison est un abîme de corruption, et en rien la maison du Seigneur, dit le Glaive. De l'abbesse à la dernière des servantes. Elle n'aurait pas dû y pénétrer. Elle a été jugée.

— Ah, fit le gros homme, je vous comprends. Bon... Baltier se consolera sans peine, et nous survivrons à sa perte. Elle se laissait trop facilement dominer pour que l'on pût lui faire confiance.

Il regarda autour de lui.

— Je propose que nous réunissions le Conseil ce soir même, que nous dévoilions notre stratégie et présentions le Glaive.

— Non! s'écria le Glaive. Dévoilez notre stratégie si vous le désirez, flattez le vulgaire s'il le faut, mais je n'apparaîtrai pas tant que le moment ne sera pas venu.

— Et quand cela sera-t-il?

— Quand je recevrai la Parole, dit le Glaive.

Sur ce, il siffla sa monture, l'enfourcha et s'en alla.

— Il semble prendre son rôle très au sérieux, dit le gros homme.

— Je le crains, fit le plus jeune, l'air sombre.

— Allons, il y a des remèdes pour cela. Il y en a pour tout, d'ailleurs, sauf pour la mort.

— Je suis tout de même inquiet quant à ce qui est du Conseil. Ils pensent qu'ils devraient avoir autant de pouvoir que leurs dirigeants.

— Ne vous tracassez pas, dit l'autre. Ils ont une fonction très utile à remplir. Quand Don Fernando prendra sur le trône la place qui lui est due, il aura besoin de pendre quelques personnes pour la mort de son frère et de son malheureux petit neveu. Ils seront là à point nommé. En nombre suffisant, n'êtes-vous pas d'accord?

Peu de temps avant que les cloches ne sonnent sixte, avant que la ville ne s'apaise pour préparer le repas du midi, une petite procession — le capitaine de la garde épiscopale, monté sur un bel étalon, deux officiers de rang inférieur et deux gardes à pied — suivait Isaac et Yusuf dans les rues de la ville. Les officiers faisaient de leur mieux pour prendre un air dégagé, comme s'ils parcouraient les voies étroites et escarpées pour le seul plaisir de l'exercice. Mais cela leur était bien difficile. L'évêque s'était montré très ferme à ce sujet.

215

— Vous ne partez pas arrêter un malandrin, leur avait-il dit. Vous escortez un petit enfant dont la sécurité est de la plus haute importance. Vous ne devez ni l'effrayer ni alerter le voisinage.

Il s'était arrêté un instant de parler et les avait regardés droit dans les yeux.

— Vous ferez tout pour éviter que chaque habitant de Sant Feliu et de la ville sache dans l'heure que l'infant se trouve au palais.

— Peut-être devrais-je y aller seul, avait suggéré le capitaine. À pied, accompagné seulement de maître Isaac.

— J'y ai pensé, avait répondu l'évêque, mais nous ne pouvons prendre aucun risque. Certaines personnes soupçonnent peut-être déjà la vérité. Elles seront à l'affût d'un tel manège.

Ils étaient donc partis, à pied et à cheval, armés jusqu'aux dents, vers la porte nord et la paroisse de Sant Feliu.

La situation empira dès qu'ils eurent atteint leur destination. L'infant Johan décida qu'il n'irait pas au palais épiscopal et ne se priva pas de le faire savoir. Il était heureux de vivre chez Nicholau et Rebecca. Il avait acquis une emprise totale sur leur fils de deux ans, très impressionné, tandis que les baisers affectueux et les histoires de Rebecca avaient pratiquement compensé la perte de sa nourrice. Il s'accrochait obstinément à elle, gémissant de détresse, jusqu'à ce que le capitaine réunît un véritable conseil de guerre.

— Je ne puis emporter dans les rues un enfant qui hurle sans attirer l'attention, dit-il d'un air accablé.

Le petit Johan était aussi prompt que tout autre enfant à déceler le moindre signe de faiblesse ; ses hurlements redoublèrent donc de violence et d'intensité.

Finalement, le fils de Rebecca et sa nourrice furent confiés aux bons soins d'une voisine. Rebecca se joignit au groupe ; l'infant Johan fut installé sur l'étalon bai, devant le capitaine, et put même tenir les rênes. C'est ainsi que, le prince en tête, la petite troupe traversa la ville avant de pénétrer dans le palais pour y attendre l'arrivée de son royal père.

— Il est difficile de savoir ce qu'un enfant comprend ou se rappelle, dit Don Pedro.

Les serviteurs avaient été écartés, et les deux hommes étaient assis confortablement ensemble. L'évêque approuva d'un hochement de tête.

— J'ai de bonnes raisons pour désirer apprendre de sa bouche ce qui s'est passé. Je suis non seulement préoccupé par son bien-être, mais je crois aussi qu'il connaît l'homme qui a tué sa nourrice et l'aurait tué si elle ne l'avait pas caché. Elle s'attendait à une telle agression, ajouta le roi au bout d'un instant.

— En avait-elle parlé, sire ?

— Pas à ma connaissance. Elle a dû dissimuler Johan dès qu'elle a entendu venir son assassin. Comment un petit enfant aurait-il pu s'enfuir autrement ?

Don Pedro leva son gobelet d'argent en hommage à la nourrice.

— Puisse sa brave âme reposer en paix. Elle fut un meilleur soldat que la plupart. Y compris les deux hommes que j'avais envoyés pour les garder.

— Deux hommes, sire ?

— Bien cachés dans la maison. Trop bien cachés, même. Quand le danger est venu, ils étaient occupés à jouer au moine et au garçon d'écurie.

La colère que le roi était parvenu à contenir jusqu'ici fut brusquement la plus forte, et son visage pâlit.

— Et Votre Majesté croit que le prince Johan connaît son agresseur ? Ou pourrait le connaître ?

— Oui. C'est un enfant très brave, mais chaque fois qu'un homme a été admis en ma présence aujourd'hui, il s'est réfugié derrière moi, terrorisé, jusqu'au moment de le voir et de l'entendre. Sauf vous, Berenguer. À cause de votre robe, peut-être.

— Il est rassurant de savoir que l'assassin n'est pas un évêque, Votre Majesté, fit sèchement Berenguer.

— Mais moins rassurant de constater que mon fils a été attaqué par quelqu'un qu'il s'attend à voir près de moi.

— Ou quelqu'un qui ressemble à l'un de vos conseillers ou de vos serviteurs, sire, ajouta l'évêque.

— C'est possible. Nous avions décidé de ne pas le garder à la cour, où les conspirateurs croient le trouver. Mais il semble qu'il sera plus en sécurité auprès de sa mère pour le reste de l'été. Avec une garde, bien évidemment. Elle ne se préoccupera pas de ses propres intérêts alors que la vie de son enfant est en jeu, ajouta-t-il d'un ton sinistre.

— Il y a toujours des problèmes avec les arrangements clandestins, sire, murmura Berenguer. Il est plus difficile de monter une défense efficace quand les soldats n'apparaissent pas comme tels.

— Certes. Qui est la brave femme qui l'a caché et si bien soigné ?

— La fille du médecin, Votre Majesté. Rebecca, épouse de Nicholau, un des scribes de la cathédrale.

— Parlez à Don Eleazar. Il veillera à ce qu'elle soit justement récompensée pour la peine qu'elle a prise, dit le roi. Nous rendrons visite à notre fille quand la tension de la journée sera retombée, Berenguer. Vous souhaiterez peut-être nous accompagner.

— Holà, Johan ! appela Isaac depuis la porte de l'établissement de bains.

En début d'après-midi, sa conscience coupable — et son tourment à l'idée que Raquel n'était pas en sécurité à la maison — l'avait poussé à faire la tournée des patients qu'il avait négligés. Sa dernière visite l'avait rapproché des bains ; laissant Yusuf dehors afin qu'il guette la venue d'éventuels étrangers, il entra parler au gardien.

218

— Oui, maître Isaac, fit le gros Johan d'une voix tremblante.

— As-tu le temps de t'asseoir et de bavarder un peu avec moi ? demanda Isaac.

— Oui, maître. Vous pouvez vous installer ici. Le banc est confortable.

Sa voix n'avait plus les intonations amicales qui la caractérisaient. Le gardien au tempérament placide paraissait très agité.

Isaac s'assit sur le banc et posa son panier entre ses pieds.

— Merci. Viens, Johan, assieds-toi à côté de moi. On dit que tu n'as pas l'air bien. Cela m'inquiète et je suis venu te voir. Dis-moi ce qui ne va pas.

— Rien, maître, s'empressa-t-il de répondre. Tout va bien.

— Dans ce cas pourquoi as-tu l'air d'aller mal ?

Péniblement, Isaac arracha au gardien une longue liste de petits maux.

— Ainsi donc, résuma-t-il, tu ne dors plus avec ta facilité habituelle, tu ne peux manger avec le plaisir que tu trouvais ordinairement à ton dîner, ta tête te fait mal et ton ventre frissonne de peur, sans raison toutefois. Quand tout cela a-t-il débuté ? Non, ne me réponds pas. Je le sais. Tout a commencé la nuit où cette religieuse a été tuée dans tes bains, n'est-ce pas ?

— Oui, maître, fit Johan d'un air pitoyable.

— Et pourquoi cela, je te prie ?

Il n'obtint pas de réponse.

— Je ne suis pas l'espion de ton maître absent, Johan, et je ne cherche pas à te prendre ton emploi. De même, je ne suis ni juge ni prêtre. Je ne suis que ton médecin, qui s'inquiète pour ta santé, pas ta moralité.

Toujours pas de réponse.

— Dans ce cas, laisse-moi deviner. As-tu laissé cette pauvre créature entrer dans les bains après la tombée de la nuit ?

— Oh non, maître, je n'ai rien fait de tel.

— As-tu laissé entrer un homme — son assassin, probablement — après la tombée de nuit, alors que les bains auraient dû être fermés à clef ?

— Oh non, maître, je n'ai laissé entrer personne. Je ne me trouvais pas ici cette nuit-là, je vous le jure.

— Tu as donc confié ta clef à quelqu'un, n'est-ce pas ? C'est ce que faisait Pedro, dit-on.

— Non, répondit le gros Johan, piqué au vif. Je ne l'ai fait que trois fois depuis la mort du vieux Pedro. Un jour, j'ai laissé...

— Ne me dis rien, fit Isaac, cela ne me concerne pas, et je suis certain que c'est la première fois qu'un tel geste a des conséquences aussi funestes. C'est une petite erreur de ta part, certes, mais il n'y a là aucune malveillance.

— Si, dit Johan. Je sais que j'étais ivre, maître Isaac, mais je vous le jure, je n'ai donné ma clef à personne. C'est de la magie, oui. Ils m'ont envoûté. Vous comprenez la magie, maître Isaac. Vous savez comment ils s'y prennent. J'ai un peu d'argent de côté, maître Isaac, je vous paierai pour me protéger de leurs sortilèges.

— Garde ton argent, Johan. Un jour tu en auras besoin pour mieux que cela. Quelqu'un t'a-t-il parlé de ta clef ?

Johan réfléchit.

— Oui, c'est ce qu'a fait Romeu. Celui qui nous a offert tout le vin. Il m'a interrogé sur ma clef. Je la lui ai montrée et ai dit que je la gardais toujours sur moi, à une chaîne. Mais comment est-elle passée de ma chaîne dans l'eau du bain si ce ne sont pas des démons qui l'y ont mise ?

— Si démons il y a eu, Johan, ils étaient bien humains. Je ne pense pas que tu devrais t'inquiéter de cela.

— Mais, maître Isaac, ils veulent que j'ouvre les bains demain pour une grande réunion. Ils disent que si je refuse, ils peuvent faire sauter les serrures en jetant des sorts. Je ne conserverai jamais mon emploi s'ils tiennent une réunion dans les bains après la tombée de la nuit. On ne peut faire ça discrètement. Mais qu'y puis-je, maître Isaac ? On ne peut pas lutter contre la magie.

— Écoute-moi bien, Johan, dit doucement le médecin. Voici ce que nous allons faire.

À la fin de l'après-midi, Isabel d'Empuries monta en boitant les escaliers menant à l'infirmerie, assistée de Raquel et laissant l'abbesse et une douzaine de religieuses en proie à la plus vive curiosité.

— Souffrez-vous beaucoup, madame ? lui demanda Raquel. Parce que je peux demander à papa des baumes apaisants.

— Non, je ne souffre pas, dit Isabel. Mais si l'on croit que je vais mieux, on ne va plus me quitter tant que l'on ne m'aura pas arraché jusqu'au dernier détail de notre aventure. Je suis lasse et misérable, mais je ne souffre pas.

Elle s'arrêta dans le couloir et se tourna vers sa compagne.

— J'aimerais que vous restiez. Sans vous, je n'ai personne à qui parler.

Elle ouvrit la porte de l'infirmerie.

— Bonsoir, Sor Benvenguda, dit-elle sur un ton plaisant. L'abbesse aimerait vous parler.

— Merci, dame Isabel, répondit la nonne, qui partit précipitamment.

— Je ne pourrai pas passer toute la soirée à contempler son triste visage, dit Isabel. Pouvez-vous rester ?

— Je dois rentrer à la maison pour le sabbat, s'excusa Raquel, un peu gênée. Et cela signifie que je dois bientôt partir. Ma mère sera bouleversée si je ne suis pas là — mais si vous avez réellement besoin de moi, madame, je resterai.

221

Dame Isabel s'assit au bord du lit.

— Je n'ai pas *besoin* de vous, Raquel.

Elle s'efforça de sourire, mais les larmes lui vinrent aux yeux.

— J'accepterais plus aisément d'être ici si vous pouviez rester. Quand reviendrez-vous?

— Maman ne me laissera pas quitter notre quartier avant le coucher du soleil, demain soir. Je pourrais peut-être demander à papa de venir vous voir et...

— J'aurai besoin de lui. Je suis si malheureuse, Raquel.

Les larmes coulèrent sur ses joues.

— Comment ont-ils pu arrêter Tomas? Comment peuvent-ils être aussi stupides? Il ne nous a pas enlevées. Je serais mariée à cet être répugnant s'il ne nous avait pas sauvées. Montbui n'en veut qu'à l'argent de ma mère. Ses amis et lui en ont besoin pour déposer papa et asseoir mon oncle Fernando sur le trône. Chacun sait cela.

Elle saisit l'extrémité de sa longue manche et s'essuya les yeux.

— Ne dites à personne que vous m'avez vue faire cela, murmura-t-elle.

— Pourquoi croient-ils que Tomas nous a enlevées? demanda Raquel.

Elle se tenait à la fenêtre, où elle regardait les ombres s'allonger.

— Nous leur avons dit qu'ils se trompaient. L'évêque ne peut donc rien faire?

— Oncle Berenguer? Si. Papa aussi, si je peux lui faire passer un mot. Oh, Raquel... je vous en prie! Voulez-vous prendre un message pour moi?

— Oui, madame, dit Raquel, qui regarda une nouvelle fois par la fenêtre. Mais hâtez-vous. C'est bientôt le coucher du soleil, et je dois être rentrée avant.

— Il nous faut du papier, de l'encre, une plume. Raquel, trouvez une des pupilles. Une jeune. Dites-lui que j'ai besoin d'écrire. Vite!

Le soleil déclinant avait viré du jaune pâle à l'or avant le retour de Raquel, qui annonça, essoufflée, qu'elle avait rempli sa mission.

— Mais où est-elle?

— Il faut qu'elle trouve tout cela, madame, et qu'elle vous l'apporte en évitant les sœurs qui semblent être en tout lieu.

— Elle saura s'y prendre, dit Isabel d'un air confiant. C'est la première chose que l'on apprend.

Les pas qui retentirent dans le couloir n'étaient pas ceux d'une des pupilles du couvent. Un coup bref fut frappé à la porte, qui s'ouvrit sur Sor Marta :

— Bonsoir, dame Isabel. Le médecin est là pour vous voir. Et votre père se trouve dans le cabinet de dame Elicsenda en compagnie de l'évêque. Il viendra vous voir un peu plus tard. Sa Majesté aimerait parler à maîtresse Raquel. Maintenant.

Sur ce, elle hocha la tête d'un air d'importance et s'éloigna.

Isabel devint livide et les joues de Raquel virèrent à l'écarlate.

— J'essaierai de venir demain soir, murmura-t-elle, terrifiée, avant de s'en aller.

Le globe rouge orangé du soleil frôlait l'horizon quand Isaac et Raquel quittèrent enfin le couvent.

— Quelle heure est-il? demanda Isaac.

— Le soleil va se coucher, papa. Nous devons nous hâter.

— Où est Yusuf?

— Ici, seigneur, dit le garçon.

— Qui est-ce, papa? demanda Raquel en découvrant son visage égratigné.

— Il est mes yeux depuis ton départ. Mais ce n'est qu'un enfant, et il ne peut être également mes mains. Je suis heureux de t'avoir à nouveau avec moi.

— Maintenant que votre fille est revenue, vous n'aurez

plus besoin de moi, seigneur ? demanda Yusuf d'une voix parfaitement neutre.

— On n'a jamais assez de paires d'yeux, dit le médecin. J'ai besoin de vous deux. Il fera aussi tes commissions, Raquel. Il est vif.

— Et querelleur, fit-elle remarquer.

Jacob les vit approcher et ouvrit grandes les portes du quartier juif.

— Hâtez-vous, maître Isaac, cria-t-il, le soleil est pratiquement couché !

Ils dévalèrent donc les rues qui menaient à la maison. Ibrahim attendait devant la cour. Dès qu'ils furent entrés, la porte se referma lourdement. Ils étaient arrivés.

— Faites vite vos ablutions, commanda Isaac, et chacun emprunta une direction différente.

Ils étaient assis à table, essoufflés et cramoisis, quand Judith entra.

— Raquel ! s'écria-t-elle en l'arrachant à sa place afin de l'étreindre. Je t'attendais ce matin, dit-elle, fâchée, en la tenant à bout de bras comme pour mieux la contempler. Où étais-tu passée ?

— Oh, maman, fit Raquel. C'est si... Je te le dirai plus tard.

Judith s'éloigna, alluma les bougies et entama les prières.

— J'ai engendré une fille dont la déraison a quelque chose de diabolique, dit Don Pedro à Berenguer une fois confortablement installé dans le fauteuil le plus luxueux que le palais épiscopal pouvait lui offrir.

Il avait écarté les membres de sa suite à l'exception de son secrétaire, Eleazar ben Solomon, et de son chien de garde, Don Arnau. Les trois hommes parurent embarrassés.

— Sa mère, si je m'en souviens bien, avait également une forte volonté, dit prudemment l'évêque. Il lui était impossible de dissimuler ses affections ou ses dégoûts — même de feindre. C'était là l'un de ses charmes.

— C'est vrai. Et vous faites bien de me le rappeler, Berenguer. Quelles relations ma fille a-t-elle avec Bellmunt ?

— Aucune, sire, dit l'évêque, surpris. Elle était très étroitement surveillée par les sœurs, je puis vous l'assurer. Avant cet horrible événement, elle n'avait jamais franchi seule les murs du couvent.

— Vous la croiriez donc, si elle disait l'avoir rencontré hier pour la première fois ?

— Oui. En outre, je trouverais impossible de croire qu'elle a intrigué pour le rencontrer auparavant. La nuit dernière, Bellmunt a dormi ici, sous mon toit, ajouta-t-il, quittant le palais à l'aube pour aller chercher les deux dames et les ramener au couvent.

— Que vous a-t-il dit de leurs relations ?

— Il m'a paru très franc et très ouvert. Il m'a raconté qu'il était en train de faire reposer son cheval quand il a vu passer sur la route une procession constituée d'une litière fermée, d'une dame à cheval, de deux serviteurs et d'un gentilhomme. Puis il a vu que maîtresse Raquel était ligotée à sa monture et que le « gentilhomme » n'était autre que son propre serviteur, vêtu de ses habits et portant l'épée. Il l'a défié, son serviteur a tiré le fer, ils se sont battus et le renégat a été tué. Il a escorté les dames jusqu'à une auberge, veillé à ce qu'elles soient bien installées, puis est venu me trouver sur le conseil de votre fille.

— C'est aussi ce qu'elle m'a rapporté. Et il en va de même pour maîtresse Raquel, dit Don Pedro. Mais alors comment expliquez-vous ceci ?

Il fit un signe à son secrétaire, qui produisit une lettre.

— Donnez-la à l'évêque, Eleazar.

— Certainement, sire.

Berenguer lut la lettre que l'infortuné Tomas avait si

douloureusement écrite à son oncle. Il la lut jusqu'à cette ultime phrase : *Je crains d'avoir fait acte de traîtrise à mon insu.*

— Vous voyez, Berenguer. Il avoue de lui-même.

— Oui... en quelque sorte. Il confesse ignorer ce qui se passe. Et quand je considère tout ceci, j'admets que je partage son sentiment. Tout cela est très étrange, Votre Majesté. Et que dit Castellbo ? Je présume qu'il a donné la lettre à Votre Majesté.

— Vous vous trompez, Berenguer. C'est le secrétaire de Castellbo qui l'a confiée à Don Eleazar. Le comte était en mission confidentielle.

— Son neveu ne savait pas qu'il était absent ?

— Tout a été fait, expliqua Don Eleazar, pour empêcher qui que ce soit de découvrir qu'il n'était pas simplement souffrant.

— Vous avez réussi avec le neveu, dit l'évêque, mais peut-être ne fut-ce pas très difficile. Il m'a donné l'impression d'un jeune homme charmant, quoique un peu crédule. Il m'a avoué que la politique de cour le désorientait complètement.

— Vous saviez qu'il était le secrétaire de Sa Majesté la reine ? demanda Eleazar.

— Oui, fit l'évêque.

— Malheureusement, ce jeune homme semble s'être condamné lui-même avec sa propre plume, dit Don Pedro avec prudence. Mais veillez à ce qu'il soit détenu en un lieu agréable et bien traité, au cas où il y aurait quelque mérite en sa défense. Nous en déciderons demain.

CHAPITRE XIV

L'annonce de la mise en accusation pour haute trahison de Don Tomas de Bellmunt, fils de Don García de Bellmunt et de feu Doña Elvira de Castellbo, constitua un délicieux scandale susceptible de couronner une semaine déjà riche en rumeurs alarmantes. Non pas que Don Tomas fût d'un quelconque intérêt pour qui que ce soit. Le jeune secrétaire de Sa Majesté était issu d'une famille honorable, mais les vents de la fortune l'avaient dépouillée de sa puissance et de sa richesse, ne lui laissant que fort peu de chose en dehors d'un nom et d'un rang à peine capables d'éloigner les froidures de l'hiver. De plus, elle venait d'une partie du royaume lointaine et obscure.

La fascination tenait tout entière au chef d'inculpation, et les commérages prenaient de minute en minute des proportions toujours plus fantastiques. Les femmes et le petit peuple évoquaient au marché des actes innommables impliquant Sa Majesté, alors que les riches négociants réunis à la bourse aux laines parlaient avec solennité de conspirations, de complots élaborés par les Anglais pour susciter des troubles civiques et par les Français pour assassiner l'infant Johan, et ainsi, de façon assez mystérieuse, détruire la demande en laines locales. Ils secouaient la tête et geignaient sur les prix.

227

Bien avant le début de la session, le tribunal était déjà plein.

Les bancs alloués aux spectateurs étaient tous occupés. Les cloches sonnèrent et le prisonnier fut introduit. Un murmure de surprise s'éleva dans la foule. Le désir de vengeance qui l'habitait ordinairement fut, à un certain degré, tempéré par la pitié quand elle vit à quel point ce jeune homme était beau. Toute couleur avait quitté le visage de Tomas, à l'exception de cercles sombres sous les yeux, mais c'est la tête haute qu'il marcha jusqu'à la chaise qui lui était réservée. Les faveurs qui constituaient la politique de la cour étaient des vents changeants auxquels il ne comprenait rien, mais ce n'était pas le cas des implications d'une accusation pour haute trahison. On l'avait questionné, et il avait répondu sincèrement ; pour lui, il était inconcevable de dire à ses interrogateurs autre chose que la vérité telle qu'il la connaissait. Mais il avait assez d'esprit pour comprendre que chacun des mots qu'il avait prononcés le condamnait. Aujourd'hui, on les reprendrait pour s'en servir contre lui. Il n'avait nul espoir de se sortir d'affaire.

Le greffier était assis à une table finement ouvragée et rangeait ses documents. Il leva les yeux, remarqua que le prisonnier le regardait fixement, rougit et s'empressa de détourner la tête. Tomas consacra poliment toute son attention aux murs du prétoire. Un groupe de quatre avocats fit son entrée : splendides dans leurs longues robes de juristes et parlant à voix basse, ils prirent place sur un banc latéral. Deux d'entre eux avaient passé de longues heures, la veille au soir, à interroger Tomas, mais aujourd'hui ils paraissaient à peine remarquer sa présence.

Enfin, la porte s'ouvrit pour permettre l'entrée des juges. La foule bruyante s'empressa de se lever et un silence soudain emplit la salle. Vêtu sobrement de noir et ressemblant à un guerrier qui vient de quitter le champ de bataille, un homme de haute taille entra dans le prétoire et occupa la place centrale. Il était suivi de deux juges parés comme des paons en comparaison. La présidence allait être assurée par Pedro d'Aragon en personne.

Le juge le plus jeune adressa un signe de tête au greffier :

— Lisez l'accusation.

— Votre Majesté, Vos Seigneuries, murmura le greffier avant de lire les formules solennelles accusant Tomas de Bellmunt de trahison pour avoir conspiré avec d'autres personnes anonymes afin de s'emparer de l'héritier du trône.

— Et que répond le prisonnier ? demanda le roi.

Un des avocats se leva, consulta une feuille posée devant lui et parla avec toute l'aisance des gens de son espèce :

— Votre Majesté, le prisonnier jure qu'il est un fidèle et loyal sujet du roi et que sa complicité en cette affaire est entièrement fortuite.

Il n'avait pas l'air convaincu.

— Le prisonnier a-t-il fait une déclaration quant au chef d'inculpation ? demanda le plus jeune juge.

Un deuxième avocat se leva et s'inclina.

— Oui, il en a fait une, Votre Majesté, messeigneurs, dit-il avant de se mettre à lire le récit péniblement détaillé que Bellmunt avait fait de l'affaire.

Tomas se sentait étonnamment loin de tout cela. Hormis quelques imprécisions çà et là, c'était une relation admirable de ce qu'il avait dit. Il percevait avec une brutale lucidité le poids de l'accusation lancée contre lui. Eût-il été un étranger en ville, venu par curiosité assister à ce procès, il en aurait conclu que le prisonnier était soit un imbécile, trop dangereux pour vivre, soit un fieffé coquin, si endurci qu'il se moquait des conséquences de ses actes. Il se demanda brièvement si quelque chose

229

aurait pu atténuer l'impact des faits. Peut-être que, si la cour avait vu Doña Sanxia, ses yeux, sa chevelure envoûtante, elle aurait compris comment il avait pu accéder si facilement à sa requête. Mais Doña Sanxia était morte. Et il savait aujourd'hui que, même vivante, elle n'aurait jamais risqué sa propre tête pour sauver la sienne.

De plus, Tomas n'avait supprimé que deux faits dans sa longue déclaration, et leurs relations constituaient l'un d'eux. Comme quelque chevalier d'antan, il était décidé à la protéger, même dans la mort, des ricanements grossiers de la foule. Il refusait d'admettre son péché et sa folie en un lieu public au cas où dame Isabel l'entendrait et en viendrait à le mal juger. Il avait également passé sous silence le rapport entre son oncle et Romeu. Ce n'était pas un secret, mais cela n'aurait pu que nuire à son protecteur, le propre frère de sa défunte mère. Il irait à la mort, songeait-il amèrement, en acceptant la responsabilité de ses propres actions mais sans entraîner qui que ce soit, vivant ou mort, dans sa chute.

À son grand étonnement, la déclaration s'acheva sur la découverte du corps de Doña Sanxia et son retour tardif à Barcelone. Pas un mot sur dame Isabel, Montbui ou la mort de Romeu. Il voulut se lever pour protester, mais on le força à reprendre sa place.

— Le prisonnier doit garder le silence, dit le greffier de sa petite voix sèche.

Le deuxième avocat se leva, plein de suffisance, et s'inclina. Il entreprit d'exposer l'affaire aux juges. Cela ne lui prit que très peu de temps : il commença par un bref préambule et termina par la lettre que Tomas avait envoyée à son oncle, celle qui contenait les mots terribles : *Je crains d'avoir fait acte de traîtrise à mon insu.*

C'était si simple, pensa Tomas. Tout le reste n'était qu'élaboration. Cette nuit-là, à Barcelone, il avait signé son arrêt de mort.

Le secrétaire particulier de son oncle fut appelé. L'allure plus sèche et plus poussiéreuse que jamais, il expliqua de manière aussi précise que monotone comment il avait eu cette lettre.

— Et comment se fait-il que vous ayez reçu et ouvert une lettre adressée au comte? demanda l'avocat qui semblait, d'une certaine façon, représenter Tomas.

— Le comte se trouvait loin de là, chargé par Sa Majesté d'une mission des plus secrètes. J'avais pour instruction de ne laisser personne — pas même un parent ou un ami intime — savoir qu'il se trouvait loin de la cour. J'avais fait courir le bruit qu'il était en proie à la maladie. Sinon, je n'aurais jamais ouvert une lettre de son neveu.

— Qu'avez-vous fait alors? demanda le jeune juge.

— J'ai ouvert la lettre le lendemain matin, Votre Seigneurie. Don Tomas avait déjà quitté Barcelone. Il était parti pour Gérone, je le sais maintenant.

— Sur instruction du comte? demanda brusquement Don Pedro.

— Non, Votre Majesté. Pas que je sache. Je croyais à ce moment qu'il voyageait avec la suite de Sa Majesté la reine.

Tomas leva la tête d'un air indigné, prêt à réfuter un tel mensonge. Mais c'était un petit mensonge, destiné à préserver la réputation de son oncle, et il retomba dans l'apathie.

Un petit groupe de témoins vinrent placer Tomas sur la route de Gérone plutôt que dans la suite de la reine. L'affaire était close.

Les seuls qui auraient pu jurer — s'ils en avaient eu le désir — que Tomas était impliqué malgré lui dans un complot pour capturer l'infant Johan, ces témoins-là étaient morts. Et les procureurs, hommes habiles, ne l'accusaient de rien d'autre. Pourquoi l'auraient-ils fait, d'ailleurs? Un homme n'a qu'une seule tête à perdre.

Sa Majesté se leva. Le reste de la cour imita le roi et se retira pour considérer les faits.

— Maman est partie se reposer dans sa chambre. Je pourrais vous faire la lecture, papa, murmura Raquel alors que l'après-midi du sabbat, chaud et ensoleillé, traînait en longueur. Yusuf pourrait aller chercher le livre si je lui disais lequel prendre.

Ils étaient assis sous la charmille. Seul le bruissement de la fontaine venait rompre le silence. Le chat dormait; les oiseaux avaient cessé de piailler; même le bruit des charrettes et des voix à l'extérieur du Call se fondait en une sorte de somnolence universelle.

— Tu es bien sûre? dit Isaac en feignant la terreur. Nous pourrions peut-être prendre le risque d'une page. Quelque chose qui convienne à ce jour, évidemment.

— Évidemment. Où sont les jumeaux?

— On m'a dit qu'ils dormaient, répondit Isaac. Si tu dois lire, que ce soit à voix basse. Il serait coupable, à un âge aussi tendre, de les exposer à la dépravation.

— Ce n'est pas que je veuille vraiment, papa, dit Raquel, hésitante. Je pensais que cela pourrait apaiser vos soucis.

Elle prenait son père très au sérieux et trouvait quelque peu dérangeante sa tendance à l'autodénigrement. Voulait-il qu'elle lui fasse la lecture le jour du sabbat ou non? Son père était un homme très croyant; pourtant, comme sa mère aimait à le souligner, il faisait preuve de beaucoup de liberté pour ce qui était de l'observance des rites. Cette fois-ci, elle décida de prendre les choses en main et pria Yusuf de la suivre dans le cabinet.

Isaac perçut le doux bruissement des jupes de sa fille quand elle traversa la cour, puis il l'entendit pousser la porte du cabinet d'étude. Alors que Raquel cherchait quelque chose de convenable, il s'imagina qu'à travers ses yeux il revoyait la longue rangée de livres précieux aux reliures sombres, et il se demanda lequel elle allait choisir.

— J'ai choisi Boèce, papa. *De consolatione philosophiae.*

Cela ne le surprit nullement. C'était un des ouvrages préférés de Raquel : le premier texte « difficile » qu'elle avait appris à lire et à comprendre.

— Cela veut dire quoi ? demanda Yusuf.

— « De la consolation de la philosophie », bien entendu, répondit Raquel.

— Puis-je rester écouter ? fit le garçon.

— Tu ne comprendras pas, répliqua Raquel avec une pointe de morgue. C'est écrit en langage savant.

— Je comprends un peu ce langage, dit Yusuf. Le clerc avec qui je voyageais me l'a enseigné. J'écouterai en silence et ne poserai aucune question. Puis j'irai en ville pour apprendre ce que vous désirez savoir, seigneur.

— Tu peux rester, dit Isaac d'un ton dubitatif.

Une certaine hostilité teintée de jalousie semblait déjà se manifester entre ces deux esprits exigeants, et cela le mettait mal à l'aise. Au cours des derniers jours, Yusuf s'était fait une petite place dans sa vie. Isaac formait des projets concernant l'éducation du jeune Maure, et parvenir à écarter les soupçons de Judith serait certainement assez difficile. Si Raquel se tournait à son tour contre ce garçon, la paix de la maison risquait d'être ébranlée par une guerre ouverte entre ses deux apprentis hors du commun.

— Mais ne dérange pas Raquel, ajouta-t-il.

C'est alors que, de sa voix douce et plaisante, Raquel se mit à lire les vers. Jeté en prison, Boèce se lamente sur la cruauté de sa situation ; elle l'a privé de sa force et de sa jeunesse, le faisant vieillir avant l'âge ; la mort est imminente, et la poésie qui faisait jadis ses délices ne réussit plus à le consoler. Yusuf regardait attentivement les lèvres de Raquel former les mots ; Isaac écoutait le texte familier avec le plaisir qu'il prenait toujours à la beauté des sons, ce qui permettait à son esprit d'échapper aux événements extraordinaires de ces derniers jours.

Raquel acheva les lignes poignantes où le philosophe reproche à ses amis d'avoir vanté dans le passé sa bonne fortune. Sa voix défaillit un instant, mais elle reprit son souffle et poursuivit sa lecture. C'est alors que Dame Philosophie apparaît soudain dans sa cellule, majestueuse dans sa robe précieuse. Raquel fut incapable de goûter plus longtemps la scène : tout cela était bien trop proche de la réalité. Elle referma le livre et le tendit à Yusuf.

— Papa, pourquoi ont-ils arrêté Don Tomas ? Vous avez certainement appris quelque chose.

— Pas grand-chose, en fait, dit-il avec prudence.

— Cela me semble très injuste. Il a risqué sa vie à deux reprises pour nous venir en aide. Et il n'avait rien à voir avec notre enlèvement, affirma-t-elle d'une voix calme et grave qu'elle ne pouvait toutefois empêcher de vibrer.

— J'ai cru comprendre que c'est son serviteur qui t'a enlevée ainsi que dame Isabel. Cela suffirait pour l'arrêter.

— Est-ce la loi ? demanda-t-elle. Si le petit Yusuf allait au marché dérober un gâteau, vous enverrait-on en prison ?

— Si je l'avais envoyé le voler et s'il l'avait rapporté à la maison pour que je le mange, oui. Mais s'il agit sous l'effet de sa propre cupidité, c'est son corps qui se retrouvera en prison.

— Mon corps serait toujours en prison, seigneur, que vous m'ayez envoyé voler ce gâteau ou que je l'aie fait de mon propre chef, intervint promptement Yusuf. Ils me prendraient, que ce soit votre faute ou pas.

— C'est vrai, reconnut Isaac. Et il en va de même pour Tomas. Le serviteur doit être châtié pour ses actes, mais s'il est jugé que le maître lui a ordonné d'agir, il doit lui aussi être puni. Plus sévèrement, même. Tu peux t'en aller à présent, Yusuf. Sans faire de bruit.

Le garçon se leva en silence, puis se planta devant Isaac, apparemment peu enclin à abandonner une si intéressante conversation.

— Attends, lui dit Raquel. Si tu sors du Call, j'ai un message à te remettre.

Yusuf se rassit à côté d'Isaac.

— Tomas ne savait rien de ce qui nous était arrivé cette nuit-là, poursuivit Raquel. Il est venu à notre secours quand il m'a vue les mains liées.

— Est-ce ce qu'il a dit?

— Non. Je l'ai vu près de la rivière. Il nous regardait passer, comme quelqu'un qui se repose en profitant de la journée. Nous allions le dépasser quand j'ai remarqué qu'il avait l'air étonné. Il avait vu mes mains, papa. Il a tiré son épée et a couru jusqu'à nous avant d'obliger Romeu à se battre. Il l'a tué devant moi.

— Il aurait pu s'agir d'une ruse de sa part, pour vous convaincre, dame Isabel et toi, de son innocence. Peut-être s'est-il dit que l'enlèvement avait échoué et qu'il lui fallait se retirer de ce complot.

— Oh, papa! Il était vraiment étonné. Je ne pense pas qu'il ait pu feindre une telle expression. Il n'est pas sournois, affirma-t-elle. Si vous le connaissiez! Il n'y a en lui ni ruse ni duplicité et il ne pourrait même pas imaginer une machination aussi abjecte. S'il essayait seulement, il en deviendrait rouge de honte. Je ne sais pas comment il a pu survivre à ceci, ajouta-t-elle avec dédain.

— Souviens-toi que je lui ai parlé. Ce jeune homme m'a impressionné par sa singulière honnêteté et sa franchise. Mais il s'est peut-être mêlé, sans bien s'en rendre compte, d'une chose trop dangereuse pour qu'il s'en échappe à présent.

— Mais, papa, c'est l'innocence même!

— Et comment se fait-il que ma fille connaisse si bien les secrets de son cœur? Et pourquoi plaide-t-elle sa cause avec tant de ferveur?

— Oh, papa, dit-elle avec impatience, chacun peut connaître les secrets de son cœur après un moment de conversation avec lui. Il est trop candide pour mon goût. Il n'a pas le sens de l'humour... disons pas assez, et ce n'est pas un esprit très subtil, ajouta-t-elle, avant de se sentir honteuse. Je le crois inquiet ou malheureux pour une raison que j'ignore. Dame Isabel est tombée amoureuse de lui, même si elle le nie. Et lui d'elle. J'en suis certaine. Il rougit de façon charmante quand il lui parle. Il n'a fait d'avances à aucune de nous. C'est un gentilhomme tout à fait honnête. Presque trop honnête, en fait, conclut-elle.

— J'en suis désolé. Non pas qu'il soit honnête, mais que dame Isabel l'aime. C'est malheureux, mais elle ferait mieux de se préparer au pire. Ce jeune homme s'est mis dans une position impossible. Même si je pouvais l'aider de quelque façon que ce soit, il me serait impossible de rien faire aujourd'hui. Et demain il sera probablement trop tard pour le sauver.

— Mais, papa... ce n'est pas juste. Le Seigneur ne veut certainement pas qu'un homme meure injustement parce qu'on ne peut rien faire pour lui le jour du sabbat.

Elle enfonça les ongles dans la paume de sa main pour ne pas éclater en sanglots.

— Ma chérie, dit Isaac, si je savais mon aide susceptible de le préserver d'une mort injuste, chrétien ou pas, sabbat ou pas, je pourrais tenter d'intervenir. Mais je crois qu'il n'y a rien que je puisse faire.

— Pourquoi devez-vous toujours vous montrer si prudent ?

Elle était pleine de détermination, à présent.

— Si vous ne l'aidez pas, je le ferai. Si dame Isabel faisait appel à son père, il l'aiderait, mais je suis certaine qu'elle ignore les dangers qu'il court. Les sœurs ne lui diront rien. Cet endroit ressemble parfois à une prison.

Raquel saisit fermement son père par le bras.

— Papa, je dois aller voir dame Isabel.

— Maintenant? fit Isaac.

— Je ne peux attendre le coucher du soleil. Puis-je envoyer Yusuf lui porter un message? Ensuite je m'en irai.

— Tu te proposes d'aller par les rues et de te rendre seule au couvent?

— Je pensais que vous laisseriez peut-être Yusuf m'accompagner, suggéra-t-elle d'un ton incertain.

— Seule, avec un enfant? Il est vif et intelligent, mais il n'est pas de taille à protéger une femme seule. Et comment reviendras-tu?

— Je passerai la nuit au couvent et je rentrerai demain matin. Je trouverai quelque chose à raconter.

— Laisse d'abord Yusuf aller au couvent porter ton message. Il pourra en profiter pour savoir ce qu'il advient de Tomas.

— Dois-je remettre le livre à sa place avant de partir, seigneur?

— Oui, dit Raquel. Et je vais écrire quelques lignes à dame Isabel.

Tandis que les spectateurs bavardaient et que les officiers du tribunal spéculaient sur l'heure à laquelle ils pourraient souper, un petit garçon se glissa par une porte entrouverte pour faire courant d'air. Il se cacha de groupe en groupe et s'avança ainsi dans le prétoire, où il se dissimula sous un banc, prêt à tout observer. Quelques minutes plus tard, les avocats revinrent, chacun se leva précipitamment, et Sa Majesté alla reprendre sa place, suivie de son train de juges.

— Le prisonnier désire-t-il faire une déclaration? demanda-t-il sur le ton de la conversation.

Tomas s'inclina :

— Votre Majesté, je sais désormais qu'aveuglé par la folie et le manque d'expérience, j'ai été mêlé au pire des crimes. Dieu sait qu'il n'y avait nulle trahison dans mon cœur, mais je suis horrifié par les maux que mes actions auraient pu entraîner. J'en accepte donc les conséquences sans me plaindre. J'implore non pas votre pardon, mais votre indulgence.

— Voilà de braves paroles, bravement prononcées, dit le roi sans changer d'expression. Tomas de Bellmunt, vous êtes reconnu coupable de trahison. Lundi, vous serez confié au bourreau afin d'être exécuté en accord avec votre rang et vos biens seront soumis à confiscation.

Les mots fondirent sous le rugissement qui résonnait dans sa tête. Il s'inclina devant Sa Majesté, et on l'emmena.

CHAPITRE XV

Yusuf se glissa hors du prétoire et se dirigea vers la grand-place, devant le palais épiscopal. Une fois là, il escalada le mur et rampa sur un toit adjacent. Il alla du toit à la cour, puis vers un autre mur, jusqu'à ce qu'il pût voir à l'intérieur du quartier juif. Un volet s'ouvrit brutalement et une femme poussa un cri scandalisé. Il se laissa glisser au bas du mur et sauta sur un toit du Call. Ensuite, ce fut facile. Sur le toit de la maison d'Isaac, il dérapa sur les tuiles, en accrocha une au passage, tomba dans la cour, plié en deux et le souffle court.

Comme Yusuf s'efforçait de recouvrer sa respiration, Isaac murmura :

— Il n'était pas nécessaire de voler au-dessus des habitations du Call. Une fois à l'intérieur, nous autres, simples mortels, avons l'autorisation de marcher dans la rue. Quelles sont les nouvelles ?

— En passant par là, seigneur, je suis allé plus vite.

Yusuf se tourna vers Raquel.

— J'ai un message de la part de dame Isabel, maîtresse. Elle souhaite que vous veniez dès que possible. Et les nouvelles du procès sont très mauvaises.

— Condamné ! s'écria Raquel. À être exécuté lundi ! Je ne peux y croire. Oh, papa, dame Isabel va en mourir !

— Cela ne la tuera pas, répondit Isaac. Elle sera horriblement malheureuse, mais elle ne mourra pas parce que la vie lui a présenté sa facette la plus hideuse. Pourtant elle aura besoin de toi.

— Quand cela ?

— Au moment opportun. Je t'emmènerai. Nous irons ensemble, mais je dois attendre que ta mère redescende avant que de partir. Passe une cape sombre et attends-moi devant la porte du quartier. J'ai ma propre façon d'entrer et de sortir — tout aussi efficace que celle de Yusuf, mais plus coûteuse.

Raquel se changea pour enfiler une robe toute simple, grise avec des manches droites, et une tunique plus sombre. Elle jeta un voile sur sa tête et, sans prendre garde à la chaleur étouffante qui régnait dans la chambre close, s'enveloppa d'une cape noire. Elle eut l'impression, malgré tout ce qu'elle pouvait dire pour se justifier, de se déguiser comme si elle envisageait de tirer une bourse ou de commettre un meurtre. Elle se sentait aussi coupable que si c'étaient là ses intentions véritables. « Tout ce que tu fais, songeait-elle, c'est rendre visite à une amie. » Mais cela ne servait à rien.

Les rues du quartier juif étaient paisibles ; les fenêtres aux volets ouverts laissaient échapper des bruits domestiques : bébés qui pleurent et mères qui les calment de leurs voix douces, enfants qui gémissent sur de petits maux, imaginaires ou bien réels. Un air chaud, étouffant, planait sur la ville. Le calme, qu'elle trouvait d'ordinaire apaisant, pour l'esprit comme pour le corps, lui semblait aujourd'hui de mauvais augure. Chaque fenêtre abritait un espion, qui se demandait où elle allait et ce qu'elle faisait. Une menace était embusquée dans chaque recoin de porte, en haut de chaque ruelle. Quand elle arriva en bas des escaliers sombres et étroits qui menaient à la porte du quartier, elle s'enveloppa plus étroitement encore dans sa cape.

Le bruit de pas inconnus la précipita dans l'encoignure d'une porte ; elle se tapit et abaissa le voile sur son visage. Un homme grossièrement vêtu, au visage rouge, tourna au coin de la rue, la regarda et parut vouloir s'arrêter. Mais quelque chose le fit changer d'avis, et il poursuivit son chemin. C'était un incident infime, pourtant le cœur de Raquel palpitait d'effroi, comme si un masque d'innocence souriante était tombé du visage de la ville qu'elle aimait pour en révéler les traits hideux. Un monde capable de condamner à mort un innocent sans autre cérémonie qu'un procès expéditif — un procès où elle, principal témoin, n'était même pas appelée — était un monde où justice, vertu et respect de la loi n'étaient que parodies. Des larmes coulaient sur ses joues, et elle appréciait l'épaisseur de son voile.

Elle entendit son père approcher bien avant de le voir — ses pas fermes, le choc de son bâton sur le pavé, et, mêlés à cela, les pas vifs et légers de Yusuf.

— Es-tu là, ma chérie ? appela-t-il alors qu'il arrivait près de la porte.

— Ici, papa, dit-elle d'une voix qu'elle ne pouvait empêcher de vibrer.

Elle quitta sa sombre cachette et retrouva le soleil de fin d'après-midi.

Isaac était vêtu comme à l'accoutumée quand il rendait visite à un patient. L'air très sérieux, Yusuf marchait à côté de lui et portait le panier empli de simples et de remèdes. Raquel poussa un hoquet de douleur en voyant l'air sérieux de l'enfant : il était aussi fier et solennel qu'elle-même quand elle avait hérité cette fonction de Rebecca. Était-elle en proie à la nostalgie de l'enfance ou se pouvait-il qu'elle fût jalouse du petit Maure ? Résolument, elle tenta de reprendre pied dans le présent.

Isaac tendit le bras et referma ses doigts sur sa main.

— Raquel, mon enfant, tu trembles. Que se passe-t-il ? Quelque chose t'aurait effrayée ?

Elle aurait voulu hurler : « Oui, papa, j'ai peur ! Le monde entier est mauvais ! » Mais ici, par cet après-midi ensoleillé, en ce jour de sabbat, elle se sentait stupide d'éprouver une crainte aussi déraisonnable, aussi injustifiée.

— Non, papa, dit-elle, mais en vous attendant, je me suis mise à penser au pauvre Tomas et...

Ses yeux s'emplirent de larmes et elle ne put continuer.

— C'est normal, ma chérie. Maintenant, sortons d'ici.

Isaac siffla doucement. Un jeune garçon fit son apparition et déverrouilla la porte. Le médecin laissa tomber quelques pièces dans la main tendue du garçon, puis ils sortirent dans la ville.

Ils payèrent leur dû au péage et passèrent la porte nord en silence ; ils empruntèrent le pont jeté sur la Galligants avant que Raquel n'ose parler.

— Comment avez-vous expliqué ma disparition ? demanda-t-elle enfin.

— Je ne l'ai pas expliquée. Tu as de la fièvre, suite à cette terrible expérience, et je t'ai donné une puissante potion soporifique. Il serait dangereux de chercher à t'éveiller avant demain matin.

— Papa, vous êtes si intelligent ! Et si malicieux !

Isaac avait ses propres raisons de se trouver à l'extérieur de la ville avant le coucher du soleil. Yusuf et lui accompagnèrent Raquel sur le pont, puis sur la route qui longe la rivière, jusqu'au couvent.

— Au revoir, ma chérie, dit-il. Souviens-toi : tu dois rentrer tôt demain matin, avant même que ta mère ne s'éveille. J'enverrai Yusuf te chercher. Couvre-toi bien en traversant la ville.

— Oui, papa, dit Raquel, obéissante.

— Fais de ton mieux pour consoler dame Isabel. Tu

lui seras plus utile que moi. Mais si son état général empire — si elle est fébrile, si elle se sent la tête vide ou si elle souffre —, envoie-moi chercher. Je serai aux bains maures. Tu devras prendre ta décision avant la tombée de la nuit; ensuite, il sera trop tard.

— Pourquoi aux bains, papa? Johan est-il malade? Et pourquoi si tard?

— Chut, ma chérie. Certaines affaires personnelles m'entraînent là-bas. Prends le panier, tu en auras peut-être besoin.

— Holà, Johan, murmura Isaac à la porte de l'établissement de bains.

— Maître Isaac, dit le gardien, vous voici enfin. Avec le garçon? ajouta-t-il, surpris.

— Il est mes yeux, Johan. Mais il est petit et ne prendra pas beaucoup de place. Tout est-il prêt?

— Oui, maître. Tout ce que vous avez demandé.

— Conduis-moi là où je devrai attendre.

Johan prit le médecin par la main et l'entraîna dans une alcôve située sur le côté de la salle.

— Ici, dit-il. Derrière l'armoire. C'est là que je range mes linges quand ils sont secs.

Il réfléchit un instant.

— C'est également là que je me cache quand je veux dormir. Personne ne m'y a jamais trouvé.

Il le tira vers le meuble et le fit se courber.

— Il y a un tabouret pour s'asseoir, maître Isaac.

— Peut-on me voir, mon garçon?

— Non, seigneur, dit Yusuf. Sauf un bout de votre tunique. Attendez, je vais l'arranger. Là, vous êtes invisible, maintenant.

— Merci, Johan. Yusuf va sortir attendre que quelqu'un passe. Quand il sifflera, tu t'en iras et fermeras la porte à clef comme tu le fais d'habitude. Dis quelque chose au passant pour qu'il se souvienne de l'instant, puis rentre chez toi et n'en sors plus.

243

— Je ne peux pas souper chez Rodrigue? J'y vais toujours une fois les bains fermés.

— Oui, c'est encore mieux. Va chez Rodrigue ce soir. Fais comme toujours, rentre chez toi et va te coucher. Yusuf?

— Oui, seigneur.

Le bruit léger des pas de l'enfant résonna dans la salle vide des bains.

Un sifflement lent et plaintif retentit. Isaac trouva qu'il ressemblait au cri mélancolique de quelque étrange oiseau de nuit, arraché par le vent à son pays lointain et désormais perdu dans les collines de Catalogne. Le gros Johan prit son paquet d'affaires et sortit.

— Oh, Pere! dit-il à un homme aux jambes arquées qui menait une mule chargée de bois.

— Johan, tu travailles tard pour un samedi soir.

— Toi aussi, Pere.

— Tant qu'il y a de la lumière, Pere est au labeur. Les cuisines du palais vont faire de grands feux, il va se passer des choses importantes ce soir.

Johan hocha la tête et verrouilla les bains. La clef fut fermement attachée à une chaîne entourée autour de sa taille.

— Tu ne restes pas pour la réunion? demanda Pere avec un signe de tête en direction de l'établissement.

— Moi, je ferme, et ça reste fermé, dit le gros Johan en emboîtant le pas à l'homme et à sa mule qu'il dominait tous deux d'une tête.

— Tu as bien raison. Ce genre d'affaire n'apporte que du souci. Tu es trop jeune pour te rappeler la croisade des bergers, fit-il remarquer. Ils sont arrivés par la montagne, ils criaient des choses et ressemblaient plutôt à une armée barbare. Ils tuaient les lépreux, pénétraient dans les églises et saccageaient les objets du culte. Tout cela au nom de Dieu. Ils ont été pendus pour la plupart. J'ai vu ça quand j'étais gamin.

La mule trébucha.

— Courage, Margarita! On y est presque. Attends un moment, Johan, pendant que je ramène ma bête à l'étable et dépose ma charge au palais : allons chez Rodrigue partager un pot ou deux.

Sans un mot, Johan défit les sangles, jeta les deux gros fardeaux de bois sur ses épaules comme s'il ne s'agissait que de sacs de haillons et attendit son ami. Ensemble, ils se dirigèrent vers le palais épiscopal et livrèrent le bois aux cuisines où se préparait le souper de Sa Majesté.

— Seigneur? appela Yusuf à voix basse.

Même ainsi, le mot résonna dans la grande salle.

— Où êtes-vous?

— Où tu m'as laissé, mon garçon. Qu'est-ce que tu fais là? Je t'ai demandé de rester à l'extérieur. Ces hommes ne nous aiment pas, ni toi ni moi.

— Je ne peux pas vous laisser seul. Ils sont trop dangereux, seigneur.

Les premiers membres de la Confrérie du Glaive de l'archange arrivèrent avant que les derniers rayons du soleil ne quittent le ciel. Ils se tenaient de l'autre côté de la porte, à rire et à causer, et ne cherchaient pas à se cacher. Au bout d'un moment, l'un d'eux essaya la poignée et lança un juron :

— Cet imbécile de gardien a verrouillé la porte!

— C'est Sanch, le valet d'écurie, qui parle, murmura Isaac.

— J'ai une clef, dit quelqu'un.

— Ça, c'est Raimunt le scribe, qui semble avoir fait un double de la clef des bains. Les portes ne s'ouvrent donc pas par magie, chuchota le médecin avec satisfaction.

— Par magie?

— Ils ont dit à Johan qu'ils recourraient à la magie

245

pour ouvrir la porte — et aussi pour le mettre hors d'état de nuire — s'il refusait de la laisser ouverte.

Une clef grinça dans la serrure et la porte s'ouvrit, laissant entrer le brouhaha d'une petite foule.

— Il ne faut plus parler, reprit Isaac. Pas tant que le bruit qu'ils font ne couvre pas le son de nos voix.

Yusuf s'accroupit à côté d'Isaac.

Cinq hommes entrèrent en premier, d'après ce qu'en conclut Isaac. Sanch, Raimunt, Martin et deux autres dont les voix ne lui étaient pas familières : l'une grave et pleine d'assurance, l'autre inquiète et plus aiguë.

— Combien serons-nous ? demanda la voix inquiète.

— Trente, dit Sanch. J'ai compté tous ceux à qui j'ai parlé. Peut-être un ou deux de plus. Cela suffit ?

— Pour l'instant, oui, affirma la voix assurée. L'endroit n'en contiendrait pas beaucoup plus. Si chacun amène un compagnon sur la place, nous serons assez. Des renforts attendent. Ils se joindront à nous dès que nous franchirons les portes du palais.

— Comment allons-nous faire pour entrer ? s'enquit Sanch.

— Ne t'inquiète pas pour cela, dit la voix assurée. Dans le palais, nombreux sont ceux qui n'ont aucun amour pour l'évêque et manifestent de la sympathie à notre cause.

— Qui a les cagoules ? demanda la voix inquiète.

C'était de toute évidence l'homme chargé des détails, celui qui prêtait une attention particulière aux éventuels problèmes.

— Moi, répondit Martin.

— Une pour chacun tant qu'il y en a, fit l'homme chargé des détails. Ceux qui auront une cagoule occuperont les premiers rangs.

— Raimunt, dit l'autre inconnu, tu te tiendras à côté de l'ami Sanch et veilleras à reconnaître tous ceux qui passent. Ta torche et la lumière de la lune t'y aideront.

— Pourquoi ? questionna Martin d'un air soupçonneux.

— Nous ne voulons pas d'espions, répondit l'homme à la voix assurée. Plus tard, Don Fernando voudra savoir qui était dans le mouvement dès le début afin que ces gens soient récompensés en premier.

Ils pénétrèrent dans l'établissement de bains, les premiers assez calmes, les suivants bavardant nerveusement et les derniers particulièrement bruyants. La température monta et le niveau sonore devint assourdissant.

— Combien sont-ils ? murmura Isaac à l'oreille de Yusuf.

— Plus que je ne peux en voir. Attendez.

Le garçon disparut, laissant Isaac sur son petit tabouret, derrière l'armoire. Il s'efforça de se concentrer sur ce que l'on disait, mais l'atmosphère — la chaleur, le bruit et surtout une puissante odeur corporelle — noyait ses sens et le distrayait.

Et puis, aussi brusquement qu'il avait disparu, Yusuf réapparut et se pressa contre son genou.

— Ils sont au moins trente réunis dans la grande salle, chuchota-t-il, et l'entrée est remplie d'hommes si serrés que je n'ai pu les compter. Dix ou vingt de plus, peut-être. Ils ont apporté des torches et les ont accrochées aux murs. Et maintenant ils font passer un tonnelet de vin et distribuent des gobelets à tout le monde. Ils ont dressé une sorte de plate-forme. L'homme au visage rouge va prendre la parole.

— Ne faisons pas un bruit et écoutons.

Le discours adressé à la foule débuta sur le ton de la conversation. C'était l'homme à la voix pleine d'assurance : il parla de la ville, sa prospérité, son commerce, son importance, la richesse de ses habitants. Puis il s'arrêta.

— Ses habitants, mais pas tous. N'est-ce pas vrai ?

— Si, si, c'est vrai ! cria le groupe qui commençait à s'exciter.

247

— Nous savons les uns et les autres ce qui est advenu à certains d'entre nous — Martin, le relieur honnête, qui a perdu son travail, et Raimunt le scribe, dont la moitié de la charge lui a été retirée, et chacun de ceux qui ont vécu la même histoire. Nous savons tous à qui le travail est allé, et nous savons qui le leur a donné.

Les cris augmentèrent en nombre et en puissance, au point qu'Isaac sentit poindre une migraine.

— En tête vient le roi, qui s'entoure de juifs en guise de conseillers et se sert de notre fortune pour promouvoir un indigne héritier. (Rugissements dans la salle.)

« Aidé par l'évêque, qui, avec le soutien des juifs, s'enrichit sur notre dos alors que nous ne cessons de trimer et de nous appauvrir. (Les rugissements redoublèrent.)

« Et aussi le vicaire...

La liste se déroula, nom après nom, et chacun déclencha un tonnerre de cris furieux. L'atmosphère était surchauffée.

Yusuf se rapprocha de lui : Isaac pouvait sentir qu'il tremblait.

— Et s'ils nous trouvent, Seigneur ?

— Peux-tu te glisser sous cette armoire ? murmura Isaac.

— Oui, seigneur, répondit Yusuf après avoir mesuré l'espace.

— Prends cette bague. Écoute-moi bien. Si la situation devient...

Il chercha le mot exact.

— ... délicate...

— Que voulez-vous dire, seigneur ?

— Chut ! Écoute-moi. Si la situation devient délicate, tu le sauras. Si tu peux t'échapper d'ici, va trouver l'évêque et apprends-lui ce qui se passe. Si tu ne peux t'enfuir, reste caché. Johan te sortira de là demain matin. Rampe sous cette armoire. Maintenant, oui. Et assure-toi qu'on ne voie pas un morceau de ta tunique. Pars dès que tu le peux. Ne m'attends pas.

Dans la salle, la foule se déplaçait, tantôt vers l'estrade, tantôt vers le tonnelet de vin, tantôt vers la porte pour respirer un peu. Deux ou trois individus titubèrent ou furent poussés vers l'alcôve sombre où Isaac était caché en compagnie de Yusuf. Isaac entendit des bruits de pas tout près de lui — trop près de lui —, puis un juron marmonné. Il entendit une main s'abattre sur un corps, un grognement de douleur. Puis, brutalement, une main se referma sur son épaule.

— Par tout ce qui est saint, il y a quelqu'un ici! s'écria une voix. Regardez!

— Un espion de l'évêque! Sors-le de là!

Isaac fut relevé sans ménagement et fit un ou deux pas.

— C'est le magicien!

— C'est Isaac le juif!

— Tiens-le bien pour pas qu'il s'envole!

Des doigts s'enfoncèrent dans les épaules d'Isaac, et quelqu'un le traîna hors de son alcôve. On lui ligota grossièrement les mains dans le dos et on l'obligea à tomber à genoux devant l'estrade de fortune. Il avait l'horrible impression d'être prisonnier d'une masse suintante ayant fort peu de chose en tête, une masse prête à exploser et à tout détruire sur son passage, y compris lui-même.

— Tuons-le! hurla une voix tonitruante, troublée par le vin. Sale espion!

— Mettons-le à la torture! renchérit une autre. On saura ce qu'il fait ici.

Le premier coup l'atteignit dans les côtes. La douleur irradia et il essaya vainement d'éviter les coups qui s'abattaient sur lui de toutes parts, certains sans conviction, d'autres plus vicieux, certains bien placés, d'autres donnés au jugé. Après un instant de répit, un pied écrasa sa cage thoracique. Le médecin qu'il était ne put s'empêcher de remarquer qu'il avait au moins une côte brisée; la même chose à la tête, et il était mort.

249

— Qu'est-ce que tu viens faire ici ? Parle !

— On sait pourquoi il est là. Tuons-le ! Finissons-en !

— Tuons-le ! s'écrièrent cinq ou six individus, bientôt acclamés par la foule.

— Brûlons-le de peur qu'il nous envoûte ! lança une voix particulièrement aigrelette.

— Halte-là !

La voix tranchait sur le pandémonium.

— Libérez cet homme !

Il fallut plusieurs minutes avant que la populace, ivre de vin et de colère, ne réagisse, puis les mains s'activèrent dans le dos d'Isaac pour le débarrasser de ses liens et le relever.

La dernière lueur d'espoir s'était éteinte pour Isaac dès qu'il avait entendu ces mots. Ce répit soudain n'avait rien de miraculeux. Le brouhaha qui régnait dans l'établissement de bains ne l'avait pas empêché de reconnaître le Glaive.

Le silence se fit. La voix retentit à nouveau, déversant son mépris sur la foule :

— Vous ne pensez donc jamais à ce que vous faites, bande d'insensés ? À quoi nous servirait de battre à mort cet homme ? Nous ne voulons pas découvrir pourquoi il est venu ? Ce qu'il sait ? Qui d'autre est au courant de sa présence ici ?

Les questions s'abattaient sur les hommes comme un marteau sur une enclume.

— Vous devez être en mesure de l'interroger. Un homme mort peut être plus dangereux qu'un vivant.

La douleur s'insinuait dans chaque partie du corps d'Isaac et rampait en lui comme une plante. Ses oreilles bourdonnaient, la tête lui tournait. De très loin, il perçut un murmure gêné qui s'élevait de la foule.

— Est-ce que nous voulons mettre en danger les projets de ce soir ?

La réponse fut vague, embarrassée.

— Alors donnez-moi cet homme, et je l'examinerai à loisir.

Avec son panier de simples destinés à chasser les poisons du corps et les troubles de l'esprit, Raquel n'avait eu aucun mal à se faire admettre au couvent. Sor Benvenguda était toute prête à se débarrasser sans broncher de sa responsabilité dans l'état de santé de dame Isabel.

Dès qu'elle vit Isabel, Raquel comprit pourquoi. Il était évident que quelqu'un l'avait avertie du verdict : elle tremblait de rage et de désespoir.

— Comment peuvent-ils agir ainsi, Raquel ? sanglota-t-elle. Je comptais sur l'aide de mon oncle et de mon père. À qui d'autre recourir ? Que puis-je faire ?

— Votre père ne pourrait-il...

— Mon père a entendu ces mensonges et les a crus, c'est lui qui a rendu la sentence et condamné à mort l'être le plus innocent que j'aie jamais rencontré. Vous ne le croyez pas innocent ?

— Si, répondit Raquel, de tout mon cœur.

Mais personne n'était assez stupide pour croire qu'on pouvait encore intervenir pour lui.

Raquel jeta des simples dans une bouilloire et incita Isabel à boire un peu d'infusion.

— Raquel, resterez-vous avec moi ? Je ne puis supporter d'être seule. Ou entourée de nonnes curieuses.

— Mais oui, je resterai, répondit Raquel.

Elle aida dame Isabel à quitter sa robe et à se mettre au lit. Elle s'assit à côté d'elle et l'écouta déverser sa bile, pleurer puis entrer à nouveau en colère avant de se calmer. Elle ferma les yeux et dériva dans le sommeil.

À ce moment même, un grondement de foule retentit, s'éteignit, puis fut suivi d'un nouveau grondement, plus fort cette fois-ci. Raquel repoussa sa chaise, courut jusqu'à la fenêtre entrouverte et se pencha.

Sa hâte réveilla Isabel, qui sortit péniblement de son lit pour la rejoindre. Un bruit de voix sourd emplissait l'air nocturne.

— C'est étrange, remarqua-t-elle, on dirait que cela vient des bains. Ils sont fermés pour la nuit, pourtant.

— Les bains ? répéta Raquel, prise de panique.

Le décor — les arbres et la rivière, jusqu'au bâtiment — se laissait entrevoir entre l'ombre profonde et la lueur blafarde de la pleine lune, encore basse dans le ciel.

— Oui, il y a des lumières. De l'autre côté de la rivière, vous voyez ?

Un rugissement de voix d'hommes franchit la fenêtre.

Raquel prit Isabel par les épaules et la reconduisit vers sa couche.

— Dame Isabel, dit-elle, le souffle coupé par la frayeur, je suis sincèrement navrée, mais je dois m'en aller. Mon père se trouve là-bas...

— Aux bains ?

— Il allait y voir le gardien quand il m'a laissée ici. Et maintenant, Dieu seul sait ce qui s'y passe. Il pourrait lui arriver malheur. Pardonnez-moi, je vous en prie.

— Partez. Bien sûr que vous le devez. Mais reviendrez-vous demain ?

— Je vous le promets, dit Raquel en saisissant sa cape.

Raquel convainquit Sor Marta de la laisser sortir, jurant par tout ce qui lui était sacré que son père et son serviteur l'attendaient devant la porte du couvent. La pleine lune se levait mais, à l'ombre du couvent, la route n'était rien de plus qu'un ruban sombre déroulé dans un paysage plus pâle. Elle attendit de pouvoir distinguer les formes, puis s'avança jusqu'à sortir de l'ombre. Elle s'arrêta pour réfléchir un instant à ce qu'elle faisait, prit son souffle pour se donner du courage et courut vers le pont. Là, elle s'arrêta encore une fois.

La foule se déversait hors de l'établissement de bains. Elle se tapit dans l'ombre de l'église Sant Pere de Galligants et observa avec l'espoir d'apercevoir son père. Il

252

semblait n'être nulle part. Quand tout le monde fut dehors, elle entendit la porte se refermer. Mais une torche au moins brûlait encore à l'intérieur de la bâtisse. Rassemblant tout son courage, elle franchit le pont.

Les cris des hommes sortant de la réunion avaient laissé la place au calme habituel de la nuit, ponctué de petits cris d'oiseaux et d'animaux nocturnes. Mais, comme elle approchait du bâtiment, elle perçut le bruit d'une créature en détresse. Le ventre noué, elle comprit que c'étaient des sanglots assourdis. Elle s'enfonça dans l'ombre et buta contre une forme chaude qui émettait des sons familiers.

— Yusuf? murmura-t-elle.

— Oui, maîtresse.

— Que s'est-il passé? demanda-t-elle, la voix vibrante de peur. Que fais-tu ici?

— Le démon qui est venu à Valence et a tué mon père... commença-t-il avant de s'interrompre soudain.

— Oui? De quel démon parles-tu? dit Raquel en l'empoignant par les épaules.

— Il est là, avec maître Isaac. Et il va le tuer, lui aussi, dit Yusuf, qui se mit à trembler comme une feuille.

Peu à peu, Raquel arracha à l'enfant toute la vérité. Il lui parla de l'homme en noir, une épée au côté, de l'armure qu'il portait sur le torse, de la façon dont il avait suivi le médecin depuis le jour où Yusuf l'avait rencontré. Il raconta qu'il avait conversé avec maître Isaac dans le pré, et aussi comment il l'avait arraché à la foule hystérique alors même qu'elle allait le mettre à mort.

— Peut-être est-ce un brave homme, Yusuf, quelqu'un qui ne lui veut pas de mal.

Les tremblements de l'enfant empirèrent :

— Non... non! cria-t-il presque. C'est un démon. Croyez-moi, maîtresse. Il est mauvais. Je sais ce qu'il a fait.

— Sont-ils seuls à présent ?

— Je le crois.

— Dans ce cas, nous devons entrer.

— Je ne peux pas, dit Yusuf, paniqué. C'est un être sanguinaire. Nous ne lui échapperons pas. C'est ce qu'il a dit quand il a tué mon père. Je me suis enfui et il m'a crié qu'il reviendrait de l'enfer pour m'abattre à mon tour.

— En tout cas, il n'a pas dit qu'il reviendrait de l'enfer pour me chercher. Je suis certaine qu'il ne tuerait pas une femme innocente. Je vais entrer.

Elle marcha bravement jusqu'à la porte, mais c'est avec beaucoup de prudence qu'elle chercha à l'ouvrir. De toute façon, cela ne servait à rien. Elle était fermée à clef.

— Yusuf, dit-elle calmement en revenant vers le petit garçon terrorisé. Sais-tu où habite Johan, le gardien des lieux ?

— Oui, maîtresse.

— Dans ce cas, conduis-moi chez lui. Il me faut la clef.

CHAPITRE XVI

— Johan, je t'en supplie ! appela Raquel. Nous avons besoin de la clef des bains.

Le gardien, tiré d'un profond sommeil, lui adressa un regard hébété depuis la porte de sa masure.

— Papa s'y trouve, Johan, avec des hommes qui le haïssent. Tu connais mon père. Isaac le médecin.

Frémissant de frustration, elle se tourna vers Yusuf.

— Parle-lui, toi, dit-elle en le secouant par le bras. Parle-lui ou je te bats ! Raconte-lui ce qui est arrivé.

Mais Yusuf demeurait tapi dans l'ombre, tremblant et pâle de peur, et restait silencieux.

Raquel domina sa propre panique et s'adressa à nouveau au gardien :

— Johan, Yusuf dit que mon père se trouve là-bas en compagnie d'un démon. Un homme méchant, qui tuera papa si nous ne l'arrêtons pas.

Johan secoua la tête.

— Le tuer ? fit-il lentement.

Des larmes lui vinrent aux yeux, qu'il essuya prestement. Un gémissement de douleur monta à ses lèvres.

— Non !

Raquel sursauta.

— Il va faire du mal à maître Isaac ? demanda-t-il en guise de confirmation.

255

— Oui, Johan, répéta-t-elle. Si nous ne l'en empêchons pas, c'est ce qu'il fera.

Johan s'empara d'un lourd gourdin et prit la direction de l'établissement de bains.

— Tu es un homme qui réserves bien des surprises, médecin, fit remarquer le Glaive. Et rares sont ceux qui parviennent à m'étonner.

Il avait poussé Isaac vers un banc, dans un coin tranquille, et se tenait si près de lui que le pied et le genou du médecin se frottaient contre lui. Isaac ignorait si le Glaive était là pour le protéger ou le tuer, et il s'en moquait. La douleur avait pris le pas sur la raison et l'émotion ; elle vibrait en lui, constamment, irradiant à partir du premier impact et se diffusant dans tout son corps. Et elle lui poignardait le cœur chaque fois qu'il respirait.

— Cela te plaît-il donc ? lui demanda le Glaive.

Qu'est-ce qui lui plaisait ? s'interrogea-t-il. Mais répondre à cette question n'en valait pas vraiment la peine, et il choisit de rester silencieux.

Au loin, la voix de l'orateur retentit assez longtemps pour qu'Isaac eût le temps de dire ses prières du soir. Puis il remarqua, vaguement, que les discours étaient terminés. L'homme chargé des détails prenait maintenant la parole. Il leur demandait de se trouver en haut des marches de la cathédrale, sur la place des Apôtres, quand les cloches sonneraient matines, et d'amener avec eux un compagnon sûr.

Les cris de la foule appartenaient à un monde étranger. Isaac changea de position pour tenter d'apaiser sa douleur et se retira dans son univers intérieur. Le temps disparut, et les bains, avec leur bruit, leur haine et leur violence, se fondirent dans le lointain.

Puis il se rendit compte, du plus profond de son esprit, que la foule s'était dispersée, emmenant avec elle les relents aigres et la sueur des corps. Une bouffée d'air frais accompagna le départ du dernier petit groupe, allégeant quelque peu son malaise. Le Glaive referma la porte et tourna la clef dans la serrure.

— Je n'aimerais pas être interrompu, dit-il.

Isaac ne répondit pas. Il se demanda seulement si Yusuf se trouvait toujours sous la grosse armoire et se dit qu'il était regrettable qu'il assiste à pareille scène.

— Cela peut te surprendre que j'aie empêché ces rustres de te battre à mort. Ce n'est pas par pitié. Ce n'est pas non plus pour tirer quelque chose de toi. Tu ne sais rien qui soit susceptible de m'intéresser. Tu ne peux me répondre ? demanda-t-il soudain. Cela m'irrite de parler à un sourd, je me fais l'impression d'être une vieille qui s'adresse à son chat !

— Je peux répondre, dit Isaac avec difficulté. Mais je n'en voyais pas l'utilité.

— Certes. J'avais une raison autrement plus importante de te sauver de la populace.

Il eut un temps d'arrêt.

— Tu ne te demandes pas laquelle ?

Isaac venait brusquement de se rendre compte qu'il n'avait aucune idée de l'endroit où il se trouvait ni dans quelle direction il était tourné, et il avait cessé d'écouter. Il craignait la désorientation plus que tout autre mal physique. Elle induisait en lui une peur panique qui le privait de toute pensée rationnelle. Et puis, dans le silence qui suivit, il se souvint que le dément lui avait posé une question. Il devait l'écouter. Peut-être était-ce important que de l'écouter.

— Tu es destiné à participer à mon propre salut. C'est pourquoi je t'ai sauvé.

La voix du Glaive était posée, comme s'il expliquait quelque chose à un client potentiel.

— Et pour cela, tu dois mourir dans le sang. Dans ton propre sang, et dans celui du souverain usurpateur, celui de son engeance et celui du faux évêque, c'est là que réside mon salut. Je serai emporté au ciel sur le fleuve du sang des impies. Me comprends-tu ?

Pour parler, Isaac oublia sa terreur et sa respiration douloureuse :

— Tu es très clair.

— Ta mort ne m'apporte rien. C'est de ton sang que j'ai besoin. Le sang de ces femmes viles — la fausse nonne et la nourrice —, cela ne m'a pas suffi. Il y a trois nuits de cela, l'Archange m'a parlé à nouveau. Il se tenait sur mes terres, sur un pic montagneux dressé vers le ciel, et, le regard tourné vers la riche vallée qui s'étend à ses pieds, il m'a dit : « Suis ta route jusqu'à la fin. Nul ne doit être épargné. Tous doivent périr... » fit le Glaive d'une voix rêveuse.

Isaac était accablé par l'absurdité de la situation : être enfermé dans les bains, pris au piège par ce faux prêtre qui prêchait à l'agneau sacrificiel qu'il avait lui-même couché sur l'autel de ses illusions. Comment quelqu'un pouvait-il mourir pour une cause aussi mesquine, en offrande au démon personnel de ce dément qui le visitait sous les traits d'un ange du Seigneur ? Pourtant, c'était ce qui se produirait. Cet homme allait le tuer, de même qu'il avait tué Doña Sanxia et la brave nourrice du prince, lequel avait échappé de peu à sa fureur sacrée. Et puis il se rappela une fois encore que Yusuf se tenait non loin de là, dissimulé sous l'armoire.

Pareille à un maigre feu nourri de brindilles sèches, la colère croissait en son ventre, consumant toute douleur et toute peur. À cause de la folie de cet homme, Isaac avait mis en danger Raquel et Yusuf, ces deux innocents. Yusuf était encore un enfant : il n'avait pas treize ans et avait déjà vécu plus qu'Isaac ne pouvait l'imaginer. C'était une obscénité que de l'exposer à cela.

Isaac lui-même était vivant et sans entraves. En dépit des coups qu'il avait reçus, c'était un homme fort et, s'il savait seulement où il se trouvait, il pourrait se défendre. Il était possible que le Glaive l'eût poussé sur le banc où il s'était assis la veille pour parler à Johan. Sous ses doigts, le matériau avait quelque chose de familier. Le banc était grossier — le travail d'un apprenti, certainement, et vendu pour quelques pièces à l'intendant de l'établissement de bains. Il fit courir ses doigts sur le bois mal dégrossi. Oui, c'était le même banc. Il retrouva la marque de la hache, le sillon profond là où l'herminette du charpentier avait dérapé.

D'un seul coup, le chaos qui l'entourait s'ordonna. Il savait où il se trouvait par rapport aux bains, à la ville, à la région, à la mer. Cela signifiait que Yusuf écoutait chaque mot, à quatre ou cinq pas de là. Le feu de la colère se réveilla, balayant ses dernières hésitations et lui rendant sa clairvoyance.

Le Glaive mit un terme à sa diatribe. Dans le silence, Isaac pouvait entendre battre son propre cœur, son propre souffle s'échapper de ses narines. Il avait conscience de la respiration nerveuse du Glaive, toute proche de lui. Si Yusuf était sous l'armoire, il aurait dû avoir conscience de la présence d'une tierce personne dans la salle. Ce n'était pas le cas. Pas le plus léger mouvement, pas le moindre souffle, pas même la conviction étrange mais ferme que quelqu'un se trouvait là, à proximité.

Yusuf était parti. S'il avait été découvert et emporté ou tué sur place, les cris de la foule auraient été aussi exubérants que lorsque lui-même avait été découvert. Yusuf avait quitté l'établissement, porteur de la bague de l'évêque. Mille dangers pouvaient l'avoir empêché de rejoindre le palais, mais il se pouvait aussi que les officiers fussent en route. Après avoir baissé les bras et accepté la mort, Isaac s'étonnait de la férocité avec laquelle il voulait encore vivre. Son esprit, engourdi par le choc et le désespoir quelques instants auparavant, fonctionnait maintenant à vive allure, évaluant chaque idée qui se présentait à lui.

— J'ai du mal à croire que le sacrifice du sang, une fois accompli, doive être répété, dit froidement Isaac. Selon ta foi chrétienne, le sacrifice ultime — la mort du

Christ — a déjà eu lieu, n'est-ce pas ? Exiger de nouvelles victimes a pour moi des relents de paganisme. Ne t'es-tu jamais posé la question ?

— Du paganisme ? Tu as le front de qualifier de païenne ma mission sacrée ? dit le Glaive d'une voix vibrante. C'est toi le païen !

— Je suis juif, le corrigea doucement Isaac. Pas païen. Tu devrais le savoir.

— L'Archange m'a visité dans toute sa gloire et a parlé.

Il saisit Isaac par l'épaule et le secoua.

— Il m'a dit ce qu'il convenait de faire, et il a juré de me visiter à nouveau avant que la fin du monde soit arrivée.

— Comment sais-tu que son apparition n'est pas une illusion ? lui demanda Isaac. C'est chose assez commune. Surtout chez les paysans et les laitières.

— Je *sais* ! dit le Glaive d'une voix exacerbée par la fureur et l'indignation. Comment oses-tu me comparer à un manant, juif ? Ne comprends-tu donc pas qui je suis ? Ce que je suis ? Le noble sang des conquérants wisigoths coule dans mes veines. Mes ancêtres ont, de leurs puissantes épées, délivré cette terre des Maures. Si mon arrière-grand-père avait comploté comme Pedro d'Aragon, je serais roi aujourd'hui !

— Mais il ne l'a pas fait.

— Silence ! Et j'ai traversé la nuit afin de poursuivre ma quête sacrée et je suis demeuré invisible, ainsi que l'Archange me l'avait promis. Ce n'est pas une illusion.

— En es-tu sûr ? lui demanda Isaac.

— Oui. Trouve un homme qui m'ait vu la nuit ou qui ait entendu mon cheval. Tu ne le pourras. Je suis invisible quand j'œuvre pour l'Archange et aussi silencieux que le rai de lumière qui émane de son fer.

— Non, tu ne l'es pas. Pas pour moi. Dans le noir, je vois aussi bien que toi et je sais quand tu es là. Tu m'as suivi la veille de la fête, n'est-ce pas ? Comme les cloches sonnaient minuit, tu as laissé ton cheval pour me suivre de la porte de la ville jusqu'au Call. Le bruit de tes pas, l'odeur de tes vêtements, de ton armure et de ton propre corps me sont aussi révélateurs que l'est pour toi le visage humain.

Il n'y avait aucun son en dehors de la respiration rauque du Glaive.

— C'est impossible, marmonna-t-il enfin. L'Archange me l'a promis.

— Ce fut une fausse promesse, mon ami, dit Isaac d'une voix des plus aimables. Une illusion, là encore.

— Tu n'es pas mon ami !

Le Glaive poussa une sorte de glapissement.

— Ce sont tes pouvoirs magiques qui font que tu peux me voir, dit-il sur un ton précipité.

— Tu sais fort bien que je n'ai aucun pouvoir. Serais-je ici, à ta merci, si j'en détenais ? N'as-tu donc jamais pensé que ton ange pouvait être un démon venu t'entraîner dans le plus affreux des péchés ? Un démon peut prendre bien des apparences, magnifiques parfois.

— C'est toi, le démon ! hurla le Glaive. Tu es le tentateur, envoyé pour me détourner de mon chemin.

Sa voix se changea soudain en un murmure, comme s'il cherchait à se justifier.

— C'est pourquoi tu dois mourir, mourir avant que tes paroles ne s'insinuent dans mon sein et ne dévorent ma foi et ma raison. Je savais bien que ta mort s'expliquait, ajouta-t-il, illuminé. Pour les femmes, je comprenais — il y a une joie pure et sainte à tuer une mauvaise femme d'une grande beauté —, mais j'étais étonné de devoir gaspiller mes forces sur un être aussi insignifiant que toi, médecin.

Un cri extrêmement aigu s'éleva de sa gorge.

— Sois remercié, messire Michel ! Viens encore une fois à moi afin de m'aider à accomplir ton œuvre !

Par-delà les incantations du Glaive, Isaac entendit des pas, des raclements, le mouvement du métal dans une serrure.

261

La porte s'ouvrit à la volée et Johan entra, la masse brandie, suivi de Raquel. Elle vit son père à la lueur vacillante de la torche, ses vêtements déchirés et souillés. Derrière lui se dressait une longue silhouette sombre. De sa main gauche, l'homme tenait le menton et la barbe de son père ; de sa main droite, une dague. Les mains puissantes d'Isaac repoussaient les bras vêtus de noir et son corps se tordait en tous sens pour écarter le coup fatal. L'agresseur jura et leva plus haut son arme.

— Ne le touchez pas ! hurla le gros Johan en balançant le gourdin au-dessus de la tête d'Isaac.

Le Glaive jeta sa dague et échappa à l'étreinte d'Isaac. Puis, d'une poigne de fer, il saisit l'extrémité de la masse. Il la poussa violemment, déséquilibrant Johan, et la lui arracha.

— Prépare-toi toujours à la contre-attaque, mon ami, fit-il d'une voix mielleuse. Dis-moi, quelle heure est-il ?

— Voilà plus d'une heure que les cloches du couvent ont sonné tierce, dit Raquel, trop étonnée pour faire autre chose que répondre.

— Je dois m'en aller. Je suis marri de laisser ma tâche inachevée, mais un roi et un prince doivent mourir avant vous ce soir. Pour ne pas dire un évêque. On m'attend au palais pour matines, ajouta-t-il en souriant.

Il ramassa sa dague et se rendit à l'autre bout de la salle. Là, il mit son arme au fourreau, déposa à terre la masse de Johan et prit une chape faite de la plus belle étoffe blanche.

— Adieu, dit-il. Nous nous reverrons.

Sans même adresser un regard à ses interlocuteurs ébahis, il sortit à grands pas de la bâtisse.

— Raquel, Johan, mon ami, dit Isaac. Vous êtes ici, sains et saufs. Le Seigneur en soit remercié ! Je vous suis reconnaissant de votre aide. J'étais justement en train de découvrir à quel point je me refusais à quitter la vie. Ce qui est étonnant, vu l'état dans lequel je me trouve, ajouta-t-il d'un ton désabusé. As-tu aperçu Yusuf? Sais-tu s'il va bien?

— Il était avec nous il y a encore un instant, dit Raquel en regardant autour d'elle. J'en suis certaine. J'ai cru qu'il me suivait.

— Comment se fait-il qu'il était avec toi, ma chérie? Il devait aller trouver l'évêque.

— Je l'ignore. J'étais au couvent jusqu'au moment où j'ai entendu les cris de la foule. Je suis sortie aussitôt et l'ai découvert dehors.

— Oui, ils ont poussé des cris de joie en mettant la main sur moi. Il se trouvait avec moi, bien caché heureusement.

— Il était trop affligé pour faire un geste, poursuivit Raquel, avec une profonde délicatesse. La porte était fermée à clef et nous savions que vous demeuriez à l'intérieur, nous sommes donc allés demander de l'aide à Johan... ainsi que sa clef.

— Tu ne l'as pas envoyé quérir les officiers? demanda Isaac, quelque peu surpris. Je m'attendais à voir arriver des hommes en armes, pas un ami et une jeune fille.

— Maître Isaac, Yusuf s'est enfui. Il est parti vers la ville avant qu'on sorte de ma maison. Je l'ai vu, expliqua Johan.

— Le Glaive le terrifie, papa, ajouta Raquel. Il a des raisons pour cela. Yusuf ne peut même pas le regarder. Ne sois pas en colère contre lui, il doit se terrer non loin d'ici.

— C'est possible, mais peut-être est-il tout de même allé trouver l'évêque.

— Rentrons à la maison, papa, dit Raquel.

— Il y a trop à faire avant cela. Je dois voir Berenguer. Donne-moi ta main, ami Johan.

Prenant appui sur la grosse main du gardien des bains, il se releva et chancela.

Johan l'attrapa par la taille.

— Je vais le conduire au palais, maîtresse.

— Pas sans moi, répondit Raquel, les yeux tournés vers l'obscurité.

Dans une chambre du palais, l'infant s'agita dans son lit et prononça quelques mots. Rebecca s'éveilla en sursaut et jeta un châle sur ses épaules avant d'aller le voir. Il secouait la tête en tous sens et poussait des cris de terreur. Rebecca le serra dans ses bras.

— Là, là, murmura-t-elle. Tout va bien, mon chéri. Vous êtes en sécurité.

— Il me courait après, dit Johan, les yeux écarquillés. Et moi, je ne pouvais pas courir.

— Personne ne vous poursuivra ici, dit Rebecca en épongeant son front d'un carré de lin. Il y a deux hommes très forts, les soldats de votre papa, derrière cette porte. Vous ne craignez rien. Vous voulez un peu plus de lumière ?

Rebecca le reposa dans son lit et alluma une chandelle à celle qui brûlait accrochée au mur. Elle la posa à l'autre bout de la chambre afin de chasser toutes les ombres.

— Je veux voir les soldats, Becca, demanda le petit prince.

Elle approcha un doigt de ses lèvres pour l'inviter à faire silence. Johan la prit par la main et, ensemble, ils traversèrent la pièce à pas de loup. Rebecca souleva le prince dans ses bras, ouvrit la porte, et tous deux regardèrent dans le couloir. Il était vide, à l'exception d'un homme couché à terre, endormi.

Furieuse, elle déposa le prince derrière elle et secoua vigoureusement le soldat par l'épaule. Il s'agita et lui souffla au visage des vapeurs d'alcool.

— Ivrogne ! s'écria-t-elle. À la garde !

Des pas retentirent dans un petit escalier. Deux hommes bien réveillés, alertes et armés, firent leur apparition. Rebecca leur montra leur compagnon.

— Il ne pourra pas grand-chose si l'on a des ennuis, non ?

Ils la regardèrent avant de se tourner vers l'héritier du trône qui les dévisageait.

— Voilà vos soldats, Johan, dit Rebecca d'une voix douce. Ils s'occuperont bien de nous. N'est-ce pas ?

— Oui, Votre Altesse. Oui, maîtresse, dit le capitaine de la garde.

Rebecca prit une fois encore l'infant dans ses bras.

— Bonsoir à vous, dit-elle avant de regagner la chambre.

— Toi, dit rapidement le capitaine, va chercher Ferran. Vous monterez tous deux la garde devant cette porte. Je reste là en attendant. Personne ne doit entrer hormis Sa Majesté. C'est compris ?

— Oui, mon capitaine.

— Et si la reine de Saba en personne arrive en chemise et vous offre du vin, n'y touchez pas, c'est compris ? Rien de plus fort que de l'eau, et personne hormis le roi. Pas même moi. Je m'occuperai de celui-ci et de son compagnon, où qu'il soit, dès votre retour. Hâte-toi !

Isaac et Johan traversèrent lentement la place des Apôtres en direction du palais épiscopal, suivis de Raquel, plus que nerveuse. Des nuages dansaient à la surface de la lune, les plongeant dans le noir puis leur montrant la voie à suivre l'instant d'après.

Johan s'arrêta au bas des marches, intimidé par le tumulte du banquet.

— Je n'ai rien à faire ici, maître Isaac, bégaya-t-il.

— Si, Johan, tu as toutes les raisons de te trouver ici, lui répondit Isaac. Tu as vu l'homme qui se fait appeler le Glaive. Raquel, elle aussi, l'a vu. Moi, pas.

Au son de sa voix, une petite silhouette jaillit de l'ombre d'un porche.

— Seigneur, s'écria Yusuf, le démon ne vous a pas tué !

Il le prit par la main et éclata en sanglots.

— Comme tu peux le constater. Que fais-tu donc ici, Yusuf, mon petit ami ? Tu n'as pas porté mon message à l'évêque ?

— Ils n'ont pas voulu me laisser entrer. J'attendais que le garde tourne la tête.

— Eh bien, allons voir si nous avons plus de chance que toi.

— Maître Isaac ! s'exclama Berenguer. Mais vous êtes blessé ! Je vais appeler...

— Ce n'est pas le moment, l'interrompit Isaac. Nous avons beaucoup de choses à vous dire qui ne peuvent attendre. Nous arrivons tout droit des bains maures...

Isaac raconta son histoire tandis qu'ils se dirigeaient lentement vers une pièce agréable du rez-de-chaussée.

— Voilà qui doit être annoncé à des auditeurs de plus grande importance, dit Berenguer peu de temps après qu'il eut commencé.

Don Eleazar ben Solomon fut le premier à arriver, amenant son scribe avec lui.

— Maître Isaac, murmura-t-il, j'ai entendu bien des bouches chanter vos louanges. Dites-moi, qu'avez-vous découvert qui alarme tant monseigneur Berenguer ?

Isaac but un peu de vin coupé d'eau que l'évêque lui avait fait porter, puis il reprit son récit. Pendant plus d'un quart d'heure, bien que son dos lui fît mal et que chaque respiration lui provoquât une douleur fulgurante à hauteur des côtes, il fournit une description détaillée de la réunion. Don Arnau — avec son haubert, son épée, ses bottes et ses éperons — arriva au bout de quelques minutes, accompagné de l'un de ses officiers. Peu après, Don Eleazar envoya son scribe porter un message rédigé à la hâte.

— Peut-être pourrions-nous attendre un instant, suggéra Don Eleazar. Votre récit est merveilleusement limpide, maître Isaac. J'aimerais que d'autres l'entendent.

266

Il vint s'asseoir à côté du médecin afin de lui parler en privé.

— Selon vous, maître Isaac, cet homme est fou?

— Le Glaive? dit prudemment Isaac. Il y a de la démence en lui, c'est certain. Mais il peut aussi parler de manière très sensée.

— Serait-ce une démence délibérée?

— Il est difficile de se prononcer là-dessus. Je pense qu'il croit à moitié à ses propres divagations, tout en sachant, d'une certaine façon, qu'elles ne correspondent pas à la réalité.

— Et les autres individus dont vous avez parlé, sont-ils fous?

— Oh non, Don Eleazar. Leurs esprits sont aussi lucides que le vôtre ou le mien.

La porte s'ouvrit et Sa Majesté, Don Pedro, entra.

— Ne vous levez pas, dit-il. Si, comme j'ai cru le comprendre, le temps est de la plus grande importance, je souhaite entendre sur-le-champ votre récit, maître Isaac.

Pour la troisième fois, Isaac résuma les événements qui s'étaient déroulés aux bains.

— Malheureusement, Votre Majesté, conclut-il, je suis dans l'incapacité de mettre un nom sur les trois participants les plus importants : le Glaive et ses deux lieutenants. Je reconnaîtrais leurs voix si je les entendais. Mais le gardien des bains, Johan de son nom, est entré dans l'établissement en compagnie de ma fille, Raquel, pour me sauver. Ils ont vu celui qui se fait appeler le Glaive. Ils attendent à l'extérieur de cette pièce.

Johan et Raquel furent introduits. Johan faillit s'étrangler, devint cramoisi et eut du mal à parler.

— Il était très fort, messeigneurs. Il a pris ma masse et a failli me renverser.

— Merci, dit Eleazar quand il lui parut improbable de tirer quelque chose de cohérent du malheureux Johan. Maîtresse Raquel, pourriez-vous décrire cet homme?

267

Une fois de plus, Raquel se retrouva en face du roi.

— Il est grand, Votre Majesté, et ses cheveux sont noirs. Son visage est plutôt mince.

Elle ferma les yeux pour se rappeler le moindre détail.

— Il n'y avait qu'une torche allumée et il ne s'est jamais trouvé dans sa lueur. Je me souviens de ses yeux — ils paraissaient incandescents. Et avant de partir, il a endossé une longue tunique blanche toute brodée d'or et de fils écarlates.

— Avait-il des cicatrices sur la figure ou d'autres marques? demanda Eleazar qui, s'il ne tenait pas compte du regard, pouvait mettre une douzaine de noms sur une telle description.

— La lumière n'était pas assez vive pour cela, monseigneur.

— Il boite, ajouta Isaac. Je ne sais pas si cela se voit beaucoup, mais cela s'entend.

— Merci, dit Eleazar en donnant congé à Raquel et au gros Johan.

— Peut-être est-ce là faiblesse paternelle, mais j'éprouve de l'inquiétude pour ma fille Rebecca et le prince, dit calmement Isaac.

— Ils sont en sécurité, mon ami, lui répondit Eleazar. Et bien gardés.

— Assez parlé, fit Don Pedro. Le temps est venu d'agir.

Tandis que cette discussion avait lieu, une porte s'ouvrait dans la muraille arrière du palais; un personnage armé vêtu de noir, en tunique et bottes, passa à côté d'un autre individu en noir portant soutane et sandales. Il hocha la tête et traversa les cuisines avant de rejoindre les appartements où étaient logés les hôtes de marque.

L'homme en armes se mouvait avec l'assurance de celui qui sait où il va et la certitude absolue de celui qui a le droit de se trouver là. Il reconnut le capitaine en faction devant la porte de l'infant Johan : ils avaient lutté côte à côte à Valence et emprunté bien souvent les mêmes routes au service du roi. Il lui adressa un signe de tête et tendit la main pour ouvrir la porte. Le capitaine s'avança et s'interposa entre la porte et l'homme en noir.

— Mes plus profondes excuses, monseigneur, dit-il, mais les instructions de Sa Majesté sont on ne peut plus claires. Je pensais que vous les aviez entendues, ajouta-t-il sur le ton du reproche. Personne, pas même vous ou Son Excellence l'évêque, ne peut pénétrer dans la chambre du prince et de sa nourrice.

— Pardonnez-moi, répliqua cordialement l'homme en noir. J'avais oublié. Je dois porter un message à la nourrice, mais cela attendra.

Sur ce, et sans le moindre avertissement, il plongea dans la poitrine du capitaine la dague qu'il dissimulait sous sa cape. Elle remonta le long des côtes et toucha le cœur.

— Je suis navré, capitaine, dit-il avec de sincères regrets dans la voix. Vous n'étiez pas censé vous trouver ici.

Il ôta sa dague de la poitrine du capitaine et laissa le corps tomber à terre. Il essuya le sang sur la cape de l'homme qu'il venait de tuer et remit la dague au fourreau. Sa main venait à peine d'effleurer la poignée de la porte que des bruits de pas précipités lui firent relever la tête. Deux gardes apparurent. Ils découvrirent leur capitaine à terre et se mirent à courir.

L'homme en noir se tourna dans l'autre direction et se fondit dans l'ombre. Le temps que les gardes comprennent ce qui s'était passé et se lancent à sa poursuite, il avait disparu dans les parties les plus reculées du bâtiment. Cet incident prit moins de temps qu'il n'en aurait fallu à un homme d'aptitude moyenne à traverser le couloir de bout en bout.

Située entre la cathédrale et le palais épiscopal, la place des Apôtres était vide et silencieuse. La lune l'éclairait, mais quelques nuages voilaient sa face et donnaient d'elle une image un peu floue. Une lampe brûlait sur l'autel de la cathédrale, tel un fanal dans les ténèbres. Le festin était terminé au palais ecclésiastique ; le bâtiment était maintenant sombre et les volets fermés. Depuis les marches qui conduisaient au portail ouest de la cathédrale, des silhouettes se dirigèrent vers la place, laquelle fut bientôt pleine de monde : les quarante ou cinquante âmes qui se trouvaient dans l'établissement de bains étaient accompagnées d'une cinquantaine d'âmes supplémentaires. La place était emplie du son de cette foule silencieuse — respirations, bruissements d'étoffes, halètements — qui se rassemblait devant le côté sud de la cathédrale. À l'arrière de la foule, deux torches apparurent. Presque aussitôt, le feu passa d'une torche à l'autre jusqu'à ce que l'éclat rivalisât avec celui du jour. Une file de porteurs de torches traversa la foule et les flammes éclairèrent les cagoules des individus qui se trouvaient le plus près de la cathédrale.

Dans le silence, une voix de ténor d'une grande beauté entonna les premiers vers de l'hymne *Tibi Christi, splendor patris*. Quelques voix se joignirent à elle. L'hymne vénérable enfla dans le calme de la nuit ; peu à peu, le battement régulier mais voilé d'un, puis de six et enfin de vingt tambours reprit le rythme au point de couvrir les voix.

La nouvelle de la mort du capitaine se répandit dans le palais avec l'urgence d'un appel aux armes, et ceux qui ne pouvaient ou ne devaient pas se battre avaient été hâtivement convoqués dans le cabinet de l'évêque.

— Sa Majesté me dit que la vivacité d'esprit de votre fille a sauvé la vie du prince, dit Berenguer. Ils sont mieux gardés à présent.

Tout en parlant, il s'approcha d'une fenêtre entrouverte pour assister au drame qui se déroulait sur la place.

— Merci, Votre Excellence, dit Isaac, un peu las.

— Que chantent-ils, Votre Excellence ? demanda Yusuf d'une petite voix.

Il était assis sur un coussin à côté de la chaise d'Isaac, tout près de Raquel. Le gros Johan se trouvait aux cuisines, où on le calmait et le récompensait avec le bon vin de l'évêque.

— *Tibi Christi*, dit Berenguer d'un air absent. Une hymne pour la fête de saint Michel.

— Quand est-ce ?

— Pas avant le 29 septembre. Ils sont plutôt en avance pour la célébration, Yusuf, mon petit ami.

— Qu'ont-ils l'intention de faire ? demanda le vicaire, penché derrière Berenguer pour entrevoir ce qui se passait.

— Envahir le palais et nous tuer tous, dit calmement l'évêque. La foule est déjà à nos portes, certainement. Ce rassemblement sur les marches n'est qu'une diversion. Ils veulent nous faire croire qu'ils vont s'en prendre au portail latéral de la cathédrale. Mais ne t'inquiète pas, jeune Yusuf, ajouta-t-il. La porte est épaisse, barrée et verrouillée.

Il regarda une fois encore par la fenêtre.

— Cela m'irrite de devoir demeurer ici sans rien pouvoir faire, mais Sa Majesté a insisté pour qu'il en soit ainsi.

Au rez-de-chaussée, un drame silencieux se jouait devant un public tout aussi silencieux. Chaque fois que la lune se cachait derrière la masse de nuages, les gardes de nuit qui entouraient le palais se rapprochaient un peu plus. À l'intérieur, quatre officiers en armes étaient en faction à chaque entrée, prêts à l'attaque. Trois jeunes prêtres, arrêtés alors qu'ils cherchaient à ouvrir les portes aux envahisseurs, avaient été jetés dans une cellule.

Sur la place, les chants et le battement des tambours se poursuivaient. Les nuages obscurcissaient le ciel, l'air se faisait lourd et menaçant. Les gardes virent un homme de haute taille, porteur d'une chape blanche et coiffé d'une mitre d'évêque, se frayer un chemin parmi la foule et monter les marches menant au portail sud de la cathédrale. Il tournait le dos à ceux qui le suivaient et suppliait le ciel, les deux bras levés. Une saute de vent écarta les nuages de la face de la lune, qui illumina la silhouette du Glaive dans ses splendides ornements. Un grondement sourd parcourut la masse des participants. Puis l'astre de la nuit disparut derrière un autre nuage, ne laissant plus derrière lui que l'obscurité ponctuée de la lueur des torches.

— Francesc, regardez cela, dit Berenguer. Par le bon saint Michel, c'est ma chape que ce perfide bâtard porte là ! Comment se l'est-il procurée ?

Le vicaire regarda par la fenêtre :

— Je crois qu'elle a été apportée à la blanchisserie. Je vais chercher à savoir qui a pris cette décision, dit-il.

— Je veux parler à cette blanchisseuse, dit Berenguer d'un air sombre. Elle prend bien des libertés avec mes habits.

Plusieurs minutes s'écoulèrent. Du point de vue surélevé qui était le leur, les gardes du palais virent d'autres silhouettes accourir de toutes parts et pénétrer sur la place.

— Regardez-moi ça, dit le vicaire, quelque peu amusé. Même en pleine insurrection, il y en a qui ne cherchent que le profit.

Il désigna un personnage qui portait une grosse jarre.

— Il doit vendre du vin.

L'homme à la jarre se rapprochait le plus rapidement possible de l'endroit où se tenait le Glaive, les bras toujours tendus vers le ciel. D'autres silhouettes sombres firent leur apparition dans la foule. Le tonnerre gron-

272

dait dans les collines proches de la ville et le Glaive abaissa brusquement les mains. Sur sa droite, on entendit la réverbération du bruit que fait une arme venant frapper le bord d'un bouclier.

L'homme à la jarre se rapprocha comme pour offrir du vin au meneur. Les porteurs de torches s'avancèrent vers leur chef, et la jarre fut posée à terre. Le Glaive s'acharna à tirer son fer, empêtré qu'il était par les plis épais de la chape de l'évêque.

— Il est bien pitoyable pour quelqu'un qui se fait appeler le Glaive de Michel, dit sèchement l'évêque. Il aurait dû s'entraîner.

— Excellence, vous pensez que c'est lui, le Glaive ? demanda le vicaire.

— Sans aucun doute. Il a endossé ma chape aux bains, rappelez-vous.

Enfin, le personnage monté sur les marches brandit une lourde épée de combat au-dessus de sa tête. Puis il se tourna vers le palais.

Il se retrouva en face du roi qui, à la tête d'une troupe de cavaliers, s'apprêtait à fondre sur la foule. Comme Don Pedro levait son épée pour donner le signal de l'attaque, un cri de panique s'éleva dans la foule. Le contingent mené par Don Arnau attaquait par-derrière. Le Glaive s'arrêta, incertain, et regarda autour de lui. Ses deux lieutenants l'encadraient, chacun porteur d'une torche enflammée.

Un vent soudain se leva autour de la cathédrale. Un formidable éclair cisailla le ciel. Un coup de tonnerre parut ébranler les dalles du sol et un cheval hennit de terreur. Les porteurs de torches reculèrent à la hâte. Le Glaive leva son arme vers le ciel et s'écria :

— Saint Michel, délivre-nous une fois encore du mal !

Une torche parut tomber à terre, et une immense boule de feu et de bruit emplit tout l'espace devant la cathédrale. Quand la foule rassemblée fut capable de voir à nouveau, les flammes consumaient déjà le corps du Glaive.

— C'est la vengeance du Seigneur ! cria quelqu'un.

Chacun se sauva, pris de panique. Les plus chanceux parvinrent à gagner des coins sombres et des portes ouvertes ; les autres tombèrent dans les bras des soldats. La pluie se mit à sonner sur les pavés, crépitant lorsqu'elle touchait le corps embrasé.

— Avez-vous vu cela ? dit Berenguer. Il était là et, l'instant d'après, il était à terre, en flammes !

— Oui, Votre Excellence, répondit Francesc Monterranes, dont les yeux étaient aussi bons que ceux de quiconque. On eût cru qu'un éclair avait jailli du sol. Je pensais qu'il était tombé sur une torche allumée, mais l'éclat était bien trop vif pour cela.

— C'est peut-être une torche embrasée qui lui est tombée dessus, dit Berenguer.

Isaac tourna la tête vers la fenêtre ouverte et huma l'air.

— Cet éclair sent curieusement le soufre, dit-il. Je pense que cela mérite d'être approfondi.

CHAPITRE XVII

Rares furent ceux qui dormirent dans le palais cette nuit-là. Les hommes d'armes, pressés et trempés par la pluie, entraient et sortaient du bâtiment, cherchant des ordres ou transmettant des rapports. Les salles communes avaient été transformées pour servir de lieu d'interrogatoire. Les vingt-quatre personnes terrorisées qui n'avaient pas réussi à se fondre dans le noir après la chute de l'éclair furent amenées dans la salle principale, expliquant à qui voulait l'entendre qu'elles étaient descendues sur la place pour écouter les tambours et la musique.

Alors que Don Arnau organisait la traque du reste des conspirateurs, Don Eleazar s'adressa à l'officier chargé de la coordination de l'enquête.

— Ils ont un Conseil de six membres, lui dit-il. Nous avons déjà trois noms. Voyez si certains se trouvent parmi ce groupe, ajouta-t-il en lui tendant une liste. Trouvez d'autres noms si vous le pouvez — il y en a bien qui échangeraient un traître ou deux contre leur tête — et prévenez aussitôt Arnau.

— Je ne suis pas de Gérone, messire, dit l'officier. Je pourrais demander à quelqu'un d'ici de mettre des noms sur les visages. Cela gagnera du temps.

— Arnau s'occupe des gens du cru, dit Eleazar. Voyons. Trop de prêtres trempent jusqu'au cou dans cette histoire. Son Excellence et le vicaire sont avec Sa Majesté.

Il passa mentalement en revue tous ceux qui se trouvaient encore au palais.

— Il y a bien un certain Johan, mais il refusera. Et la fille est repartie chez elle avec son père. Mais leur jeune serviteur pourra nous aider.

Il s'apprêta à partir.

— Il a peur, dit-il. Cachez-le bien. Et prenez un scribe avec vous, vous en aurez besoin.

— Un enfant? fit l'officier, surpris. Bah, mieux vaut un garçon honnête qu'un homme menteur. Merci.

C'est ainsi que, nourri de fruits, de pain et de fromage, Yusuf fut conduit, tout tremblant, dans la salle où l'on questionnait les prisonniers. L'un après l'autre, ils se présentèrent devant le scribe, qui nota leurs noms, leurs professions et les raisons qu'ils avançaient de se trouver sur la place à une pareille heure. L'un après l'autre, Yusuf les regarda depuis le coin sombre où il se tenait, quasiment dissimulé derrière l'officier.

— Sauront-ils que je me trouvais ici? demanda Yusuf.

— Nul n'est au courant de ta présence hormis Don Eleazar. Et moi, dit le jeune homme. Et je ne connais même pas ton nom.

Rodrigue fut le premier à passer devant le scribe. Il indiqua son nom, son métier, et fit, indigné à juste titre, le récit de ses activités de la soirée. Il servait à la taverne.

— J'aurais pu tout aussi bien fermer, dit-il. Je n'ai pas vendu assez de vin pour noyer une mouche. Et puis je me suis rendu sur la place quand j'ai entendu les tambours.

— C'est bien son nom? demanda l'officier.

— Oh, oui, fit Yusuf. Et il ne se trouvait pas à la réunion.

C'est ainsi que Yusuf sépara l'ivraie — ceux qui participaient à la réunion — du bon grain — ceux qui n'étaient arrivés que bien après. Il ne restait plus que trois hommes quand Yusuf tira délicatement sur la manche du jeune officier.

— Il ment, dit-il en désignant l'homme qui, sourire aux lèvres mais sueur au front, affrontait le scribe. Il s'appelle Sanch et il est membre du Conseil.

— Excellent, mon garçon. Et les deux derniers?

— Celui-ci, c'est Martin. Il appartient aussi au Conseil. Mais l'autre n'est pas venu aux bains.

— Il est temps que tu retrouves ton lit, mon garçon. Tiens, voilà pour toi.

L'officier lui tendit une pièce et alla s'occuper de Sanch.

Yusuf s'inclina et s'en alla. Il lança la pièce à un mendiant tapi sous le porche et prit la direction de la maison du médecin.

Seul Sanch le valet d'écurie et Martin le relieur avaient été capturés. Les deux hommes qui avaient pris la parole et Raimunt le scribe avaient disparu. Pendant le restant de la nuit, Martin jura ses grands dieux que le Glaive était une confrérie d'habiles artisans désireux d'améliorer leur sort et affichant une dévotion toute particulière envers saint Michel.

Il refusait d'en dire davantage.

Sanch, le valet d'écurie, en aurait dit plus — bien plus, même — s'il l'avait pu. Il leur raconta tout ce qu'il savait, outre quelques fantaisies de son invention, mais il n'avait pas la moindre idée de l'identité des deux étrangers.

— Ils ne nous l'ont jamais dit. En tout cas, ils n'étaient pas le Glaive, expliqua-t-il. Nous étions le Glaive. Le Glaive est un groupement.

— Quel est l'homme qui a parlé en dernier lors de la réunion?

— En dernier? répéta Sanch.

— Oui. Celui qui a empêché que l'on ne frappe le médecin.

Sanch le contemplait comme s'il avait vu un spectre.

— Vous étiez là? chuchota-t-il.

L'officier se contenta de sourire.

— Je ne sais pas qui c'était, dit Sanch dont la voix commençait à se transformer en piaillement. Vous parlez de l'homme de grande taille, celui qui ressemblait à un seigneur? Brun, maigre? Celui qui boitait? ajouta-t-il comme si cette accumulation de détails pouvait témoigner de la pureté de son cœur. Peut-être que Raimunt le sait. C'est un scribe, un érudit. Mais je ne le vois pas ici, ajouta-t-il non sans malice.

Une voix retentit derrière l'officier :

— Dis-moi, Sanch le valet d'écurie, quel était l'objectif de votre confrérie.

Et Don Eleazar reprit l'interrogatoire, assisté de son scribe.

Quand l'officier s'en alla voir ses hommes — sans regret, car ce genre de besogne n'était pas de son goût —, l'interrogatoire n'était plus que chuchotements : les noms et les mots qu'il entendit en partant le firent frissonner.

Le corps du Glaive avait été déposé dans une cave, entouré de bougies. Des fragments noircis jonchaient le sol à côté de lui.

— Qu'est-ce que cela? demanda Berenguer.

— De l'argile, dit un soldat. Des morceaux d'une jarre — une jarre à huile, probablement, Votre Excellence. Il y en avait partout autour du corps. Et même dans sa chair. Je me suis dit que c'était peut-être important.

— C'est fort possible, répondit l'évêque en ramassant un fragment. Je crois bien avoir vu cette jarre auprès de cet homme.

Il sentit le morceau qu'il tenait à la main.

— Cela pue comme l'enfer !

— Cela sent la poudre à tonnerre que les Maures d'Algésiras utilisaient pour nous envoyer des boulettes de fer, fit observer le soldat. Tout homme blessé par cela mourait dans les sept jours, Votre Excellence. J'y étais. Et je n'ai vu rien de tel avant cette nuit.

— Savons-nous de qui il s'agit ? demanda Berenguer.

— Son visage est trop abîmé pour cela, Votre Excellence.

Des mains puissantes aidèrent l'abbesse Elicsenda, dame Isabel et Raquel à descendre des palefrois qui étaient allés les chercher au couvent. La matinée touchait à sa fin ; les curieux étaient tous réunis dans la cathédrale, et la place était quasiment déserte. À l'exception d'une tache noire sur les marches du portail sud, l'orage avait lavé toute trace de la violence et de la confusion de la nuit. La paix et le soleil régnaient à présent. Néanmoins, les officiers qui les avaient escortées jusqu'en ville les confièrent aux fantassins de la garde : c'est ainsi qu'elles traversèrent la place et pénétrèrent dans le palais, entourées de huit robustes gaillards et d'un officier. Mieux valait prendre toutes les précautions.

Après quelques heures de sommeil agité, Raquel était revenue au couvent. Au beau milieu d'un déjeuner tardif que ni dame Isabel ni elle ne pouvaient avaler, une convocation au palais épiscopal leur était arrivée — sans raison, sans excuse, sans explication.

— Que nous veulent-ils encore ? demanda nerveusement Raquel.

— Qui peut le dire ? Un autre innocent va peut-être être condamné pour haute trahison, fit Isabel avec amertume. En rapport avec les événements de cette nuit.

L'abbesse les attendait près de la porte principale, le

visage tendu. Quand elles arrivèrent sur la place, l'estomac de Raquel se tordait sous l'effet de la peur et de la curiosité. Blanche comme un linge, les yeux cernés, dame Isabel marchait vers la demeure de son oncle avec la ferme résolution d'une martyre qui entre dans une arène pleine de lions affamés. Raquel releva ses jupes et la suivit bravement.

Raquel frissonna quand elle quitta le porche ensoleillé pour entrer dans la salle. Sombre et glaciale, elle était pleine de meubles finement ouvragés. En profonde conversation, le père et l'oncle d'Isabel étaient assis au bout de la pièce. Le secrétaire du roi se tenait sur sa droite et mettait de l'ordre dans des piles de documents. À côté de lui, un scribe attendait, muni d'une plume, d'encre et de papier. Plusieurs beaux sièges étaient inoccupés.

Un serviteur d'allure vaguement cléricale conduisit l'abbesse Elicsenda vers un banc, devant une grande tapisserie représentant la chute de Jérusalem. Raquel attendit, incertaine. Isabel posa la main sur son bras, puis s'avança jusqu'à se trouver devant son père. Elle tomba à genoux et chercha à parler, mais les larmes coulaient sur ses joues et sa voix était brisée.

— Votre Majesté, murmura-t-elle. Papa, je...

— Venez, ma chérie. Relevez-vous, lui dit doucement son père. Prenez place ici, à côté de moi. Votre oncle va vous donner sa place pour quelques instants, n'est-ce pas ? Nous sommes tous amis ici.

— Merci, papa, fit-elle en se levant pour s'installer sur le siège que son oncle s'était empressé de quitter.

— Maintenant, ma fille, dit Don Pedro en lui tapotant la main d'un air rassurant, racontez-moi une fois encore ce qui s'est passé entre le moment où vous vous êtes réveillée — dans une écurie, n'est-ce pas ? — et celui où nos soldats vous ont retrouvée. N'omettez pas le moindre détail. Vous avez amené avec vous l'abbesse et votre admirable médecin, à ce que je vois.

Il leva la main et le serviteur poussa presque Raquel. Muette de nervosité, elle fit une profonde révérence.

— Excellent. Venez ici, près d'Isabel. J'aurai également des questions à vous poser. Venez, mon enfant. Parlez assez fort pour que le scribe vous entende.

Isabel commença par la description du premier étage de l'écurie.

— Combien d'hommes y avait-il? dit le roi en se tournant vers Raquel.

— Quatre, Votre Majesté, fit Raquel avec une autre révérence. Le propriétaire des lieux, celui qui se faisait passer pour un gentilhomme — Romeu — et deux acolytes.

— Merci. Poursuivez.

Isabel continua jusqu'à en avoir la voix rauque. Elle était de plus en plus pâle. On envoya chercher du vin et une décoction de menthe. Elle en but un peu et reprit son récit. Parfois, le roi l'interrompait et demandait des détails à Raquel.

Don Eleazar consulta ses documents et chuchota à l'oreille du roi. Celui-ci acquiesça.

— Pourquoi étiez-vous certaine que le complot destiné à vous enlever était l'œuvre de Montbui? demanda-t-il à sa fille.

Le rouge monta aux joues d'Isabel. Ses doigts se crispèrent et elle se racla la gorge.

— Quelqu'un m'a approchée au couvent, il n'y a pas si longtemps, au nom de Don Perico, sire, dit-elle d'une petite voix.

L'abbesse Elicsenda pâlit et Berenguer fronça les sourcils.

— Qui donc vous a approchée? demanda calmement Don Pedro.

— Une religieuse qui séjournait chez nous. Elle m'a dit qu'elle s'appelait Sor Berengaria et qu'elle venait de la maison mère de Tarragone. Elle m'a expliqué que Don Perico était follement amoureux de moi et qu'il désirait ma main, mais qu'il craignait que Sa Majesté ne lui donne pas son approbation.

— Que vous a-t-elle demandé de faire ?

— Elle voulait que je me sauve avec lui. Seule une femme mariée, disait-elle, pouvait échapper aux contraintes du couvent et jouir de la vie.

— Une bien étrange attitude de la part d'une religieuse, murmura Berenguer. Mais pas si rare que cela.

— Je n'ai pas accepté, papa, dit Isabel qui cherchait des signes de désapprobation sur le visage du roi. Je n'avais nul désir de m'enfuir ou de l'épouser. Je savais par d'autres pupilles du couvent que Montbui n'était pas de vos amis. Et aussi qu'il était vieux et laid, ajouta-t-elle en rougissant d'embarras.

— Et vous n'en avez parlé à personne ?

— Je le voulais, sire, mais peu après je suis tombée très malade, et cela m'est sorti de l'esprit, dit-elle en toussant.

— Prenez un peu de vin et reposez-vous un instant, dit Don Pedro. Dame Elicsenda, qui était cette religieuse de la maison de Tarragone ?

— Votre Majesté, nous n'avons aucune Sor Berengaria au couvent. Dame Isabel, ce ne serait pas Sor Benvenguda qui vous aurait parlé ? Elle vient de Tarragone.

— Oh non, ma mère. Je connais bien Sor Benvenguda. Cette sœur était assez jeune. Je n'avais jamais vu son visage auparavant. Dois-je continuer ?

Elle reprit donc son récit. Au grand étonnement d'Isabel, son éminent auditoire était fasciné par ce qu'elle disait. Aucun détail ne lui était superflu, aucune parole ne lui semblait trop banale. Quand elle eut terminé, Don Pedro se tourna vers ses conseillers. Personne ne prit la parole.

— Nous n'exigerons plus rien de vous, ma chérie. De vous non plus, jeune maîtresse Raquel. Nous vous remercions. Si vous êtes lasses, vous pouvez vous retirer. Si vous êtes curieuses, vous pouvez rester écouter discrètement nos propos.

— Nous aimerions rester, répondit dame Isabel avec fermeté.

Les deux femmes furent donc installées sur des sièges confortables derrière *La Chute de Jérusalem* : de là, elles pouvaient tout entendre sans être vues.

— Que se passe-t-il, madame ? lui demanda doucement Raquel.

— Je l'ignore. Je suis assez effrayée. On l'a jugé et condamné, et voici que l'on interroge les témoins. Le monde est devenu fou.

L'abbesse Elicsenda tenait sa langue.

On vit ensuite arriver Isaac le médecin, pesamment appuyé sur Yusuf. Dès que les rues avaient recouvré leur calme habituel, on l'avait ramené chez lui sur une litière, épuisé et les membres douloureux. Une fois chez lui, il s'était offert le luxe de se laisser aller. Raquel et sa mère lui avaient enveloppé bras et jambes dans des étoffes chaudes imprégnées d'herbes bienfaitrices après avoir frotté ses blessures d'arnica et de liniment ; elles avaient enserré sa poitrine dans un linge souple et lui avaient fait boire des herbes médicinales plongées dans du vin coupé d'eau. Enfin, elles l'avaient mis au lit. Yusuf était rentré entre-temps.

Isaac s'était réveillé en fin de matinée, toujours endolori, mais les idées claires, les os intacts et, surtout, tenaillé par une formidable faim. Il avait à peine terminé son déjeuner que la convocation royale lui était parvenue.

— Vous êtes le bienvenu, maître Isaac, dit Don Pedro. Votre fille et notre fils vous adressent leurs compliments. Il doit être noté qu'il ne s'agit point là d'une séance du tribunal, mais d'une réunion d'amis destinée à réfléchir aux événements de ces cinq dernières journées. Il serait incorrect de rendre la justice le dimanche, n'est-ce pas, Berenguer ?

— En cela comme en toute chose, Votre Majesté a raison, répondit l'évêque.

— Merci, Votre Majesté, dit Isaac. Puis-je me permettre de vous demander si l'homme qui est mort est bien le Glaive ?

— Il semblerait que oui, fit Don Eleazar avec prudence.

— Et nous connaissons la cause de sa mort ?

— L'opinion générale, expliqua l'évêque, veut qu'il ait été foudroyé. Cela signifie qu'il est mort, de façon assez appropriée, de la main même du Seigneur. Il a brûlé, comme vous le savez. Et il y a eu un éclair.

— Sans parler d'une forte odeur de soufre autour de lui, ajouta Don Eleazar.

— C'était donc de la poudre, dit Isaac. C'est bien ce que je pensais.

— L'éclair fournit une solution plus acceptable, répliqua Eleazar. Et la main du Seigneur est en toute chose.

— Certes. Et connaissons-nous le nom de l'homme qui se cache derrière le Glaive ?

L'évêque se pencha vers lui :

— Non, maître Isaac, nous ne le connaissons pas.

— Faites entrer Don Tomas de Bellmunt, dit Eleazar.

La surprise qu'éprouvèrent Isabel et Raquel lorsqu'elles furent convoquées au palais épiscopal ne fut rien à côté de l'étonnement de Tomas quand il apprit qu'il devait converser avec Sa Majesté.

L'espoir fou d'une commutation de sa peine capitale, voilà la première chose qui lui vint à l'esprit ; un instant plus tard, la raison reprit le dessus et il comprit. Il était assis, les mains nouées pour qu'elles ne tremblent pas. Tout au long de la nuit, ce n'avait été que tumulte : chevaux, bruits de pas, conversations murmurées. C'était la guerre, ou l'insurrection, et ils avaient décidé de l'exécuter avant l'heure. Sa Majesté s'en allait. Il pria brièvement pour avoir la force d'affronter son destin et franchit la porte de sa cellule.

Don Pedro hocha la tête en voyant entrer Tomas et se cala sur son siège pour suivre les discussions, les yeux mi-clos.

— Je suis navré de perturber votre dimanche, commença sèchement Don Eleazar, mais d'importants événements sont survenus sur lesquels vous pourriez nous éclairer.

— Je ferai tout mon possible, messire, dit Tomas. J'étais un peu désœuvré.

— Bien sûr. Une fois encore, Don Tomas, dites-nous pourquoi vous avez envoyé votre serviteur Romeu à Gérone.

Tomas rougit.

— Doña Sanxia de Baltier m'a supplié de lui prêter Romeu afin de l'aider à remplir une fort délicate mission que lui avait confiée Sa Majesté la reine.

— Pourquoi vous êtes-vous montré si obligeant ?

— Doña Sanxia était la dame d'honneur de Sa Majesté.

Il s'arrêta un instant.

— Ce n'était pas la seule raison, messeigneurs. Mais étant donné que la vérité peut entacher la réputation de cette dame...

— La réputation de cette dame ne peut être plus noire, Don Tomas, coupa Don Eleazar. Mais vous dites toujours que cette mission consistait à protéger l'infant Johan ?

— Je croyais sincèrement à l'époque qu'il fallait protéger le prince.

— Pourquoi êtes-vous revenu à Gérone ?

— Je l'ai fait sur les instructions de mon oncle, messire.

— Vous lui avez parlé ?

— Non, son secrétaire m'a écrit une lettre.

— Vous l'avez conservée ?

Tomas ressemblait à un homme près de se noyer qui voit disparaître sa dernière chance de sauvetage.

285

— J'ai écrit ma réponse au bas de cette lettre, dit-il.

— Don Tomas, expliquez-nous comment Romeu est entré à votre service.

— Mon oncle s'est occupé de tout — le cheval de Romeu, ses habits, sa première année de gages, tout cela vient de mon oncle. Il s'est montré très généreux.

— Certes. Vous faites ainsi référence au comte Hug de Castellbo ?

Tomas acquiesça.

— Mais qui a engagé Romeu, Don Tomas ? Vous ? Ou Castellbo ?

— C'est le comte, messire. Romeu servait mon oncle depuis l'enfance. Le comte pensait que j'avais besoin d'un serviteur qui connût les mœurs de la cour afin de m'éviter toute embûche.

Des sourires furtifs se dessinèrent sur plusieurs visages.

— Il n'y a pas vraiment réussi, me semble-t-il, chuchota Berenguer.

Don Eleazar ne prêta aucune attention aux sourires et aux murmures.

— Merci. À présent, dites-nous pourquoi vous vous attendiez à trouver dame Isabel dans la *finca* de Baltier.

— C'est là que je devais prendre l'infant, expliqua Tomas avant de résumer soigneusement ses découvertes et ses conclusions.

— Que faisait Doña Sanxia au couvent de Sant Daniel ?

— Les religieuses l'ont abritée, et elle avait une amie fidèle au couvent.

— Qui cela ?

— Quelqu'un qu'elle connaissait depuis l'enfance, messire. C'est tout ce que je sais.

— Pourquoi se déguiser en Sor Berengaria et tenter d'arracher dame Isabel au couvent ?

— Elle a fait cela ? Je l'ignorais.

Don Tomas paraissait sincèrement étonné.

— Puis-je vous poser une question, Don Eleazar ? Votre Majesté ? ajouta-t-il, confus — il avait en effet oublié la présence de Don Pedro.

Le roi hocha la tête.

— Qui a tué Doña Sanxia ? En rendant le dernier soupir, Romeu a nié que ce fût lui.

— Elle a été assassinée par le Glaive de l'archange Michel.

— Le Glaive de l'archange Michel ? Mais qui est-ce ?

Un éclat de rire retentit dans la pièce.

— Vous êtes bien le seul homme de tout Gérone qui n'a pas entendu parler du Glaive, dit Don Pedro en souriant. Rien que pour cela, vous devriez rester parmi nous. Don Eleazar ?

— En cinq jours, résuma le secrétaire, la paix de la cité a été mise à mal à deux reprises par des émeutes. Les dépositions de plusieurs habitants permettent de dire que ces troubles ne furent pas spontanés. La première émeute fut déclenchée par Romeu, la seconde par deux étrangers. Maître Isaac peut nous apprendre beaucoup de choses sur ces événements.

— La première nuit d'émeute avait pour but de masquer l'enlèvement du couvent de dame Isabel — et, semble-t-il, l'enlèvement de l'infant Johan, expliqua Isaac. Les deux tentatives échouèrent. Dame Isabel était trop bien gardée, et la nourrice de l'infant a veillé à sa sécurité. Au péril de sa vie.

— Qui est l'assassin ? demanda Tomas.

— L'homme qui se faisait appeler le Glaive. Il me l'a avoué la nuit dernière avant de partir pour le palais où il avait l'intention de tuer Sa Majesté, l'infant et Son Excellence l'évêque.

— Au lieu de cela, il a tué un vaillant capitaine, dit Don Pedro. Et il s'est enfui.

— Oui, mais il a enduré la vengeance divine, intervint Berenguer.

Il se tourna vers Don Tomas.

— Il a été frappé par la foudre. Ou quelque chose de semblable.

— Qui était-ce ? demanda à nouveau Tomas.

— Le chef de la conspiration ? suggéra Isaac.

— Pas le chef de la conspiration, murmura sèchement Sa Majesté. Mais son premier lieutenant, certainement.

Pendant un instant, la présence de Don Fernando, le demi-frère du roi, parut emplir la pièce.

Isaac s'inclina en direction de Don Pedro.

— Je croyais la nuit dernière avoir dit à Votre Majesté tout ce que le Glaive m'avait confié et qui pouvait avoir quelque importance. Mais je crains de n'avoir pas été moi-même. Dans la paix du matin, je me suis rappelé des détails qui pourraient aider à identifier cet homme.

Les occupants de la pièce lui prêtèrent toute leur attention.

— Oui ? fit le roi.

— Il disait être de noble lignée et descendre des Wisigoths.

— C'est ce que clame la moitié des familles de ce royaume, dit le roi.

— C'est vrai, Votre Majesté. Mais il a ajouté que si son arrière-grand-père avait été capable de...

Isaac envisagea le mot *comploter* et le remplaça.

— S'il avait été plus habile intrigant, lui, le Glaive, serait aujourd'hui souverain. Il n'a pas précisé de quel royaume.

— Cela réduit les suppositions à quelques centaines de familles, maugréa Berenguer.

— Il a ensuite dit que l'archange Michel lui avait parlé du haut d'un pic montagneux dressé au-dessus d'une vallée fertile.

— S'il est aussi important qu'il le pense, Votre Majesté, c'est qu'il possède beaucoup de terres au nord du pays, dit Eleazar. Ils sont encore quelques-uns à répondre à semblable description.

— Mille pardons, messeigneurs, mais je sais qui il est.

La voix flûtée surprit chacun, et tous se tournèrent pour voir Yusuf courir, tomber à genoux et se prosterner jusqu'à ce que son front touchât les dalles froides.

— Votre Majesté.

— Relève-toi, mon enfant, fit Don Pedro, et dis-nous ce que tu sais.

Yusuf se releva donc.

— Votre Majesté, dit-il, les yeux rivés sur le roi, je dois d'abord vous transmettre les compliments de mon père, qui est désormais de l'autre côté du temps, mais qui souhaite à vous-même et à vos sujets longue vie et prospérité. C'était un ami de Votre Majesté et de vos intérêts.

— Et qui était ton père, pour nous adresser ses compliments de l'au-delà?

— Mon père était l'émissaire de l'émir Abu Hajjij Yusuf, seigneur et gouverneur de Grenade, auprès du gouverneur de Valence.

— Saviez-vous cela? demanda Berenguer à Isaac.

— Non, je savais seulement qu'il venait de Valence.

— Quand as-tu quitté cette ville, mon enfant? lui demanda Don Eleazar tandis que le scribe notait sa question.

— Mon père savait que des traîtres entouraient le roi et le gouverneur. Avant de pouvoir parler, il a été assassiné. On ne m'a pas permis d'aller trouver le gouverneur, c'est pourquoi je suis parti vers le nord pour voir le roi.

Don Pedro regarda Berenguer avec un air surpris, puis il se pencha en avant.

— Puis-je te demander le nom de ton noble père?

Yusuf regarda les deux hommes, terrorisé.

— Je ne puis le dire, chuchota-t-il.

289

— Quand est-ce arrivé? demanda Eleazar.

— L'année des combats à Valence et de la grande peste.

— C'est certainement le fils de Hasan Algarrafa, murmura Eleazar.

— Ou d'un des autres fidèles de l'émir, dit le roi.

— Seigneur, reprit Yusuf en se tournant vers Don Eleazar, dès que le Glaive a parlé à mon maître, j'ai reconnu le démon qui a tué mon père.

— Tu l'as vu faire cela?

Yusuf acquiesça et se mordit la lèvre.

— C'est un grand noble au service de Votre Majesté. Je suis venu vous dire qu'il avait l'intention de vous trahir. J'aurais ainsi assisté à son châtiment. J'ai son nom ici, dit-il en se frappant la poitrine. Écrit sur une lettre adressée par mon père à Votre Majesté.

— Fais-nous voir cette lettre, mon enfant, dit le roi.

Yusuf sortit la bourse de cuir dissimulée sous sa tunique et la fit passer par-dessus sa tête. Les doigts tremblants, il dénoua la cordelette et en tira un morceau de papier tout froissé. Il l'aplatit avec soin, tomba une fois encore à genoux et le tendit à Don Pedro.

— C'est en arabe, dit le roi en montrant le document à son secrétaire. Je reconnais éprouver parfois quelque difficulté à former les mots.

— Si vous le permettez, sire, je vais...

— Je peux le lire, interrompit Yusuf. Si Votre Majesté le veut bien.

— Indique-moi seulement le nom si tu le peux, mon enfant, dit le roi. Don Eleazar me fera une copie du reste. Cette lettre est toute souillée.

— Du sang de mon père, dit Yusuf. Je l'ai prise sur son corps.

Il se saisit de la lettre, s'assit à terre et, du doigt, suivit les lettres.

— Votre Majesté, fit-il, hésitant, je crois qu'il s'agit du seigneur Castellbo.

— Mon oncle, bredouilla Tomas, horrifié. C'est impossible !

Mais il savait déjà que cela était malheureusement vrai.

— Il ne vous a pas vraiment protégé, Don Tomas, dit Berenguer. Je ne verserais pas de larmes sur lui.

— Dieu du ciel, s'exclama Tomas, comme j'ai été sot !

— Vous n'êtes pas le seul sot, Don Tomas, dit Don Pedro. Le comte Hug de Castellbo est l'homme à qui j'avais confié mon fils.

Yusuf se tenait devant le roi, perdu et malheureux.

— Ai-je mal fait, Votre Majesté ?

— Nullement, mon brave enfant. Je conserverai cette lettre, si je le puis, et la chérirai précieusement.

— Elle vous était adressée, seigneur, dit simplement Yusuf.

Don Pedro prit le lambeau de papier et se pencha vers le garçon :

— Il n'est pas convenable que tu sois réduit à la servitude. Si tu souhaites rejoindre notre cour, nous nous arrangerons avec ton maître. Cela vous agrée-t-il, maître Isaac ?

— Yusuf est libre, Votre Majesté, répondit le médecin. Il m'a rendu service et, en échange, je lui ai procuré un toit, mais je n'ai aucune droit sur lui. S'il souhaite rester dans ma famille et recevoir une bonne éducation, il est le bienvenu. S'il préfère une place à la cour, il partira avec ma bénédiction.

— Alors laissons l'enfant décider, dit le roi. Il demeure sous notre protection tant qu'il se trouve en ce royaume.

— Tu peux t'asseoir, Yusuf, dit Eleazar. Aux côtés du médecin.

CHAPITRE XVIII

La porte du cabinet se referma sur les trois hommes.

— Qu'allons-nous faire de Bellmunt ? demanda le roi à Berenguer et à Eleazar. Son seul crime semble être d'avoir fait preuve d'une incroyable stupidité.

— Je pense que la leçon lui a été fort rude, Votre Majesté, répondit l'évêque. Il sait maintenant ce que sont les femmes et le monde. Et puis, j'avoue qu'il me plaît bien.

— Sa Majesté la reine le trouve charmant et modeste — et aussi fort utile, ajouta Don Eleazar. Il semble également manifester quelque courage. La façon dont il a sauvé dame Isabel ne manque pas de panache.

— C'est un bon stratège, fit Don Pedro. Mais il est malheureux qu'elle soit restée aux mains de Montbui pendant deux jours. On en parle déjà.

— Le mariage mettrait un terme à son ignorance des femmes, suggéra Berenguer, et aux commérages concernant ma nièce. Je jouerais ma vie que ces rumeurs n'ont aucune raison d'être, ajouta-t-il, mais chacun sait que le scandale se moque bien de la vérité.

— Il est pauvre, fit remarquer Don Eleazar.

— Mais issu d'une bonne famille, compléta le roi. Et ma fille semble se pâmer d'amour pour lui. Le problème tient cependant à ce qu'il a été convaincu de trahison.

— Suite aux machinations de vos ennemis, sire, dit l'évêque.

Don Eleazar s'éclaircit alors la voix, signe certain qu'il avait trouvé une solution. Chacun se tourna vers lui.

— Un message clair, voilà ce qu'il faut, dit-il. Le pardon seul ne suffit pas. Toute sa vie, le nuage de la trahison planera au-dessus de sa tête, et cela peut rendre un homme dangereux. Décapitez-le demain, Votre Majesté, ou élevez-le sur-le-champ. Valence a besoin d'un nouveau gouverneur. Vos ennemis comprendront que leurs complots ont échoué si vous nommez Bellmunt à ce poste.

Pendant quelques instants, le regard de Don Pedro se perdit dans le lointain.

— Nous pourrions lui donner les terres et les biens de Castellbo. Ils ont été confisqués par la couronne.

— Peut-être, Votre Majesté, la moitié suffirait-elle, murmura le secrétaire. Nous devons financer la campagne de Gêncs...

— Excellent, dit le roi. Voilà résolu le problème de sa pauvreté.

Don Eleazar nota ce qui venait de se décider.

— Nous enverrons Arnau à Valence avec lui — il est prudent et réfléchi. Et je ne l'aurai plus à mes basques. Tout cela, bien entendu, si Bellmunt y consent.

Don Eleazar écrivit.

— Et s'il n'y consent pas ?

— Oh, je pense qu'il ne se fera pas prier. Mais il peut toujours choisir l'autre solution.

Le roi se leva.

— Ainsi, messires, Valence a un nouveau gouverneur. Ma fille en sera enchantée.

Le trio revint dans la salle. L'évêque murmura quelque chose à l'oreille d'un intendant et, quelques secondes plus tard, des serviteurs apparurent avec des plateaux chargés de mets délicieux et des pichets d'argent ciselé emplis de vin. Don Eleazar s'approcha de maître Isaac pour lui parler de l'infant, et Berenguer de Tomas de Bellmunt.

La tapisserie fut tirée afin de permettre à l'abbesse, dame Isabel et Raquel de se joindre aux autres. Les dames firent la révérence, les hommes les saluèrent. Tomas avait une mine épouvantable, le roi était resplendissant et dame Isabel affolée.

— J'ai grand plaisir à vous voir, Don Tomas, assura l'évêque. Ma nièce s'est remarquablement remise au cours de ces derniers jours, n'est-ce pas? Il faut dire qu'elle a une excellente constitution et un habile médecin.

Tomas lui adressa un regard désespéré :

— Elle est adorable au-delà de toute comparaison.

— Tout flatteur pourrait parler ainsi, mais je suis de votre avis. Diriez-vous qu'elle semble également bonne et vertueuse ?

— Nulle femme ne l'est plus qu'elle dans toute la Catalogne.

— Je suis heureux que vous le pensiez, dit Berenguer. Car déjà l'on répand des calomnies à son sujet. On prétend qu'elle s'est enfuie délibérément avec Montbui et qu'elle est revenue contre son gré. Je crains que le couvent ne lui soit tout indiqué. À moins qu'elle n'accepte de se marier, et vite de surcroît, pour faire taire les mauvaises langues.

— À qui est-elle promise ? demanda Tomas, sur qui les malheurs paraissaient s'amonceler.

— À personne pour le moment. Regardez-la, elle est seule dans son coin et semble fort triste. Vous devriez lui parler et l'égayer un peu.

— Je doute que les paroles d'un condamné la réjouissent beaucoup, Votre Excellence.

— Ah, oui. Ce furent des chefs d'inculpation intéressants. Vous vous rendez compte, Don Tomas, que vous n'avez été condamné que pour une seule chose : avoir apporté de l'aide — par le truchement de votre serviteur, Romeu — à un groupe que vous auriez dû soupçonner de trahison. Bien sûr, vous avez agi par ignorance. Peut-être même de bonne foi. Mais il y a tout de même une faute à expier, dirons-nous.

— Je n'ai plus beaucoup de temps pour l'expiation.

— Cela dépend, dit Berenguer, les yeux perdus dans le lointain. En ce moment précis, Sa Majesté a grand besoin d'un homme de principe, de courage et de loyauté absolue. Un homme prêt à vivre et peut-être même à mourir pour la couronne.

— Une vie contre une vie ? dit prudemment Tomas. Que devrait donc faire cet homme ?

Berenguer le lui expliqua.

Tomas regarda l'évêque d'un air incrédule.

— Vous vous moquez d'un agonisant, dit-il enfin. Vous offrez le pouvoir ainsi que votre nièce, et vous prétendez qu'il faut du courage et de la loyauté pour les accepter tous deux ? Vous vous amusez à mes dépens.

— Nullement. Valence a besoin d'un gouverneur en qui l'on peut avoir confiance. Et Sa Majesté ne contraindra pas sa fille. Vous devez la gagner à votre cause. Sinon... fit-il en écartant les mains.

— Je comprends, dit Tomas, pensif. Mais pourquoi m'accepterait-elle ? Je n'ai rien à lui offrir hormis ma pauvreté et ma disgrâce.

— C'est de nature une créature reconnaissante, et vous lui avez rendu un beau service. Elle trouve Montbui détestable. Si vous la convainquez, Valence est à vous, ainsi qu'une part des biens de votre oncle. Tenez, la voilà. Retirez-vous dans un coin de la pièce, vous avez tout l'après-midi pour plaider votre cause. Je vous souhaite les meilleures choses.

Don Pedro se leva.

— Mon bon Bellmunt, dit-il, je crois que ma fille souhaite vous remercier pour le service que vous lui avez rendu.

D'un regard, il pria Eleazar et le scribe de le rejoindre, puis il sortit.

Dame Isabel s'adressa à son oncle :

— Qu'a donc voulu dire papa ?

— Il a voulu dire, répondit calmement l'évêque, qu'il n'est ni aveugle ni sans cœur. Si vous voulez ce jeune homme, vous pouvez l'avoir. Des dispositions seront prises pour qu'il ait une fonction convenable. Votre père a toujours eu un faible pour les mariages provoqués par l'affection mutuelle de deux êtres.

— Mais il a été condamné...

— Regardez-le : voyez-vous un traître ?

— Certainement pas, mon oncle.

— Il en va ainsi pour tout le monde. À moins qu'il ne fasse quelque chose qui nous prouve le contraire, sa tête ne risque plus rien.

— Mais peut-être ne souhaite-t-il pas le mariage ?

— La chaleur vous fait pâlir. Je vous suggère de vous asseoir près de la fenêtre avec vos compagnes.

C'était plus un ordre qu'une suggestion, et Isabel obéit.

Les trois femmes étaient installées à une table chargée de fruits, de vin et de gâteaux. Elles demeuraient silencieuses : l'abbesse et Isabel étaient plongées dans leurs réflexions, et Raquel trop lasse pour faire la conversation. Don Tomas s'avança vers elles avec l'air d'un homme qui entre sur un champ de bataille.

— Comment êtes-vous devenue l'assistante de votre père, maîtresse Raquel ? dit l'abbesse, lui manifestant un soudain intérêt. C'est certainement un rare privilège pour une femme. Mais peut-être est-ce la coutume parmi les vôtres ? ajouta-t-elle en se levant et en regardant par la fenêtre.

— Nullement, madame, dit Raquel, qui se leva à son tour. Mon cousin Benjamin était son apprenti, mais...

L'abbesse entraîna Raquel loin de la table comme pour mieux écouter son récit.

Bellmunt s'enquit de la santé d'Isabel, puis ne sut plus que dire. Immobile, il regardait le mur ou le dos de l'évêque — tout sauf le visage de la jeune fille.

Au bout de quelques instants, Isabel quitta sa chaise et s'approcha de la fenêtre. Il la suivit.

— Regardez, Don Tomas. Cette nuit, il y a eu une émeute. La place était emplie de haine et de violence. Le père de maîtresse Raquel, un homme bon et inoffensif qui m'a sauvé la vie il y a quelques jours, a été blessé. Un dément — votre propre oncle — a tenté d'assassiner mon père, mon oncle et mon frère, et il est mort brûlé. Les honnêtes citadins que nous voyons là hurlaient pour réclamer le sang de ceux qui me sont les plus chers. Pourtant tout a l'air si paisible...

— Le monde est plein de duperie et de traîtrise, dit Tomas, qui se tenait derrière elle. J'aurais juré que mon oncle était loyal à la couronne.

— Que pouvons-nous faire ? Quand un homme me poursuit de ses assiduités, que dois-je penser ? Prenez le cas de Montbui. Pourquoi voulait-il m'épouser ?

— Votre Seigneurie est belle et charmante, dit Tomas avec gaucherie. Tout homme l'imiterait.

— C'est ridicule, fit-elle en se tournant vers lui. Il ne m'avait jamais vue. Il ne connaissait de moi qu'une description de mes terres et ce qu'elles rapportent chaque année. Et savez-vous pourquoi il voulait mon argent ?

— Pour détruire votre père. Oui, je l'ai enfin compris.

Isabel regarda à nouveau par la fenêtre.

— Nous ne sommes pas aussi joyeux que nous l'étions à la campagne, dit Isabel d'un air triste. Vous me parliez bien plus librement que vous ne le faites en ville.

— À la campagne, il m'était facile d'oublier ma pauvreté et mon peu d'importance, dit Tomas à voix basse. À la campagne, je n'étais pas entouré de rois, d'évêques et d'abbesses. Et l'on ne m'avait pas jugé...

— Ne parlez pas de cela, dit Isabel, dont les yeux s'emplirent de larmes. Je ne puis supporter d'entendre quelqu'un dire du mal de vous, pas même vous.

— Madame, je vous en prie, ne pleurez pas. *Moi*, je ne puis supporter de vous voir souffrir un instant à cause de moi. Je ne suis pas digne de vos larmes, ajouta-t-il sur le ton de la colère. Comment savez-vous que je ne suis pas un autre Montbui, attiré par vos richesses ?

— Je ne le sais pas, mais vous n'en avez ni l'allure ni le comportement.

Elle cessa de parler et parut s'absorber dans la contemplation de la rue. Enfin, elle secoua la tête et se tourna à demi vers lui.

— Que feriez-vous si je vous disais que je ne puis aimer ou faire confiance à un homme et que je me suis décidée pour le couvent ?

— Alors j'irais à la mort avec courage, madame, en espérant que vous prieriez pour mon âme, dit-il, incapable d'affronter son regard. Et je vous souhaiterais une vie paisible et heureuse.

— Je pense que vous le feriez, oui.

— C'est donc là votre décision ?

— Je n'en suis pas certaine, dit Isabel.

Elle prit une profonde inspiration comme pour tenter de chasser sa mélancolie.

— Je vis à Sant Daniel depuis quelque temps. Les sœurs sont meilleures avec moi que ne l'est le monde, et je m'y suis habituée.

Tomas fit la grimace comme s'il venait de recevoir un coup invisible.

— Dans ce cas, je vous souhaite d'être heureuse, madame.

Sur ce, il s'inclina et s'éloigna.

— Don Tomas !

La main sur son bras, légère comme un papillon, l'arrêta.

— Ne partez pas, Don Tomas, pas encore.

Il avait déjà fait quelques pas, mais elle le ramena doucement vers la fenêtre.

— Je dois vous poser une question qui me trouble depuis que nous nous trouvions à la campagne.

— Je suis à votre disposition, madame.

Tournant le dos au reste de la pièce afin de dissimuler son geste, il posa la main sur la sienne. Et elle l'y laissa.

— Voulez-vous vous asseoir avec moi, Don Tomas, et prendre une coupe de l'excellent vin de mon oncle ? La dernière fois que je vous ai offert du vin, je crois vous avoir offensé. Suis-je pardonnée à présent ?

Elle retira doucement sa main et la posa sur celle de Tomas, lui permettant ainsi de la conduire jusqu'à son siège. Elle fit un signe de tête, et un serviteur apporta une carafe de vin et deux coupes d'argent. Il fit mine de servir, mais Isabel fronça les sourcils et il disparut bien vite.

Bellmunt se tenait devant elle, ne sachant que faire.

— Peut-être, après avoir été forcé de passer tant de temps en ma compagnie, aimeriez-vous mieux converser avec quelqu'un d'autre ?

— Forcé ? dit-il avec vigueur. Madame, je n'imagine pas de meilleur moment qu'en votre compagnie.

Il plaça une chaise près de la sienne et s'assit.

— Je comprends, fit-elle en secouant la tête. Vous passez un instant agréable avec moi... si cela ne dure qu'un instant. Vous vous lassez très rapidement de la compagnie des dames, Don Tomas.

Elle versa le vin dans les deux coupes, maniant la carafe avec soin.

— Vous vous méprenez sur mon compte, dame Isabel.

— Je ne le pense pas. C'est à cause de ma chevelure, n'est-ce pas ? Ni sombre comme l'aile du corbeau, ni rousse comme le feu. Brune, tout simplement.

— Vous avez écouté ma déposition, dit-il avec un regard accusateur. Vous m'avez entendu me ridiculiser.

— Peut-être êtes-vous ridicule, du moins êtes-vous honnête. Vous la pleurez certainement. J'ai été stupide de me moquer.

— La pleurer ! Je me suis conduit comme un sot, madame, et c'était une femme sans cœur, une comploteuse...

— Je sais ce qu'elle était, Don Tomas. J'ignorais que vous la connaissiez aussi bien.

— De plus, vos cheveux ne sont pas bruns, poursuivit-il avec entêtement. Ils ont la couleur des blés en août, celle des feuilles de hêtre en novembre. Ma jument a une robe brune, vos cheveux sont dorés, ajouta-t-il en rougissant mais sans cesser d'affronter son regard.

— Je me souviens fort bien de votre jument. Elle a une robe charmante, en effet. Mais dites-moi, honnêtement et sans hésitation, si vous aimiez ou non Doña Sanxia de Baltier. Je tiens à le savoir.

À ce moment, l'honnêteté semblait la plus importante qualité au monde.

— Pendant un instant fulgurant, dit-il lentement, je l'ai aimée. Jusqu'au jour où j'ai compris qu'à ses yeux j'étais moins précieux que la blanchisseuse capable de laver la robe de soie à laquelle elle tenait tant. Elle a ensuite joué avec ma vie et mon honneur. Non, après ce premier instant, je ne l'ai pas aimée. Et j'ai grande honte d'avoir pu un jour éprouver pareil sentiment.

L'étrange et envoûtante créature assise à côté de lui sourit.

— J'en suis très heureuse, dit-elle. Je m'intéressais à votre jugement. Mais aimez-vous quelqu'un d'autre ?

— Dame Isabel, vous devez connaître la réponse à cette question.

— Non. Du moins je n'en suis pas sûre. Mais je dois me marier, paraît-il, et à moins d'épouser quelqu'un que j'aime, je devrai rejoindre dame Elicsenda au couvent de Sant Daniel. Préféreriez-vous me voir au couvent jusqu'à la fin de mes jours ? Je n'épouserai personne d'autre.

— Je vous demande pardon ?

— Est-ce la réponse à une honnête proposition de mariage, Don Tomas ? Prendrez-vous une coupe de vin avec moi ?

Ses doigts tremblants saisirent la coupe : le liquide se renversa un peu.

Il la prit de ses mains souillées de vin et but.

CHAPITRE XIX

Lundi 30 juin 1353

Une foule joyeuse s'était rassemblée sur la place des Apôtres pour dire adieu à son roi et à son héritier. Il y avait là bien des gens qui, sans femmes ni enfants, s'étaient retrouvés dans la nuit du samedi avec l'espoir d'assister au renversement du monarque. Don Pedro sourit et adressa un signe de la main à la populace. Don Arnau et ses officiers demeuraient tendus : ils guettaient le moindre signe de changement d'humeur de la part des habitants de Gérone, et leurs montures et eux-mêmes étaient prêts à intervenir au moindre incident.

Rebecca descendit les marches, tenant par la main l'infant excité. Elle allait enfin pouvoir retrouver son mari et son propre enfant. Une nouvelle robe et d'innombrables babioles précieuses, voilà ce que représentait la bourse bien remplie que lui avait octroyée Sa Majesté. Elle serra l'infant dans ses bras, lui dit — machinalement — d'être un gentil garçon et le confia à un officier qui l'installa sur l'étalon de son père. Il se cala sur la selle, devant le roi, le visage radieux.

— Au revoir, Becca, dit-il avec un signe de la main.

L'escorte royale quitta la ville pour ses quartiers d'été.

Privée de la décapitation d'un noble traître, la foule

dut se contenter de la pendaison d'un relieur et d'un valet d'écurie, et des poignées de pièces d'argent qui, jetées par les compagnons du roi, firent courir les enfants — et plusieurs parents — à quatre pattes sur les pavés.

Tout le monde reconnut que c'était une superbe journée.

L'abbesse Elicsenda revint au couvent après une brève discussion avec le roi et Berenguer au sujet du mariage de dame Isabel. Il aurait lieu dès que les détails de l'accord seraient mis au point, jetés sur le papier et signés. Ce problème serait bientôt réglé. L'air las et un peu triste, elle se tenait devant la porte de son cabinet.

— Agnete, dit dame Elicsenda, pourriez-vous m'accorder un instant ? J'aimerais vous parler.

— Oui, ma mère, répondit Sor Agnete. Certainement. Dois-je apporter les registres de comptes ?

— Pas encore. Nous verrons cela une autre fois.

La vieille religieuse suivit l'abbesse dans son cabinet.

— Asseyez-vous, Agnete. J'aimerais vous rendre ceci, dit-elle en déposant sur la table un petit livre à la sombre reliure. On l'a trouvé samedi. Je pense qu'il vous appartient. Votre nom y est écrit.

— Oh, merci ! fit Sor Agnete en s'en emparant. Je l'ai cherché partout. C'est un présent de mon père. Il m'est très précieux. Quelqu'un a dû me l'emprunter.

— Si vous l'aviez laissé dans la bibliothèque, qui est sa place naturelle, il n'aurait pas été perdu, Agnete.

— C'est vrai, ma mère, dit-elle, l'air soumis.

Ses mains étaient crispées sur le petit ouvrage.

— Je vais le ranger. Où l'a-t-on retrouvé ?

— Dans un coffre servant à conserver de vieux habits. Le coffre dans lequel vous avez pris deux tenues tout élimées pour que deux religieuses de haute taille puissent les porter.

Agnete regarda l'abbesse droit dans les yeux avant de baisser la tête.

— Oh non, ma mère, fit-elle doucement. Je n'aurais jamais donné ces habits à qui que ce soit sans votre permission. Et jamais à quelqu'un qui puisse vouloir du mal à l'une de nos pupilles.

— Comment expliquer que votre livre soit arrivé là ?

— Je l'ignore, ma mère, fit-elle en secouant la tête, l'air étonné. Quelqu'un a dû le prendre et...

— Qui aurait pu faire cela, Agnete ? Où l'aviez-vous laissé ?

Les mains croisées de Sor Agnete se mirent à trembler. Ses joues pâles devinrent toutes rouges et elle releva le menton pour défier du regard l'abbesse.

— Pourquoi était-il dans ce coffre ?

Trente ans de déférence tombèrent comme la mue d'un serpent, et sa voix se fit glaciale et arrogante.

— Parce que je ne pouvais porter les habits et le livre en même temps, dame Elicsenda. Malheureusement, j'ai oublié qu'il était là.

Soudain, comme si cet instant de rébellion avait été trop fort, elle enfouit son visage dans ses mains.

— Les larmes ne vous serviront pas à grand-chose, dit sèchement Elicsenda. Vous êtes maintenant dans l'obligation de me dire qui vous a impliquée dans ce complot et lesquelles de vos sœurs étaient également au courant.

Agnete se redressa, les yeux secs.

— Je n'éprouve ni culpabilité ni remords pour ce que j'ai fait. C'était juste et bon — sauf que j'ai été contrainte de mentir, dit-elle avec la même arrogance glaciale. Notre pays est saccagé par des paysans avides. Vous ne le voyez peut-être pas, mais si vous saviez comment cela se passe dans le monde, comment cela s'est passé pour ma propre famille...

Elle se pencha vers l'abbesse.

— Nos terres sont appauvries, nos récoltes sont mauvaises. Mon frère doit jusqu'à son âme à des prêteurs juifs. Nous sommes nobles, madame, aussi nobles que vous-même, mais les marchands et les négociants — des bâtards de traînées, tous tant qu'ils sont, élevés dans la fange ! — nous ont sucé notre sang, ils nous ont volé nos biens et notre place à la cour !

L'abbesse ne répondit rien.

— Qu'allez-vous faire, ma mère ? demanda alors Agnete.

— Rien. Pour l'heure, tout au moins. J'attendrai que vous me disiez qui d'autre est impliqué. Entre-temps, vous prierez, travaillerez et espérerez l'amendement dans cette vie et le pardon dans l'autre. Je connais mieux le monde que vous ne l'imaginez, et peu importe que vous pensiez avoir été provoquée, ce que vous avez fait est mal.

Elle se leva pour lui signifier que l'entretien était terminé, et Sor Agnete sortit rapidement de la pièce.

— Ainsi donc c'était Sor Agnete, dit Berenguer. Je suis stupéfait.

— Je l'ai aussi été, répondit l'abbesse. J'aurais dû penser à la situation de sa famille. Agnete et la mère de Sanxia étaient amies, si je m'en souviens bien, et vaguement cousines. Bien qu'elle ait apporté avec elle une dot substantielle en entrant au couvent, dit-elle avec l'air d'une personne dont la fortune était bien plus importante, la sécheresse, la pauvreté et la peste ont depuis lors presque détruit sa famille. Ils ont dû regretter amèrement cette dot, ajouta-t-elle avec cynisme. Elle semblait si efficace et d'un tempérament si égal que je n'ai jamais pensé qu'elle pût éprouver quelque ressentiment. Ce fut négligent de ma part.

— Nous ne pouvons voir dans le cœur d'autrui, dame Elicsenda, lui dit l'évêque. Et c'est bien mieux ainsi, la plupart du temps. Le médecin doit-il venir ? Je comptais lui parler cet après-midi.

— Il est ici, dit l'abbesse en recouvrant tout son calme. Il souhaitait voir dame Isabel et s'assurer qu'elle est en bonne santé après tout ce qu'elle a enduré. Je lui ai demandé de se joindre à nous dès qu'il aura fini.

Un coup fut discrètement frappé à la porte du cabinet de l'abbesse, et Sor Marta entra pour annoncer l'arrivée d'Isaac.

— Maître Isaac, s'exclama avec chaleur l'abbesse, comment allez-vous ? L'évêque est ici, et nous sommes enchantés de vous voir. Comment va notre pupille ?

— Sa santé est tout à fait bonne. Elle semble se nourrir de l'adversité. Se faire enlever, voyager dans la campagne et tomber amoureuse, voilà un traitement à recommander en cas de fièvres causées par des pustules.

— Ma nièce est très forte, et tout aussi charmante et intelligente, dit Berenguer. Mais je suis persuadé que ce sont vos soins qui lui ont permis de traverser cette épreuve. Avec l'aide de Dieu, bien évidemment. Nous vous devons beaucoup.

— Il semble que tout soit terminé, dit Isaac, mais je crains qu'il ne demeure encore bien des interrogations. L'une d'elles concerne la souillure qu'a reçue votre couvent et que mon investigation était censée laver.

— Il n'y a plus de mystère, répondit Elicsenda avant de faire à Isaac un bref résumé de la confession d'Agnete.

— Comme c'est extraordinaire ! dit Isaac. Je n'en reviens pas. Je sentais tant de suspicion, de culpabilité et d'hostilité chez Sor Benvenguda que j'étais certain que l'on ne pouvait lui confier dame Isabel. Et il s'agissait de Sor Agnete...

— Benvenguda était jalouse de votre art, certainement, dit l'abbesse avec calme. Songez à la difficulté qu'elle a eue à se fondre à un groupe de femmes qui se connaissent, vivent, prient et travaillent ensemble depuis des années.

— Sor Agnete m'a apporté le flacon en prétendant l'avoir découvert sur Doña Sanxia. Ce fut habile de sa part, mais j'aurais dû soupçonner son implication dès cet instant. Parce qu'il était évident que seule une religieuse pouvait administrer la potion.

— Ce fut étonnamment calculé et délibéré de sa part, dit l'abbesse. Nous devons considérer ce qu'il convient de faire d'elle. Elle peut encore être dangereuse.

— Nous pourrions laisser la maison mère prendre la décision, proposa l'évêque.

— Oui, mais que fera-t-on des autres conspirateurs, Votre Excellence ?

— Cela reste à voir. Sa Majesté a appris ce matin que Baltier et Montbui avaient fui pour la Castille, où ils espèrent recevoir la protection du roi.

— Avec leurs coffres remplis de trésors ? demanda sèchement Isaac.

— Je le suppose, répondit Berenguer. Je pense qu'ils essaieront d'acheter leur retour en grâce dès qu'il y aura une autre crise.

— Il est répugnant de penser qu'ils risquent de réussir, ajouta l'abbesse.

— Je crois que j'admire Castellbo plus que ses dangereux collègues, admit l'évêque. Lui au moins était prêt à mourir pour ses principes, et peu importe ce qu'ils pouvaient avoir d'insensé ou de dérangeant. Les Baltier et les Montbui de ce monde ne songent qu'à remplir leurs bourses et leurs ventres.

— Vaut-il mieux mourir des mains d'un noble dément ou d'un chacal avide ? dit Isaac. Les chacals ont peu de charme, mais je les redoute moins que les Castellbo. Ils ne cherchent pas à vous détruire, vous et vos proches, quand cela ne leur rapporte rien. Sa Majesté va-t-elle les poursuivre ?

— À l'intérieur du royaume ? Oui, et sans relâche, fit Berenguer. Mais pas au-delà des frontières.

— Je ne comprends pas d'où a pu surgir un groupe aussi étrange, dit dame Elicsenda d'un air irrité. Les disciples du Glaive de l'archange. Comment une telle

307

chose peut-elle apparaître aussi rapidement ? Un jour, nul ne les connaît, et le lendemain, on ne parle plus que d'eux. Est-ce là une nouvelle vague de cathares ou quelque autre hérésie ?

— Je crois qu'ils sont aussi chrétiens que la plupart de mes ouailles, dit Berenguer avec prudence.

— Alors, pourquoi soutenir Fernando sur un terrain religieux ? demanda l'abbesse, qui avait tendance à vouloir clarifier les aspects les plus sombres de l'existence. S'ils sont chrétiens. Car c'est aussi le cas de Sa Majesté, Don Pedro.

— C'est plus compliqué que cela, lui répondit l'évêque. Pour moi, il s'agit d'un petit groupe qui s'est réuni l'année dernière pour célébrer la fête de saint Michel et la levée du siège de la ville à l'époque de nos grands-parents — quelques-uns de mes séminaristes, et des marchands ayant des griefs à l'encontre du conseil municipal et de l'Église, tout cela parce qu'ils ne tirent pas assez d'argent des affaires de la ville ou de celles du clergé. Ils se sont rencontrés une fois par mois dans la taverne de Rodrigue pour manger, boire, se plaindre et parler de pétitions.

— Vous étiez donc au courant ? demanda dame Elicsenda.

— J'ai honte de vous répondre que non. Mais à l'époque, ils n'étaient dangereux pour personne. Ils se contentaient de réclamer que l'on fasse quelque chose pour les enrichir et de dépenser leurs sous à la taverne. Puis Castellbo, Romeu et les deux autres arrivèrent de Barcelone. Ils les montèrent contre le roi et les aidèrent à recruter d'autres parasites. C'est alors que le groupe a attiré notre attention, mais vous savez la suite. Les hommes venus de Barcelone étaient des agents du tendre frère de Sa Majesté, Don Fernando. Ils ont fait de Castellbo le Glaive...

— Y avait-il un Glaive avant leur venue ? l'interrompit Isaac.

— Non. Pour ces gens, le Glaive n'était pas une personne, mais un groupe chargé de protéger la ville, ainsi que saint Michel l'a lui-même protégée, lui qui défend aussi les cieux. Mais Castellbo et ses amis ont dû décider qu'il était plus facile de rallier les masses autour d'un seul personnage.

— Le gros Johan a insisté sur le fait qu'il n'y avait pas de Glaive. Je ne l'ai pas cru. Je ne lui ai pas rendu justice.

— Ils avaient l'intention d'attirer ici Sa Majesté en enlevant l'infant, et leur but était de les tuer tous — le roi, la reine et le petit prince.

— L'enlèvement de dame Isabel n'avait donc rien à voir avec eux ? demanda l'abbesse.

— Je crois que dame Isabel était la récompense promise à Montbui s'il entrait dans le complot, expliqua Isaac.

— Mais leur chance a tourné, dit Berenguer. Bien que ma pauvre Isabel fût tout près d'être sacrifiée sur l'autel de l'ambition royale de son oncle.

— La chance n'a rien à voir là-dedans, affirma l'abbesse. Sa Majesté et toute sa famille sont placées sous la protection spéciale de saint Daniel, et nous prions chaque jour pour eux. Que pourrait Don Fernando contre cela ?

— Que pourrait-il, en effet ? dit l'évêque. Venez, maître Isaac. Je vais vous raccompagner, votre fille et vous, jusqu'à la porte du Call. J'aimerais discuter de quelque chose avec vous.

— Vous reverrai-je un jour, Raquel ? demanda dame Isabel.

— Cela me paraît impossible, madame, dit Raquel en prenant les mains d'Isabel dans les siennes. Mais nos vies ont connu de si étranges tours dernièrement que je ne peux jurer de rien. Quand partez-vous pour Valence ?

— Dans une semaine. Mon oncle doit nous marier

lundi, je pense, puis nous nous rendrons à Barcelone après la cérémonie. Oh, Raquel, fit-elle dans un murmure, je ne puis attendre plus longtemps. Je respire à peine chaque fois que je pense à lui ! Quand il a touché ma main, j'ai cru défaillir. J'éprouve tant d'amour pour lui ! Que ferais-je si quelque chose venait contrecarrer notre union ?

— Rien ne vous empêchera de vous marier, dit Raquel en lâchant ses mains. Mon père en est sûr — et il sait toujours ce genre de chose.

Elle lui sourit.

— Je vous envie. Je me demande si j'éprouverai un jour le même sentiment.

— J'en suis certaine, affirma Isabel avec la ferveur d'une nouvelle convertie.

— Pas moi. Ma sœur Rebecca était toujours amoureuse. Elle est tombée amoureuse de notre cousin Benjamin, qui est mort de la peste. Six mois plus tard, alors qu'elle aidait papa, elle a rencontré un scribe qui souffrait des fièvres et s'est follement éprise de lui. Seulement, il est chrétien, et cela a posé de terribles problèmes. Un an après, elle s'enfuyait avec lui. Maman refuse de les voir, elle, son mari et leur enfant. Je n'ai jamais rencontré quelqu'un pour qui je pourrais faire cela. Mais je dis des bêtises, et je vous prie de m'en excuser. Je suis très heureuse pour vous. Don Tomas est l'homme le plus doux, le plus aimable et le plus noble que j'aie jamais rencontré. Vous vous méritez mutuellement. Vous me manquerez, dame Isabel.

— Oh, Raquel, vous aussi, vous me manquerez ! Pourquoi ne pas venir à Valence pour y être mon amie et mon médecin ?

— Je ne puis laisser papa, madame.

Ses yeux s'emplirent de larmes.

— Je dois partir, à présent.

Dame Isabel l'enveloppa dans ses bras en une chaude étreinte.

— Je ne vous oublierai jamais, Raquel, ni ce que vous avez fait pour moi. Au revoir.

Le silence régnait dans la taverne de Rodrigue quand Pere et Johan en gravirent les marches. Ils scrutèrent la pénombre.

— Marc, Josep, salua Pere. Vous êtes tellement calmes que je croyais qu'il n'y avait personne.

— Tu viens bien tôt, dit Marc.

— Les choses vont plutôt au ralenti. Qui veut de mon bois aujourd'hui ? Tous les gens importants sont partis, on ne fait plus à manger que pour soi. Moi et Margarita, on en profite pour se reposer, ajouta-t-il, philosophe.

— Cela fait bizarre ici sans Sanch ni Martin, dit Marc d'une voix étrangement neutre, comme s'il testait la réaction de ses compagnons.

— C'est bien plus calme, si tu veux mon avis, répliqua Pere.

— Ils auraient pu me payer tout le vin qu'ils ont bu avant d'aller sur la place, intervint Rodrigue. Ça, on ne le reverra jamais.

— On ne perd pas grand-chose sans eux, dit son épouse qui passait la tête par la porte de la cuisine.

— J'en avais assez de leurs récriminations perpétuelles, dit Pere. Je viens ici pour oublier mes soucis, pas vrai, Johan ?

Le gros Johan sourit :

— Je n'ai aucun souci, moi. L'évêque a dit que ce n'était pas ma faute s'ils avaient tenu leur réunion aux bains. Et il le fera savoir au maître.

— Moins on en dit, mieux c'est, fit Josep. Certains préféreraient même que ce ne soit jamais arrivé, hein, Rodrigue ?

— Moi ? se défendit le tavernier. Je ne me suis pas approché des bains cette nuit-là. Je m'en rends tout de suite compte quand il y a des problèmes dans l'air.

— Tu ne t'en rends compte que quand ils te tombent dessus, oui.

La voix criarde de sa femme parvenait de la cuisine.

— C'est moi qui t'ai interdit de franchir la porte, si tu t'en souviens bien.

Un éclat de rire accueillit sa remarque. D'autres pas retentirent dans l'escalier.

— Où est Raimunt ? demanda l'un des nouveaux venus. J'avais quelque chose à lui demander.

— Tu n'es pas près de le revoir, répondit Rodrigue. C'est fini pour lui.

— On dit qu'il a quitté la ville avant que la foudre ne tombe, expliqua Marc. Il a toujours eu peur du tonnerre, ajouta-t-il en riant.

— Il n'a jamais fait de mal à personne, dit un des nouveaux arrivants. On ne peut donc pas laisser les gens tranquilles ?

— C'est vrai, fit quelqu'un d'autre. Au marché, j'ai parlé avec un homme qui m'a dit que le démon lui était apparu et qu'il lui avait révélé que le roi...

— Ça ne va pas recommencer ! s'écria Pere. Il vous faut voir combien de pendus avant d'ignorer ces propos insensés ?

— Tu as raison, dit Marc, et je bois à cela.

— Nous buvons tous à cela, dit Rodrigue en commençant à remplir les gobelets. Et je ne veux pas de votre argent.

— Rodrigue !

Le cri de fureur qui sortit de la cuisine fut accueilli par un énorme éclat de rire.

La lumière du soir projetait des ombres dans la cour, où Isaac était attablé en compagnie de Judith, Raquel et les jumeaux, Miriam et Nathan.

— Ibrahim est allé voir les pendus, papa, dit Nathan. Moi aussi, je veux voir un pendu.

— Moi aussi, renchérit Miriam.

— Taisez-vous, dit Judith d'une voix qui n'annonçait rien de bon. Si c'est tout ce que vous avez à raconter, vous pouvez aller tout de suite au lit. Leah !

La nourrice descendit l'escalier.

— Oui, maîtresse ?

— Emmène-les se coucher.

Malgré une longue litanie de protestations, les jumeaux regagnèrent leur chambre, et le calme revint dans la cour.

— Fait-il sombre ? demanda Isaac. Les oiseaux sont bien calmes.

— Non, Isaac, le soleil se couche seulement. C'est la chaleur qui les fait se tenir tranquilles, lui répondit Judith. Où est Yusuf ?

— Je suis ici, maîtresse, dit une petite voix de l'autre côté de la cour.

— Viens ici, Yusuf, que je te voie.

Le garçon traversa la cour et se présenta devant elle.

— Je croyais que tu devais partir avec le roi ce matin.

— Non, maîtresse. Maître Isaac a dit que je pouvais rester si je le souhaitais.

— Quoi qu'il en soit, la situation a changé, fit-elle d'un air pensif. Il n'est pas juste que tu demeures serviteur. Tu es ici pour apprendre, à présent, puisque tu as décidé de rester avec nous. Il va te falloir un professeur.

— Je m'occuperai de lui, maman, dit Raquel. Je ferai de mon mieux.

— Ce ne sera pas possible. Il est temps que tu te maries, Raquel.

— Que je me marie ?

— Reb Samuel a reçu pour moi une lettre de ma sœur Dinah, celle qui habite à Tarragone. Elle dit que Ruben, le neveu de son mari, a besoin de prendre femme.

— Tarragone ! s'écria Raquel. Je ne veux pas aller si loin, maman ! Papa, dites à maman que je ne peux pas aller si loin !

— Emmène Yusuf et apprends lui quelque chose, dit Judith. J'ai besoin de parler à ton père.

— Elle a presque dix-sept ans, Isaac. Et à Tarragone, nul n'a entendu parler de sa disgrâce.

— Sa disgrâce ? Mais elle n'a même pas été touchée, Judith. Et elle a fait preuve de courage et de pudeur. Je suis fier d'elle.

— C'est possible, mais le reste du monde ne verra pas les choses ainsi.

— Je ne prendrai pas de décision immédiate, Judith. J'insiste pour que nous attendions. Il se peut que j'aille à Tarragone dans moins d'un an. J'y réfléchirai alors.

— Que feriez-vous à Tarragone ?

— L'évêque m'a demandé d'être son médecin personnel. Voyez-vous, ma chère, l'archevêque l'a convié au conseil général de l'Église, l'année prochaine, qui se tiendra à Tarragone, et il veut que je l'accompagne. Si j'accepte, Raquel pourra venir avec moi. Et que j'accepte ou non cette charge, je ne puis me passer d'elle tant que Yusuf n'aura pas reçu l'éducation qui lui permette de prendre sa place. Ce n'est pas pour demain.

— Le médecin personnel de l'évêque, répéta Judith. Cela signifie-t-il que vous dormirez enfin la nuit à la maison ?

— Oui. À moins que nos voisins ne m'appellent. Ou d'autres patients.

Dans la pénombre, un oiseau se décida enfin à emplir la cour de son chant, et Isaac s'arrêta de parler pour l'écouter.

— Judith, venez vous asseoir avec moi près de la fontaine. Je veux que vous réfléchissiez à quelque chose, et je tiens à ce que vous soyez à mes côtés pour ce faire.

— De quoi s'agit-il, Isaac ?

Elle quitta la table et prit son mari par la main. Ils s'assirent près de la fontaine.

— C'est Rebecca. Attendez... ne dites rien tant que je n'ai pas parlé. Elle a besoin de sa mère. Elle aimerait vous voir et vous montrer son enfant. C'est tout ce qu'elle demande pour l'instant. Ne répondez pas tout de suite, parce que vous diriez non, mais pensez-y de temps en temps.

— Rebecca est morte.

— Vous pouvez dire tout ce que vous voulez, Judith, mais ce n'est pas vrai. Elle est bien en vie et elle mène une existence vertueuse. Vous lui manquez. Il n'y a pas de mal à pardonner. Judith, ma chérie, dit-il en lui prenant la main, c'est très important pour moi.

Elle posa son autre main sur la sienne.

— J'y penserai de temps en temps si vous le souhaitez, Isaac. Je ne comprends pas comment je pourrais changer d'avis, mais j'y penserai.

L'obscurité tombait sur la cour. À l'étage, les cris des jumeaux cessèrent et on n'entendit plus que les voix de Raquel et de Yusuf qui étudiaient les lettres de l'alphabet latin.

— Isaac, j'ai parlé à la femme du rabbin. Elle croit qu'elle va avoir un autre enfant. Elle m'a raconté que vous lui aviez dit qu'elle portait un enfant, un beau garçon, avant qu'elle-même en prenne conscience. Comment le saviez-vous ?

— Ai-je dit cela ? fit Isaac.

— Oui.

— Je devais délirer. Mais je me souviens maintenant que quelque chose dans sa façon de parler m'a fait penser qu'elle était grosse. Mais de là à dire que c'est un garçon plein de vigueur, non, il faut arrêter ce genre de chose. Vous me comprenez ?

— Non. D'ailleurs, je ne vous comprends jamais, Isaac, dit-elle humblement. Je suis heureuse que cette semaine s'achève. Vous m'avez paru si loin de moi. Vous m'avez manqué.

Elle lui effleura le visage.

— Comment vont vos blessures ? Et vos côtes ?

— Cela fait mal, mais j'ai encore plus souffert de passer toutes ces nuits sans vous, mon amour. Vous êtes

315

une épouse bonne et loyale, ainsi qu'une très belle femme.

— Vous ne pouvez me voir, pourtant.

— Si, mon amour, je le peux. La passion est un habile médecin, qui accorde la vue même à l'aveugle.

Judith se leva et prit son mari par la main.

— Venez vous coucher, dit-elle doucement.

NOMS ET AUTRES NOTES HISTORIQUES

Les personnages de ce roman auraient parlé une version du catalan très proche du langage de l'actuelle Catalogne, région où sont situées les villes de Barcelone et de Gérone. En donnant des noms à ces personnages, j'ai généralement opté pour la version catalane, écrite selon l'usage du xive siècle. Ainsi, le jeune prince Johan s'appellerait aujourd'hui Joan (prononcez Jo-Anne, avec un *J* comme dans *jeu*). Les versions plus anciennes sont parfaitement authentiques, mais elles sont aussi plus lisibles pour les lecteurs anglophones, qui furent les premiers à découvrir les aventures d'Isaac l'aveugle, et partant pour les lecteurs français.

Cependant, pour faciliter la lecture, je n'ai pas toujours été très cohérente dans mes choix : c'est là le privilège de l'auteur !

Les personnes familières de la langue catalane seront peut-être surprises de voir les deux frères royaux, Pedro et Fernando, porter des prénoms espagnols (castillans), au lieu de s'appeler Pere et Ferran. Ma seule excuse est la suivante : les noms espagnols sont tellement répandus que je n'ai pas voulu prendre le risque de perturber ceux qui connaissent l'histoire fascinante de la péninsule Ibérique sans toutefois parler le catalan.

Je fais d'humbles excuses au digne évêque de Gérone, Berenguer de Cruilles, pour avoir doté sa famille de

317

plusieurs personnes. Lui-même a bel et bien existé ; sa sœur et la fille de celle-ci auraient pu voir le jour, mais ce ne fut jamais le cas.

Quant au grand mystique que fut Isaac l'aveugle, peut-il s'être réincarné un siècle après sa mort sous les traits d'un médecin géronais ? C'est au lecteur seul d'en décider.

Imprimé en France sur Presse Offset par

BRODARD & TAUPIN

GROUPE CPI

La Flèche (Sarthe), 9152
N° d'édition : 3257
Dépôt légal : juin 2001
Nouveau tirage : août 2001